貴妻揚進門 4 完

文創風 496

半巧 著

目錄

第八十八章　毀容

從城郊回到侯府，已是午時將過。

佟析秋被折騰得累極，一回來，連跟佟析春說話的精神都沒有，進內室倒頭就睡，直到申時才醒。

彼時，佟析春見她嚶嚀醒來，趕緊將繡花繃子扔進針線簍子，下榻給她倒了杯溫水。

佟析秋乏累地撐坐起身，接過佟析春手中的水，喝下後，道謝掀被起了床。

佟析春喚藍衣和綠蕪幫佟析秋洗漱，又去小廚房，親自端湯水進來。

「近一天未進食了，這會兒可覺得難受？」佟析春見佟析秋已洗漱完，就將湯盅放在桌上，拉她過去。「先喝盅湯緩緩，等會兒就吃飯。」

「嗯。」佟析秋有氣無力地應了。

佟析春看著，不免有些心疼。「我聽藍衣講了，還真是折騰。姊夫不在，若出了岔子，可如何是好？」亓三郎從昨天開始就沒回家，她總覺得有責任看顧好自家姊姊。

佟析秋的肚子早空了，將湯喝完後，才抹嘴笑道：「不過就是臭了些，妳小外甥皮了點，聞不得那味道罷了。」

這時，藍衣有些瘸拐地進來，問飯要擺在暖閣還是內室。

佟析春讓她擺到內室，待用了晚飯，洗漱後便坐在燈下，姊妹倆一人看書、一人分線。

彼時，外間守夜的紅絹跟春杏說著話，春杏還很驚恐地嘖嘖出聲。

佟析秋聽得蹙眉，問道：「出了什麼事？」

話落，兩個婢女嚇得當即便要掀簾子進去稟報，不想藍衣快了一步，喚道：「少奶奶！」

佟析秋見她走得甚急，合上書問：「有事？」

藍衣點頭，福身道：「大房出事了！」

「怎麼了？」

「聽說四少奶奶服下從神婆那裡拿來的藥，在……」她不好意思地紅了臉，見佟析秋聽著，又趕緊正經臉色，羞窘道：「似跟四少爺行房……突然臉跟身子就爛了。」

佟析秋明白了，蹙起眉。「爛了？」

藍衣點頭。「府醫醫不了，這會兒命人拿了侯爺的令牌，去請太醫過府呢。」將前院的吵鬧說了一遍。

佟析春驚得瞪起雙眼。「那藥能讓人爛了身子？」

佟析秋想了想，突然對外喚道：「蕭衛！」

「屬下在！」一條黑影立時竄出來，站在窗邊。

佟析春嚇一跳，趕緊把身子隱在窗戶後面。

「去郊外將那婆子拿下！」

「是！」

待蕭衛閃出去後，藍衣問道：「少奶奶可要去婷雪院瞧瞧？」

「婆婆和公公在那裡？」

「在。府醫治不了，只得請侯爺作主。」

佟析秋點頭下榻，讓她拿了件錦緞小披風，披上後道：「去看看吧。」既然明鈺公主等人都在，她不去也說不過去。

佟析春見狀，伸手扶她。「我陪著二姊吧。」

佟析秋點頭，與佟析春一起出了衡璽苑。

待姊妹倆匆匆來到婷雪院時，鎮國侯、蔣氏跟明鈺公主正臉色鐵青地坐在偏廳上首。內室裡，董氏痛得在床上不停打滾、嚎叫，聲音甚是嚇人。

而亓容錦在吐過兩回後，黑著臉，背手在屋裡不停踱步。

婢女稟報佟析秋來了，明鈺公主嚇得趕緊起身，蔣氏眼露火光，而亓容錦則雙眼幽深地盯著屋中擺放的屏風。

明鈺公主上前拉佟析秋的手。「我的兒，還好妳沒要了那藥，否則，後果不堪設想啊！」如今想想還有些後怕，她剛剛去瞄了一眼，董氏那張臉全是腐肉，實在慘不忍睹。

「她沒要，說不定就是她使壞呢！」蔣氏站在明鈺公主身後，陰陽怪氣地道：「這藥可是給她的，如今卻變成老四家的受罪了。」

「大夫人這話是何意？神婆是妳們找的，也是妳們求著去看的。我們不要那藥，老四家的趕著去吃，也怪到我們頭上？」

「妳……」蔣氏被堵得氣短。

明鈺公主也是一臉怒意。「這事咱們可沒完，幸得秋兒因身子不舒服，不想要了那藥，若真是心大如老四媳婦，今日倒下的可就不止老四媳婦一人，說不定連我那未出世的孫兒都要受罪。」說到這裡，氣得眼睛泛了紅。

鎮國侯聞言，表情肅穆地從椅子上起身，吩咐亓容錦。「命人去城郊將那婆子給綁了，這事不能這樣算了。」

「兒子早已派人前去。」亓容錦亦是一臉陰沈地回答。

明鈺公主拉著佟析秋坐下，對她搖頭低語道：「在這裡等著吧，別進去看了，免得屆時又犯噁心。剛剛聽婢女說妳睡了一下午，可有不舒服？」

佟析秋搖頭。「就是乏得緊，睡一覺，吃過飯便好多了。」

兩人似低語的話，卻讓旁邊的人聽了個清清楚楚。

鎮國侯對佟析秋道：「既是乏著，倒可不必前來。如今一切應以妳的身子為重。」

「謝公公關懷。」佟析秋起立福身，卻被明鈺公主拉著坐下。

鎮國侯有些訕訕的，恰好這時去請太醫的管事回了院，讓人稟報後，鎮國侯跟著蔣氏等人親自出門迎接。

待老太醫進屋，跟眾人見過禮後，亓容錦便趕緊將他請入內室，替董氏診治。

此時，躺在內室床上的董氏，早因痛苦而喊到聲嘶力竭。她全身的白嫩皮膚起了一顆顆如小鼓般亮透的水泡，裡面滿是濃稠腐臭的膿水。水泡不破，奇癢無比，一旦抓破，噴出膿水，如腐肉般的味道立刻在室內四散開來，奇癢即變為如千針刺扎般的疼痛。

這種極刑般的痛苦，令董氏將喉嚨叫乾，只能哎哎呻吟著。

亓容錦領著太醫進內室，不禁皺起眉頭，那如爛屍的腐臭味，讓人忍不住想作嘔，遂回頭尷尬地對太醫笑了下，拿出一條巾子遞給他。

太醫接過，捂好臉，就見亓容錦粗暴地掀了幔帳，拉出董氏的胳膊。

林太醫看看胳膊上滿布的膿疱，用巾子隔開，把起了脈。

其間，董氏仍不停地呻吟，見有人抓住她的胳膊，讓她無法撓臉，不由在床上翻滾起來。

「快放手……我要抓臉，好癢，好痛！」

一聲比一聲淒慘的吼叫，讓太醫心驚膽戰，匆匆把完脈，便出了內室。

亓容錦見狀，想跟出去，不想這時因抓破膿疱、痛得清醒的董氏正好看見他，伸手抓住他轉身時揚起的衣袖。

「夫君，我痛，好癢，救救我……」

亓容錦怔住，轉身看向她，表情冷酷無比。「活該妳亂吃藥！」語畢，見她呆愣，遂冷哼著大力扯回衣袖，快步走出去。

癢痛再次襲來，董氏又開始一邊抓著、一邊沙啞地嘶吼。只是這一回，聲音裡更多的是絕望和淚水。

「啊——」如鹽般的淚水滑過腐肉，痛徹心腑，淒厲慘叫直衝天際，讓等在外間的眾人不由跟著發顫。

董氏的病，太醫束手無策，走時開了宮中常用的治瘡膏，卻只在塗上時有用，藥效過後，卻潰爛得越發厲害。

聽董氏一直哀號，也不是辦法，佟析秋只得派藍衣去找沈鶴鳴。

沈鶴鳴滿臉不情願地到鎮國侯府時，已是亥時，一看到佟析秋，就很不爽地抱怨道：「如今連閒雜人等都要我來看，讓我沈鶴鳴的名聲往哪裡擱？」說著，將藥箱扔給看他不順眼的藍衣。「人呢？」

「你聾了不成？叫得這麼大聲做什麼？」藍衣瞧他那副樣子，就恨不得扁他。憑著會些醫術就了不起啊，真當人人都得求他不成？

沈鶴鳴的作派，也讓蔣氏等人皺了眉。

「老三家的，這就是妳說的神醫？年歲輕輕的，哪有半點大夫的樣子？」

沈鶴鳴聽得挑眉，撇嘴道：「爺是沒有大夫樣，可爺也不屑給眼睛長在頭頂上的人看病。告辭！」說罷，轉身便走。

見沈鶴鳴認了真，佟析秋趕緊上前對他福身。「暫且忍忍，病人還在裡面受苦呢。」

沈鶴鳴覷她一眼，見她點頭，遂不爽地示意她領路。

佟析秋移步要去掀簾子，卻被桂嬤嬤搶先一步。「少奶奶，老奴跟藍衣陪著進去就成。裡面的人兒，妳看不得。」

佟析秋頷首，抱歉地看看沈鶴鳴，便回明鈺公主身邊坐下。

蔣氏把兩人的互動看在眼裡，不由斥了句。「當真是無德之婦。」

「大夫人想找碴？」明鈺公主焉能不知她的齷齪心思，當即冒火，哼道：「既如此，我們現在就請神醫走，免得好心被當成驢肝肺！」說著，便要叫人去內室。

鎮國侯有些頭疼地看著兩個女人，對蔣氏吼道：「若實在閒得慌，滾回妳的雅合居去！」

蔣氏被吼得語塞，亓容錦聽得眼色陰沈。

小半個時辰後，沈鶴鳴才從內室裡走出來。

董氏已經停止慘叫，但沈鶴鳴的俊顏幾乎沒了血色，再見藍衣跟桂嬤嬤，也似傻了般。

佟析秋趕緊喚綠蕪去打水來給幾人淨手，沈鶴鳴洗罷，喝盞茶緩過神，從藥箱裡拿出兩盒藥膏並一瓶藥丸。

「先敷著吧，這容貌怕是毀了。」

「什麼?!」蔣氏跟亓容錦大驚。

沈鶴鳴不屑地勾唇。「能保住命就不錯了。」說罷，冷臉將藥扔在桌上，提起藥箱，快步出了屋。

鎮國侯立時起身，對藍衣吩咐道：「送沈大夫出府。」隨即命管事快去帳房取五十兩銀子送上。

孰料，不過片刻，管事前來稟道：「沈大夫說，若想付診金，只算七成，也得三千兩。」

「三千兩?他怎麼不去搶?」蔣氏氣得直接從椅子上站起來。

鎮國侯聞言，厲眼掃去，嚇得她立刻噤聲。

「人可還在府中?」

「已經出府了。」

鎮國侯點頭，看向佟析秋，問道：「等會兒我派管事把三千兩送去，妳代為還了可行?」

「是。」佟析秋點頭應下。

鎮國侯輕嗯了聲，見事情處理好，就揮手讓他們散了。

第八十九章 死

藍衣跟佟析秋回院後，還心有餘悸。

沈鶴鳴讓她們把董氏的膿疱擠破，抹上藥膏時，那種腐臭黏膩的感覺，讓她現在仍想作嘔。

佟析秋聽她說完，問道：「可有說是中了什麼毒？」

「說是五毒。婢子將今兒去城郊之事跟他說了。」

「哦？」佟析秋似笑非笑地看藍衣一眼。「你們何時這般好了？」

「少奶奶就愛打趣人！」藍衣羞得嗔了句，不過小臉卻是異常鮮紅明亮。

佟析秋笑而不語，見佟析春有些乏了，便讓她先回房休息。

佟析春剛出門，窗戶就被敲響，佟析秋走到榻邊，命藍衣將窗戶支起。

蕭衛自暗影裡閃出，抱拳稟道：「屬下趕至城郊時，那婆子已經被人滅口。」

「死了？」佟析秋訝異。「可有什麼發現？」

見蕭衛搖頭，佟析秋皺了眉，想著這事是董氏娘家嫂嫂提起的，便對他道：「你去查查董氏的娘家嫂子，看她最近跟誰來往。」

蕭衛應下，退出房後，藍衣便瘸拐著，要下去換紅絹守夜。

佟析秋見她那樣，這才記起明鈺公主罰了她十杖，便道：「我記得夫君的傷痛膏還剩一盒，妳去拿來，請人幫著敷上吧。」

「多謝少奶奶掛懷。」藍衣嘻笑著搖頭。「不過沈大夫也有送藥膏給婢子，不用費三少爺的了。」

佟析秋見狀，也不強求，揮退她後，便轉身去淨房更衣了。

婷雪院裡，終於止疼、安靜下來的董氏，冷眼看著端水直抖的清林，啞聲道：「四少爺呢？」

那粗嗄的嗓音讓清林害怕，趕緊回道：「四少爺、四少爺去了漣漪姑娘那裡。」

啪！

董氏猛地將茶盞摔落在地，憶起剛剛痛苦至極時，那個男人滿臉的諷笑和冷血。想著，她忍不住顫抖地伸手撫上自己的臉頰，眼中是絕望至極的恨意……

另一邊，東宮裡，尉林在太子耳邊輕聲低語了幾句。

太子聽後，將正在看的奏摺啪地大力合上。「既然覺得委屈，就送份大禮去！」

尉林拱手。「卑職明白！」轉身退下了。

如今，謝寧再無活下去的慾望，對於那個每晚折磨她的男人，找不到一點點相關的線索，只知那人長得極其陰柔，唇瓣也異常豔紅豐潤。

此刻，她披頭散髮，拿著好不容易從看門婆子那裡騙來的眉筆，盡力想著那人的特徵，手拿草紙，正用禿禿的眉筆，記著所知道的一點一滴。

待她寫好，又把薄薄的紙小心地摺成細條，掀開鋪在硬木板床上的褥子，用鈍掉的指甲，將紙一點一點朝床板上裂出的縫隙塞入，一邊塞、一邊瘋狂掉著眼淚。

她知道這樣做沒用，但就是不甘心，雖不知那人的姓名，卻不願放過他，哪怕只有一點點機會，都期盼親人能找到她。屆時就算她死了，也有這份證據，憑此找到人，為她報仇。

這張草紙，與其說是希望，不如說是遺書！

聽著外面傳來的走動聲，謝寧愣怔了一下。天色未暗，那人怎麼就回來了？

想著的同時，她加大手中力道，將紙條飛快塞好。

開門的聲音響起，她已將被褥鋪回去。

來人進屋，見她正抱膝坐在床上，便邪勾唇角。「倒是聽話。」只是可惜了。說著，漫步朝她走去。

謝寧感覺他的靠近，嚇得忍不住哆嗦著向後移動。

來人坐在床頭，看她埋首在雙膝間，瑟瑟發抖，便用手抬起她的下巴，摩挲著已黯然失色的俏臉，嘆道：「還真有些捨不得呢。」

見她抬眼，他又邪魅一笑。「有人不聽話，要用妳去教訓一下。」

謝寧疑惑地眨眼，不想脖子卻猛地被男人大力掐住。

謝寧倏地瞪大月牙眼，不可置信地脹紅臉色，用纖手去扳那掐在脖子上的大掌。

男人忽然起身，將她的脖子抬起來。

這下，謝寧順著拉力從坐變成跪，仰吊著脖子。她想站起身，奈何吸不到氣，整個身子變得綿軟無力。

她紫脹著臉，忍受耳膜裡嗚嗚亂叫的鳴音，想喊叫求救。

男人卻不給她這個機會，大力一掐，瞬間把她的脖子擰斷。

謝寧來不及掙扎，就歪了腦袋，整個人如破敗的娃娃般，吊在他手裡，模樣不堪，令人垂憐。

男人瞇眼，將她扔到木板床上，喚外面的守門婆子進來。「將衣服扒了，再用棉被裹好。」

「是！」

另一邊，蕭衛帶回董氏娘家嫂嫂的消息。

最近，她跟亓容泠姊妹見過面，還經由一個高門舉辦的聚會，認識王氏，來往了一段時日。算算日子，正好是八月底那幾天。

佟析秋聽得眼色一深，揮退蕭衛，旁邊的佟析春有些害怕地問：「會不會是二娘搞的鬼？」

在高門裡，誰不想頭胎就生下長子？利用這個心思，故意設計，買通神婆給佟析秋下藥。那一家人，為何這般陰毒至極？

佟析秋見她不悅地皺眉，好笑地將書扔在軟榻的小几上。「或許吧。」主意可能是她的，但暗中滅口的，怕是另有其人。

王氏是個內宅婦人，若想操控一切，怕是要借外力。這外力，或許有她娘家的摻和？想到這裡，佟析秋哼笑不已。當真好險，若非她不信靈巫之事，加之根本沒有生男生女的苦惱，怕就要上了當。

見佟析春仍疑惑，佟析秋笑容溫婉地摸她的小腦袋。「別胡思亂想，當心長不高。」

「哪有！」佟析春有些羞澀地拿起繡花綳子，輕道：「我不過是擔心而已。」

佟析秋會心一笑，轉首看著窗外香菊隨秋風掉落的花瓣，感慨今年重陽的冷清。亓三郎不在，董氏又毀容，是以中午時，兩房人只草草一起吃頓飯，便作罷了。

佟府裡，一家人坐在亭中賞花吃酒，過重陽節。

不想，忽然有婆子高喊著跑來。「不好了！夫人，出大事了！」

王氏表情不豫地看著跑來的婆子，旁邊的梅椿見狀，趕緊下涼亭，待婆子奔至面前，就搧了她一巴掌。

「作死的奴才，妳鬼叫什麼？什麼叫不好了？膽敢再多說一句，當心扒了妳的皮！」

婆子被打，本有些發怒，但見動手的是主母身邊的管事婢女，遂趕緊收了怒氣，佝僂著腰，諂媚道：「梅椿姑娘說得是，是老奴嘴賤，說錯話了。」

「到底出了什麼事？」佟百里將酒杯放在石桌上，皺眉問道。

婆子看看攔路的梅椿，梅椿見自家老爺發話，就讓了道。
婆子進亭，給王氏等人行禮，急道：「剛剛老奴掃園子，突然有個棉包從天而降，還以為是啥了不得的東西，結果打開一看……」艱難地嚥了兩口口水，不知該不該說下去。
王氏皺眉，朱氏則冷哼一聲。「天上掉棉包？還真是奇了怪了，誰家不掉，就掉進佟家？」自上回吵架，婆媳倆就一直僵著，這會兒有機會刺一句，怎能放過。「不知道的，還以為我們佟家住著什麼神仙，竟讓老天爺掉東西下來！」
王氏對朱氏的諷刺充耳不聞，只對婆子惱喝。「妳鬼叫鬼叫的，到底是什麼東西？」
「是，是……」婆子發抖，要開口的一刻，忽然害怕起來。
啪！佟百里煩得拍了桌，直接對亭外的小廝喝道：「將這亂了規矩的老刁奴拖出去杖責二十大板，看她那張嘴還敢不敢亂嚼！」
「是！」
婆子聽著小廝響亮的回答，嚇得立刻撲倒跪下。「夫人，那棉包裡是大姑娘啊！」
轟！王氏腦中一炸，面色瞬間慘白。
佟百里皺起眉頭，朱氏更是瞪大了眼。「寧兒？」
話落，王氏已晃著身體，從凳子上起來。
梅椿見狀，跑來扶她，王氏卻一把打掉她的手，抓住那婆子。「人在哪兒?!」
見她急吼著，紅了眼，嚇得婆子心肝顫抖了好幾下。「在、在後院的偏宅……」
不待她把話說完，王氏便急急下了涼亭，對梅椿吼道：「快走！」

佟百里跟朱氏亦是起身，向後院大步行去。

此時，佟府後院偏宅的花園裡，已圍了不少下人。有眼尖的遠遠瞧見自家主母過來，趕緊給同伴使眼色，大家紛紛讓開道，恭敬行禮喚道：「夫人。」

王氏心中惴惴難安，見下人們包圍的中心，橫陳著一條裹住東西的棉被。棉被外，一雙白玉足就那樣裸露出來。

王氏眼紅如血，急慌慌地快步走到棉被旁，低了眸，忽然心慌得可怕，腳站不住地發抖。

隨後跟來的佟百里揮手讓下人起身，皺眉行到她身邊，王氏才抖著聲音，似找到主心骨般，哭道：「夫君！」

佟百里見她那樣，就知王氏沒勇氣去看，遂給梅椿使個眼色，讓她扶住王氏，便蹲下去，將棉被掀開來。

驀地，一張紫青腫脹的臉出現在眾人面前，且身子竟也赤裸著，一絲不掛。

只一眼，佟百里就羞得急急拿衣袖將臉蒙住，隨即站起，連連後退好幾步，表情鐵青地背過身。

王氏看到那熟悉的眉眼，再站不住地向後仰去，悲呼一聲，便沒了知覺。

「夫人！夫人！」梅椿焦急地扶著倒下的王氏，見她沒有反應，轉眸對圍觀的下人大吼。「愣著幹什麼？還不趕緊將夫人抬回去，請大夫來！」

「是。」粗使婆子們跑過來，揹起王氏，向內院跑去。

朱氏見狀，上前重新用棉被蓋好屍體。「這究竟是怎麼回事？失蹤這般久的人兒，怎麼讓人給……」說不出口了。

昔日裡活潑漂亮的謝寧，如今竟全身赤裸地出現在眾人眼前。虧得是扔在後院，若被丟在大門口，讓過往行人看了，佟府的顏面何在？

佟百里沒說話，眼神轉深，對幾個婆子匆匆吩咐幾句，便提腳出了府。

第九十章 殺驢

凝香院的內室裡，王氏被清涼醒腦的藥熏得睜開眼。

睜眼後，她趕緊坐起身，心慌地一邊叫著謝寧的名字、一邊掀被，準備下床。

聽到動靜進屋的梅椿看見，小跑過來。「夫人，妳醒了？」

「寧兒呢？」王氏急得眼眶血紅，淚水不斷地看著梅椿，似抱著一絲希望地問：「是不是弄錯了？那不是寧兒對不對？」

「夫人，姑娘她……」梅椿亦是哽咽得再說不下去，拿帕捂眼，嚶嚶抽泣起來。

王氏見狀，光腳下地，抓住她的胳膊吼。「寧兒呢?!」

梅椿被抓疼，卻不敢大叫出聲，忍著痛，皺眉支吾道：「姑娘……這會兒已經入殮了，擺在以前住過的婉荷院裡。」

「入殮？」

梅椿點頭。「老爺吩咐，讓全府不要聲張。」

王氏大驚，轉身便向門外瘋狂跑去。

「夫人！」

見王氏赤腳奔離，梅椿拿起她的繡鞋，亦急急跟著跑出門。

此時，婉荷院正廳裡，佟百里跟朱氏正低聲商量著，卻見王氏不顧形象地疾跑進來，衝著他就是一聲大喝。

「佟百里！」

見佟百里皺眉看來，王氏目眥盡裂地叫道：「你是什麼意思？什麼叫不要聲張？我女兒被人害死，你就這般草草裝棺了事？」說著，看到擺在屋中的薄棺，不由落淚，快步跑過去，扶著未蓋的棺，失聲痛哭。「寧兒，我的寧兒哪……」

她一邊哭、一邊伸手去撫棺裡早沒了熱氣與生息的紫脹臉龐，大顆眼淚滴落在上。突然，她似看到了什麼，用力抹去淚水，踮起腳，努力朝棺材裡湊近幾分。

一旁的佟百里早已不耐，給朱氏使眼色，讓她出屋後，便向王氏走去。剛到她身邊，就見她猛地轉頭看來。

「有勒痕！夫君，寧兒是被人勒死的！」像是發現了重要線索，王氏瞪大眼，拉著佟百里一起近前。「有人害死了寧兒。夫君，你可要為寧兒報仇啊！」

佟百里被她鬧得甚煩，一個大力，將被她攥著的衣袖甩出，不鹹不淡地道：「我當然知道寧兒是被人害死的。」

「你知道?!」王氏尖叫。「那為何不將凶手抓來碎屍萬段？還是說，寧兒不是你的親生女兒，你根本就無所謂？」

佟百里聞言，哼笑道：「我對她比我那幾個親生子如何，妳不會不知吧？」頓了頓，冷眼看王氏。「妳不是要凶手嗎？殺死妳女兒的凶手就是妳。不僅如此，如今妳連自己的兄長都拖累了，再這樣下去，怕是我也會被妳害死！」

佟百里越說越激動，再顧不得形象地低吼道：「城郊神婆之事，妳以為人家會查不到？如今佟析秋不但沒事，活得好好的，卻害了侯府的四少奶奶。這懲罰還算是輕的，若妳再妄動，下次遭殃的就是妳我！」

王氏聽他說凶手是她時，本還想尖叫辯駁，可發現他知道了神婆之事後，不由愣怔。確實是她指使神婆下毒，可怎麼就報復到謝寧身上？

「是佟析秋？她早知道了對不對?!」王氏尖叫，轉身想衝出屋。「我要去殺了那個小賤人！定是她害死我的寧兒……啊——」

「妳給我回來！」佟百里將王氏拉回來，對站在門邊的梅椿大吼道：「將所有人趕出去，誰也不許靠近婉荷院！」

王氏聽得心驚。「佟百里，你是想連我也殺了不成？」

佟百里表情鐵青。「如果可以，我早想這麼做了。」見梅椿呆著未動，不由又一陣怒吼。「還不快滾！」

梅椿嚇得哆嗦地後退，王氏不甘示弱地尖聲吼道：「你敢！」

佟百里見狀，忍無可忍地將兩扇木門甩上，拖著王氏，直接向謝寧住過的內室行去。

「你幹什麼？你這個老王八，快放開我！」

啪！一記重重的耳光落在王氏臉上。

室內有瞬間的平靜，隨即響起王氏的尖吼。「你敢打我？佟百里，我跟你拚了！」

接著，乒乒乓乓砸東西的聲音不斷傳出，讓守在外面的梅椿聽得膽戰心驚，害怕地拍門急喚。「老爺、夫人別打了！有什麼話好好說不成嗎？」

屋裡，佟百里臉上掛彩，站在那裡任王氏扔著、鬧著，咬牙冷哼。「這次，妳害得舅兄再無起復的可能，可憐岳父辛辛苦苦地保下他的命，如今全人走茶涼。那日若非有人具先見之明，將那婆子給殺了，妳豈能好好地站在這裡？妳最不該做的，就是要殺佟析秋。」哪怕弄掉她的孩子，也不會到這個地步。

佟百里惱怒異常。這件事已然惹怒太子，連以前顧及的一點情面也磨損殆盡。娘家舅兄雖已送去賠禮，奈何東宮在皇城，城門不開，一個庶民想要面見太子，談何容易？就算憑著王大學士的人情，但以前的門生幾乎全投去太子門下，誰會在這個節骨眼上，為了幫他們去惹太子不喜？不是自找麻煩嗎！

這次只是警告，那下次呢？

佟百里瞇了眼，眼神不善地看著還在發瘋的王氏。

王氏將屋中物什摔了個遍後，才胸口起伏地喘息道：「說了這般多，你們還不是為著前途？我的女兒被人枉殺，你讓我怎麼嚥下這口氣？一切都是那小賤人作的孽，你為何不敢宰了她？你連自己的髮妻都能沈塘，還會怕了子女？」

聽著王氏的怒吼，佟百里冷笑不已。「無知之婦！」如今的佟析秋，豈是他們說拿捏就能拿捏的？

「是，我是無知之婦，我就要殺了她！」王氏紅著雙眼低吼，轉身就要向屋外跑去。

「我要去殺了那個小賤人，為我的寧兒報仇！」

「妳給我冷靜點！」佟百里再次扯住她，啪啪啪地搧了好幾個耳光。

王氏被打得哇哇亂叫，伸手就要去撓佟百里的俊顏。

奈何佟百里已被鬧得煩不勝煩，冰冷眼神突然狠戾起來，大掌用力朝她的太陽穴打下去。

王氏立時黑了眼，身子搖晃。

佟百里見狀，迅速敲她的脖子，於是，王氏徹底墮入了黑暗之中……

佟百里從屋裡出來時，見梅椿正焦急地伸著脖子往裡面看，不由狠狠盯向她。

梅椿被盯得縮了脖子，佟百里則冷酷道：「喚人把夫人抬回凝香院。從今兒開始，封了凝香院，沒有本老爺的命令，不得開院。可聽到了？」

「是。」梅椿害怕地抖著嗓音應下。

佟百里又冷冷看她一眼，便出了屋。

當日，待王氏醒來，發現自己的院落除了梅椿並兩個掃灑婆子之外，再無多餘之人。一問方知，佟百里將她禁了足。

這讓她再次大罵出聲，將凝香院裡的所有物什全摔了，淒慘狂怒的吼叫在佟府縈繞多時，久久不散。

而謝寧因是罪妾身分，趁著夜色，被佟府下人偷偷拖去城郊的亂葬崗埋了。

東宮書房裡，太子聽完尉林的稟報後，點頭輕哼了聲。「既是沒有聲張，看來還算識趣。」說著，勾出和煦之笑，問道：「聽說王赫找你求情？」

「是！」

「呵，你覺得本太子如今還用得著王家人嗎？」

「宮中的樺貴人還在皇上身邊。」

「嗯。」太子輕點下巴，冠帽上的碩大東珠，隨著他的動作搖晃。「不過一個愚昧之婦罷了。你且去安撫兩句，給個希望，總比不聽話要來得好。」

尉林拱手。「卑職遵旨。」便退下了。

重陽一過，本該回學堂的佟硯青，因感染風寒，多放了兩天假，在家休息。他在前院待得實在無聊，便跑來纏著佟析秋，硬要來後宅與她們一起。

佟析秋被鬧得沒辦法，只得順了他的意。趁著日頭正好，命人搬了大榻，放到院中槐樹下，三姊弟坐在榻上，一邊賞著秋景、一邊吃著茶點，談天說笑。

正說得高興，卻突然聽守門的婆子高喊。「三少爺回來了。」

幾人聽罷，齊齊轉眸看向多日不見、正快步行來的頎長身影。

彼時佟析秋嘴裡還含著胭脂糕，見來人腳步疾快，不待她將嘴上的糕屑抹淨，人已經立在她面前。

亓三郎居高臨下地盯著她良久，終是不動聲色地坐到佟析春識趣而讓出的位子上，伸出大掌，將她嘴角的糕屑抹去。

佟析秋本還愣怔，看著有些消瘦的他，正打算開口，卻被這曖昧的舉動弄得不好意思。佟析春跟佟硯青都在，這般親密的舉止，兩人還未曾在外人面前做過呢。

「姊夫！」佟硯青倒是滿不在乎，先出聲打招呼。

佟析春畢竟有些知事了，羞澀地避開眼，跟著起身行禮，低喚道：「姊夫。」

亓三郎輕嗯，但一雙深邃的鷹眼卻緊緊盯著佟析秋。

佟析春見狀，給佟硯青使個眼色。

佟硯青收到後，恍然大悟地嘻笑道：「我想起還有幅花草畫未著色，先不打擾了。吃飯時再來可行？」

亓三郎依舊挪不開眼，點點頭。

佟析春也找了藉口，姊弟倆匆匆告辭。

待兩人走得瞧不見身影了，佟析秋見亓三郎仍盯著她，不由眉眼帶笑，輕抬素手，撫上他有型的冷臉。

「夫君，你瘦了。」

「妳也是。」

聽著亓三郎淡啞低沈的嗓音，佟析秋心間一動，淺笑著搖頭，嗔道：「妾身才沒瘦。成日裡湯湯水水喝個沒完，早補得過頭了。」

這話倒是不假，明鈺公主為讓孫子白胖健康、聰明漂亮，從宮中要來不少秘方。每日，佟析秋至少要喝三大碗補湯，各有不同的補法，再加上湯水之後的飯食……想瘦，哪那麼容易？

亓三郎被她逗得勾唇輕笑，再仔細瞧了她幾遍，才把她的纖手拿下，包進大掌中。

「還是瘦，看來補得不夠。」

「難不成要補成豬樣？」

「越發調皮了！」

「咯咯……」佟析秋嬌笑的聲音，惹來亓三郎失笑地搖頭，轉眸看向她將過三月的小腹，大掌緩緩放上去，勾唇道：「倒是大了一點。」

啪！佟析秋嗔怪地拍掉他的手。「不許說我胖！」

這些日子以來，她真胖了不少，三月將過的肚子，居然就大了一圈。再這樣胖下去，待到生產時，該如何是好？

亓三郎低笑出聲，以拳抵唇，正經道：「還是胖一點好。」

佟析秋白他一眼，起身道：「這一路風塵僕僕，妾身去喚丫頭們抬水給你淨身，可好？」

「嗯，我隨妳一道去。」說著，亓三郎亦起了身，拉起她的纖手，向屋裡走去。

佟析秋見狀，只好給綠蕪使眼色，待看到她下去安排後，才與亓三郎相攜著進了暖閣。

一進屋，亓三郎就將佟析秋抱到腿上坐著。

佟析秋也不矯情，摟住他的脖子。

「大房之事，我聽說了。」

佟析秋輕嗯，把頭靠在他懷裡。

「跟佟府有關？」

「王氏已經被禁了足。」她也不否認。

京中就這麼大，重陽那天，佟府傳出的尖叫，惹得府外行人想裝聾也沒辦法。第二天，這事便在京都貴人圈子傳開了。

佟析秋抬眼看他，眼中有著疑惑。「我命蕭衛去暗查過，好像跟謝寧之死有關。」當時聽到王氏被禁足，還以為是佟百里為給鎮國侯府一個說法，才這麼做，哪知是另有原因。

「聽佟府的下人說，那日有人將謝寧的屍體用棉被裹了，扔進佟府的後花園。蕭衛去買人的青樓查，卻未得到謝寧的消息，青樓也說從未收過名叫謝寧之人。」還真是奇怪了。

除此之外，還有佟百里的反應。謝寧不明不白地死了，他卻未敢聲張。

若謝寧未去青樓，那她是不是被佟百里或王大學士府暗中接走？既如此，又為何會被殺了，扔回佟府？真是太詭異了。

蕭衛查這事時，發現佟府的下人們都被下令封口，若非晚上抓人逼供，還不知謝寧消失過。

如今，謝寧的死因成謎，佟百里不願聲張的原因又是什麼？

亓三郎聽她分析著，見她眉頭越皺越深，就抬手為她揉揉眉心。「無須太過思慮，身子為重。」

佟析秋點頭，摟著他的脖子，又說起那日去城郊看神婆之事。

「我壓根兒就不信那婆子的話，是男是女向來由父母決定，焉是她說改變就能改變的？」

亓三郎撫著她的纖背，被她說得有些後怕。要不是她不信，如今遭罪的就是她了。

「若我信了婆子之話，服藥毀了容，夫君可會嫌棄我？」佟析秋突然仰臉，認真地看著他問。

如今，董氏連屋門都不敢出。這已是第四天了，聽說亓容錦只在第二天早間去坐過一會兒。幾日來，連婷雪院的院門都未曾跨過，可見是個狠心之人。

「不會！」亓三郎摟緊她，眼神堅決。

「如果我醜得人人避之唯恐不及，看一眼都會吐呢？」也不嫌嗎？

「那我就殺光所有害妳之人，再自戳雙眼。」看不到，心就不會動搖，就不會嫌棄！

亓三郎說得鏗鏘有力，佟析秋聽得淚盈於睫，不管他說的是真是假，至少這一刻她是感動的。緊摟他的脖子，貼著他的胸膛，不悅地嘟囔。「你瞎了，怎麼照顧我？」

「有妳指揮啊。」他好笑地拍著她。

佟析秋心中漲滿感動，輕喚道：「夫君……」

「嗯？」

「我有沒有說過，我愛你？」

愛？這個字眼好陌生，卻讓亓三郎聽得心臟跳動，渾身酥麻。愛應該比喜歡更濃，比中意更深吧？

他深下眼色，摟著佟析秋，難以自持地激動起來。良久，才自堵得發澀的喉間，緩緩逸出了聲——

「嗯。」

第九十一章 昏迷

十月雪降，京都的百姓才剛剛將秋糧收上來。

佟析春把秋糧帳冊拿給佟析秋看，佟析秋覺得莊子太小，又命林貴在外幫著尋了一處中等大小的農莊，花了四千兩，買下近二百畝的土地。待地契收上來後，就交給佟析春去管。

佟析春也明白自家二姊的用意，沒有拒絕，就收下了。

除此之外，入了冬，芽菜行的生意紅火起來，亓三郎怕她累著，交代讓下面的人打理即可。但佟析秋想著，與其給別人打理，不如鍛鍊自家妹子，便拉佟析春一起，教她打算盤跟記帳、看帳的要領後，又領著她去芽菜鋪子，告訴她怎麼安排生意上的事。

佟析春雖身子弱，倒也學得刻苦，不想辜負自家二姊的一番心血。

這會兒，姊妹倆正坐在暖閣中，一人做鞋、一人正將算盤打得噼啪響。

看著皺眉的佟析春，佟析秋好笑地搖搖頭，一本去歲的芽菜帳冊，半天工夫，已被她刪刪減減地算錯三遍了。

此時，綠蕪端了湯盅進來，給佟析秋進補。

如今佟析秋的臉十分圓潤，白裡透紅的肌膚似會發光，整個人顯得喜氣。進補得多，讓她的肚子如吹了氣的氣球般，開始大起來。不過四個月的肚子，都快趕上人家的六個月了。

明鈺公主見狀，很高興，猜想會不會是雙胎。亓三郎也滿懷希望地將沈鶴鳴找來把脈。

奈何沈鶴鳴主攻解毒，對於婦人病理並不精通，是以也診不出來。

佟析秋皺眉地將湯喝完，把空碗遞給綠蕪。且不說是不是雙胎，再這樣下去，真離球不遠了。

綠蕪見自家主子滿臉痛苦的模樣，不由抿嘴低笑。見佟析秋瞥來，趕緊低頭退出去。

藍衣掀簾進屋，說桂嬤嬤來了。

佟析春一聽，丟下正在算的帳冊，下炕去扶佟析秋。

桂嬤嬤正好進屋，幾人相互見禮後，佟析秋便喚藍衣搬了錦凳給她坐。

待綠蕪上了茶盞，桂嬤嬤滿意地品過後，正經了臉色道：「公主讓老奴來跟少奶奶說一聲，明日要陪著進宮一趟。」

「怎麼了？」

桂嬤嬤嘆氣。「今兒皇后娘娘派人來說，皇上昏迷了。公主想跟三少爺、三少奶奶一同進宮瞧瞧。」

佟析秋跟著嘆息，點點頭。「自是應該的。」又問：「可要準備什麼？」

桂嬤嬤搖頭。「那倒不用，公主自有安排。」見話已帶到，便起身告辭。「公主還等著老奴回去覆命，就不擾少奶奶了。」

「有勞嬤嬤。」佟析秋頷首，想起身相送。

桂嬤嬤嚇得趕緊揮手。「少奶奶請留步。」

佟析秋也不堅持，目送桂嬤嬤走後，便沈思起來。

晚上，她跟亓三郎說這事，他只點頭說聲好，再無其他反應。
「這些日子，你查到了什麼？」
見他那樣，佟析秋總覺得心頭不安。洪誠帝怎會昏迷？他不是說過……
亓三郎不在意地笑著拍拍她。「明日妳便知了。」
佟析秋無語，還想多問兩句，卻見他低頭伏在她的肚子上，開始說起悄悄話，只好壓下疑惑，暫時不追問了。

翌日，佟析秋跟亓三郎同時起床，喚人將三品命婦服拿來，往身上套去。
本以為身材已如球的她很難穿上，不想，雖上衣有些緊，但裙身寬鬆，肚子並未勒著。
亓三郎身著官服，轉身見她這身重重行頭，擔心道：「屆時走路儘量慢著點。如今天寒地凍，少不得有滑冰。」
佟析秋點頭。「知道了。」
亓三郎見狀，親手為她繫上狐裘大氅，命藍衣將手爐拿來給她焐著，便小心地扶她出門。
佟析秋被他這舉動弄得心間甜蜜，每走一步，見他鎖眉抿嘴，直恨不得將她抱於懷中的模樣，更覺窩心、幸福不已。
夫妻倆去清漪苑跟明鈺公主會合後，一行人便坐著馬車向宮中出發。

眾人進宮，到棲鸞殿跟皇后請安，皇后抹著淚，與明鈺公主低語了幾句，便命人備步輦，領他們去了洪誠帝的正宮長生殿。

待到長生殿，總管太監給幾人見了禮，皇后便問起今兒洪誠帝的身子如何。

「今早皇上還睜眼跟奴才說了幾句話，正好趕上樺貴人前來，服侍皇上喝藥後，又睡了過去。」

皇后點頭輕嗯，交代他兩句，便領明鈺公主等人向殿中的寢房走去。

彼時，洪誠帝靜靜睡在寬大的明黃龍床上，昔日威武犀利的形象，在這一刻顯得暮氣沈沈，豐潤臉頰似槁木般枯敗。

皇后近前幾步，眼淚止不住地流下來，明鈺公主更是頻頻拿著絹帕拭淚。

皇后跪在床頭，素手拉著洪誠帝的大掌，眼中滿是溫柔，輕道：「皇上，鈺兒帶著卿兒跟兒媳來看您了。」

「皇兄。」明鈺公主跪在皇后身後。

佟析秋見狀，也跟著下跪。

皇后輕撫洪誠帝的臉龐。「皇上，鈺兒來看您了，您醒醒可好？」

見洪誠帝毫無反應，皇后搖頭嘆息，轉眸示意明鈺公主他們起身。

亓三郎趕緊先行一步，扶起佟析秋，眼中快速閃過不滿。

待眾人起身，隨即悄無聲息地退出寢殿，準備回皇后的棲鸞殿。

亓三郎陪著她們，準備請辭出宮時，卻聽管事嬤嬤來稟，說東宮太子妃派人前來覲見。

皇后宣了來人，問清緣由後，才知是太子妃邀佟析秋去東宮一聚。

亓三郎聽後，不著痕跡地皺了下眉，拱手道：「臣正好有事稟報太子，不如陪著同去。」

皇后點頭。「也好。」

於是，夫妻倆退出棲鸞殿，坐馬車去了東宮。

行了兩刻鐘，待到那座巍峨的宮殿前，已有宮女早早等在那裡相迎。

亓三郎對佟析秋低聲耳語幾句，讓她小心行路後，便去了太子居住的景安宮。

宮女帶著佟析秋走走停停，近兩刻鐘後，才到太子妃的正殿。

彼時有宮人高聲通報，佟析秋欲抬腳邁進正殿時，忽然迎面嘩啦啦來了一群人。

領頭的太子妃迫不及待地喚道：「析秋！」

「太子妃。」

佟析秋淡然地屈膝行禮，卻被急急步來的太子妃扶起身。「妳我之間何須這般客氣？」說著，又拉住她的纖手拍了拍。

這時，三個站在太子妃身後、著湘妃色絲綢曳地裙的女子們對佟析秋微微一福。「三少奶奶。」

佟析秋抬眼望去，還了半禮，回眸看向太子妃時，見她眼中有幾絲苦澀滑過。

待進了正殿，太子妃便揮手讓那幾人先下去。

兩人說著話，佟析秋才知，原來那三人是太子新添的侍妾。

太子妃見佟析秋直盯著她，勉強一笑。「終究會有這個時候，不如早早適應的好。」

佟析秋點頭，並未多說什麼，問了些日常之事後，便再無可聊之話。

另一邊，亓三郎覲見太子時，太子依舊和煦溫潤地接待他，相邀對弈。

棋盤上，兩人棋風皆變得凌厲不已。你來我往之間，竟到了互不相讓的地步。

太子笑看對面之人，將白子扔進棋盒。「如今容卿棋風陡變，本太子甘拜下風。」

亓三郎亦是不動聲色，勾唇淡笑。「太子殿下的棋路，看似溫潤和煦，卻總是出其不意地置人於死地，令微臣欽佩不已。」

太子凝眉一瞬，隨即搖頭，收拾棋子。「前段日子，朝上總不見你的身影，難道西北大營出了事？」

「不過一點小事，乃皇上清醒時著臣去辦的。如今已然無礙。」

「哦？何事？」

亓三郎拈子看他。「不過是秋山遇刺的後續罷了。」

「秋山遇刺之事？」

「嗯。」見太子蹙眉，亓三郎只平淡地點頭。

「說起那次遇刺，本太子至今還心有餘悸呢。」太子落下白子，眉眼間帶著幾分淡淡哀戚。「四哥丟了性命，已令父皇傷心欲絕，加之三哥之事，唉……父皇的身子令人擔憂啊！」

亓三郎順著他的話，淡道：「太子殿下不必太過擔心，皇上洪福齊天，定能安然無事。」

「希望吧。」太子嘆了聲。「喔，對了，你們今日進宮所為何事？」

見他明知故問，亓三郎並不戳破他。「昨兒皇后娘娘教人給母親帶信，讓她今兒進宮看皇舅舅。有親人陪著，想讓皇舅舅多點掛懷，助其身子好轉。」

太子含笑點頭。「說得有理，等等本太子也帶夏之去探望。」

這時有宮人進來稟報，說侯府的三少奶奶要回府，問都指揮使這裡可是好了。

亓三郎聞言，歉然地看向太子，不想太子卻下了榻。「我們兩府久未相聚，且送送你吧！」

亓三郎眼色一深，沒有拒絕，道了謝。

待太子跟亓三郎來到太子妃的寢殿時，佟析秋跟在太子妃身後，剛要跪行大禮，太子眼疾手快，急行兩步，一把扶起她。

「嫂夫人如今不同往日，小心為好。」

「多謝太子殿下關懷。」對於這明顯不合規矩的一扶，佟析秋微不可察地蹙了眉，隨即快快退後兩步。

太子妃的眼神閃了下，而亓三郎則冷臉上前，不著痕跡地將佟析秋半掩在身後，彎腰行禮道：「時辰不早，臣等先行告辭了。」

太子點頭，把兩人送走後，太子妃小心打量自己的丈夫一眼，見他臉上並無多大變化，便鬆了口氣，對他福身道：「殿下可要在妾身這裡用膳？」

「景安宮裡還有奏摺未批，就不在這裡吃了。」

「是。」

太子妃躬身送走太子，眼中滑過苦澀……

佟析秋跟亓三郎坐步輦向棲鸞殿行去，見亓三郎的面色不太好，本想出口相問，又驚覺這不是自家的步輦，只好暗嘆了聲，把頭靠在他的肩上。

亓三郎順勢將她緊摟在懷，大掌輕柔地按捏她痠疼的脖頸。想著太子剛剛那一扶，讓他心中明瞭，以前的猜測，如今被證實，心煩的同時，更覺氣憤不已。

行至半道，步輦驟然停下，不待車上兩人疑惑出聲，即聽外面有人尖聲稟報。「皇上命都指揮使跟其妻覲見！」

「知道了。」亓三郎淡淡回答，語氣夾雜了些許不滿。

待步輦改方向後，佟析秋抬眸，低聲問他。「這是醒了？」

亓三郎不語，輕輕點了頭。

夫妻倆再次來到長生殿，總管太監上前對兩人欠身。「皇上方醒，怕禁不起太大折騰，都指揮使和三少奶奶可得先顧著皇上的身子才是。」

「多謝公公相告。」
「嗯，兩位請隨咱家來吧。」
隨著總管太監進了內殿，見洪誠帝已在宮人扶持下，靠坐於床頭。
洪誠帝看到他們，便對總管太監有氣無力地揮手。「你先下去。」
太監走後，佟析秋剛要下跪，卻被亓三郎拉住。「她身子重，還請皇舅舅疼惜一下。」
「你這小子……」洪誠帝失笑地搖頭，臉上雖死氣沈沈，聲音卻沒了剛才的有氣無力。
亓三郎沒半分疑惑和驚訝，只是很不滿地拉著佟析秋，坐到旁邊的錦凳上。
見他們落坐，洪誠帝便挑眉。「甥媳可有嚇著？」
佟析秋搖頭。「夫君跟臣婦暗示過兩句，並未嚇著。」
洪誠帝頷首。不想總管太監來報，說是樺貴人來了。
他還未宣人，就見著一身鮮亮至極的撒花曳地宮裙的樺貴人闖進來，還未見到洪誠帝，妝容精緻的臉上，便已淚流滿面，哭道：「皇上——」
「朕還沒死呢，妳哭什麼？咳咳……」洪誠帝一邊咳，一邊呼呼喘氣。
佟析秋看著，不得不說，真正會演戲的，還真是這老腹黑啊。
「妾身該死！」樺貴人很委屈地抹淚，欺身上前，撒嬌道：「妾身聽說皇上醒了，就急急趕過來，生怕等會兒皇上累著睡去，將妾身忘了嘛。」
佟析秋聽罷，不禁暗暗抖了一身雞皮疙瘩。
洪誠帝則不耐煩地喚總管太監進來。「把她轟出去！呼呼……沒有朕的允許，是誰放她進來的？不想要腦袋了嗎？咳咳……」

他快咳斷氣的樣子，讓樺貴人想再次擠上前。「皇上！」

「滾出去！」洪誠帝大怒地拍著床板，咳得越發厲害。

樺貴人咬牙，眼中凶光一閃而逝。

總管太監見洪誠帝龍顏大怒，趕緊叫宮人進來，彎身請樺貴人出去。

樺貴人見留下無望，不依地跺腳，只得轉身掩面離開。

看人走遠，洪誠帝這才哼笑著坐正身子，昔日的犀利重回眼中，問道：「如何？」

佟析秋點頭，豎起大拇指。「皇帝舅舅果然寶刀未老。」

洪誠帝挑眉。

佟析秋則半低著頭，心裡暗想，洪誠帝把她召進宮，究竟意欲何為呢？

第九十二章　婦人口

亓三郎與佟析秋在內殿靜候良久，洪誠帝才開口，講了個小小的故事。

以前有個富家老爺，膝下四個兒子，其中一個在兄弟中最不起眼，也最不得父寵，卻總是以和煦溫潤的形象示人。在父親面前，雖得不到賞識，但懂得知足，父親不管給予多少，他都欣喜接受，且從來不爭不搶，很是安靜。

沒想到，有一天，在手足接二連三出事後，那個兒子開始變了，不但得了父親的重視，還暗地勾結兄弟的手下。除此之外，他還控制住富家老爺的全部家產，勾結父親的身邊人，以期讓父親在神不知、鬼不覺中，慢慢地死去。

說到最後，洪誠帝看向佟析秋，問道：「妳說，這種兒子該不該留？」

佟析秋趕緊起身行禮。「甥媳不知。」

洪誠帝卻笑著抬手指她。「不誠實。朕最喜的就是妳腦子靈活，又知進退，但如今為何退得這般徹底了？」

佟析秋垂眸。「此乃富商家事，外人不可輕易評判。」

「若已波及外人呢？」洪誠帝不給她退縮的機會，再次逼問。

佟析秋轉眸，見亓三郎鷹眼深邃，便明媚一笑。「臣婦乃婦道人家，身家性命，自有夫君相護。」

亓三郎勾唇，轉眸與她對視，相顧而笑。

洪誠帝看了，頓時覺得牙癢，嘆道：「也罷。此事，朕自有定奪。今兒喚你們來，是因有人要心急了……」

確實有人心急了。

佟析秋跟亓三郎剛從長生殿出來，相送的宮人便對他們使眼色，遂偷偷側頭看去，發現一名小宮女見他們出來後，就急急向牆角閃躲。

宮人道：「是樺貴人宮中的宮女。」

佟析秋跟亓三郎對視一眼，雙雙含笑坐上步輦，再次去往棲鸞殿。

夫妻倆到棲鸞殿，見過明鈺公主，她便急急起身問道：「聽說皇兄醒了，還召見你們？」

「是。」知明鈺公主想問什麼，佟析秋趕緊上前，挽住她的胳膊道：「婆婆放心，皇帝舅舅定會洪福齊天，雖有些虛弱，但精神尚好。」這可不是假話。

明鈺公主只當佟析秋是安慰她，不過能醒總比昏迷要好，是以輕嘆一聲，緩了口氣。

皇后坐在上首，滿臉慈愛，和氣地問佟析秋。「妳皇帝舅舅可有說些什麼？」

「有啊！」佟析秋抿嘴而笑，見皇后揮手賜座，福身謝過，坐在明鈺公主身後。

亓三郎見狀，拱手稱軍營有事，要先行告辭。

皇后點頭允了亓三郎退下，佟析秋才緩緩道：「皇帝舅舅給我們講了個故事。」

「哦？」

「是一個富商跟兒子的故事。」佟析秋笑著掩嘴，慢慢將故事講出來。

末了，她搖頭失笑道：「皇帝舅舅問臣婦，這種兒子該不該留？這種不存在的事，臣婦愣得不知該如何評呢！」

「確實不好評。」皇后輕笑，隨即給身邊的管事嬤嬤遞個眼神。

嬤嬤點頭退下，皇后便笑著端盞。

明鈺公主見狀，攙佟析秋起身，屈膝行禮，退出了棲鸞殿。

待她們走遠後，那嬤嬤重回殿中。

「如何？」

「已經傳出去了。」

皇后頷首，眼神莫測高深……

馬車駛至宮門，亓三郎居然在門外等著。

待他上車，佟析秋趕緊將手爐塞給他，見他拒絕，遂將身子靠過去。

亓三郎見狀，大掌撐著，向後挪去。「我身上有涼氣，妳且隔遠些，待暖了再來。」

佟析秋看得心疼。能不涼嗎？站了那麼久，外面又下著雪。想著，把他的大掌硬拉過來，感覺手心乾燥，才稍稍放了心。

為怕亓三郎再找藉口挪開身子，她便說了剛才皇后問她的事，講完又問：「我這樣說，可是有錯？」

「早晚要有這麼一遭，皇上也想藉此來敲打太子吧！」亓三郎伸手在炭盆上烤著，嘴裡不鹹不淡地回道。

佟析秋點頭。洪誠帝給她講故事，說什麼讓她評判，不過是想借她的口，叨叨兩句罷了。婦人最是長舌，也最難守住秘事。

佟析秋哼笑，又問他。「能跟我講講太子之事嗎？」

亓三郎輕嗯。「待這事過後，意思就明顯了。」

佟析秋不滿，他卻勾唇笑看她。「若妳願意猜，倒是可給妳一條線索。」

「什麼？」

「秋山遇刺的第二批刺客，是太子的人。」

佟析秋愣住。「太子他……」

亓三郎伸手抵唇，眼神卻驀地深寒，聲音冷徹骨髓。「不管他想怎樣，都休想！」

東宮裡，聽著線人來報之事，太子眼色一深。「是什麼故事？」

「屬下未聽得太全，只知是個富家老爺與四子之事。聽說皇上還請鎮國侯府的三少奶奶評判。」至於她怎麼說，就不得而知了。

太子聽罷，命那人退至一邊，傳來謀士問道：「各位先生可能猜出一二？」

有人拱手出列。「應有兩種意思。」

「哦？」太子示意他開口。

那人垂眸道：「一種是皇上自知時日不多，想從旁人口中多聽些太子平日之事，多個人肯定，心中越能確定傳位之人。」

太子蹙眉。「那第二種？」

那人沈吟了，回答。「第二種……便是皇上已有所察覺。」

見太子沈下眼色，那人又道：「不過第二種卻有待推敲。這種事向來機密，侯府三少奶奶乃婦道人家，再是聰明，皇上也不可能與她商討。向來婦人之口最是難守。」

太子輕嗯，又覺不能以猜測定論，遂轉首問去打聽的下屬。「父皇的病情如何？」

「太醫院的藥一直開著，昏迷後，也斷斷續續地服用，從未停藥。」

「既是如此，就多餵點，不能減了藥性。」

「奴才明白！」

太子點頭，想著今兒的一切，心頭隱隱有些不舒服。

剛才與亓三郎的對話，也令他思量不透。亓三郎說，父皇命他查秋山遇刺的後續，既是無礙，那是不是他查到什麼了？

想到這裡，太子暗驚，若真是這樣，那父皇可就不能再醒了……

佟析秋一行人回到鎮國侯府，已是午時。

因今兒是十五，各自去院裡換好衣服後，又去了雅合居。一家人圍桌而坐，靜靜用膳。其間董氏怕容顏嚇人，戴了帷帽遮醜，雖樣子怪異，但大家都能理解。

正當眾人放箸，準備漱口時，董氏卻突然捂嘴，乾嘔了兩下。

眾人見狀，正要相問，卻見她猛地起身，捂著嘴，飛快向屋外跑去。

不想，還未出得門，董氏再也忍不住，扶著門框，大吐起來。

清林見自家奶奶倚門大吐，上前幫她拍背，急道：「少奶奶，妳怎麼了？」

在座之人看了，面面相覷。

蔣氏率先回神，自凳子上起身，吼道：「一個個愣著做什麼？還不趕緊請府醫來？」見有婢女跑去請了，又轉身對幫董氏撫背的清林喝道：「還不快將妳們少奶奶扶回院中好好躺著。都給本夫人仔細了，若有差池，就小心妳們的皮！」

「是。」清林不敢怠慢，扶著已吐得差不多的董氏。「少奶奶，婢子送妳回院吧。」

董氏點頭，轉身想行禮，卻被蔣氏急急揮手阻止。「妳先回院。當心些，別滑了腳。」

董氏瞬間明白過來，表情複雜難辨，點頭走出雅合居。

蔣氏則滿臉喜意，對鎮國侯道：「我看老四家的八成有了，這下咱們侯府可要雙喜臨門呢。」

明鈺公主聽罷，暗哼著撇了嘴，亓三郎則在桌下輕握佟析秋的手。

鎮國侯笑著點頭，兒孫自然是越多越好。

待眾人移步去偏廳，府醫正好過來，蔣氏遂向鎮國侯福身。「妾身這就領大夫去婷雪院。」

鎮國侯頷首，待她走後，眾人將目光移往另一個人身上。

按說都要當爹了，為何亓容錦沒有一點高興之情？一言不發地坐著，臉色也難看至極。

鎮國侯見狀，不由沈臉提醒道：「不跟去看看？」

亓容錦回神，勉強扯了下嘴角。「待確定再說吧。」話落，便挺直身子，眼中怒火翻騰著……

婷雪院裡，董氏看著親自前來的蔣氏，無聲苦笑了下，將皮膚坑窪難平的胳膊自幔帳裡伸出來。

清林幫她搭上絹帕，蔣氏雖不屑地撇嘴，眼睛仍是湛亮地對府醫吩咐。「大夫快看看，可是有了身子？」

年過半百的府醫應了，四指輕輕搭於董氏腕上，捏鬚沈吟一會兒，便鬆手起身，向蔣氏道喜。「恭喜大夫人，四少奶奶已有一個多月的身孕了。」

「真的？」

府醫點頭。「是。」

蔣氏得到肯定的答覆，臉上立刻笑開了花，吩咐清林。「去主院通報，讓侯爺跟錦兒高興高興。」

清林福身，快步退下。床上的董氏來不及阻止，見她已跑出內室，只得嘆息著閉了嘴。

另一邊，蔣氏領著府醫出屋，命紅綃賞二兩銀子給他，打發他走後，又將婷雪院的下人全喚過來。

「從今兒起，都得給我仔細著，這院中不能有任何雪沫，連冰碴兒也不能留。除了平日飯食，小廚房裡，補品跟雞鴨也不能缺。可明白了？」

眾人應下。「明白了。」

蔣氏滿意地點頭，還要再訓幾句，卻見亓容錦快步進了院子，便高興地喚他。

「錦兒！」

亓容錦滿臉鐵青，看她一眼後，便繞過她。不待蔣氏問話，就走進內室。

蔣氏疑惑，見他面色不好，怕他嚇著懷孕的董氏，遂揮退下人，跟著行去。

孰料，她剛踏進內室，即聽見一陣像是重物落地的砰砰聲，緊接著是董氏的驚叫。

「妳這賤婦，竟敢背著爺偷漢子。說，妳肚子裡的野種，究竟是跟何人所結?!」亓容錦暴怒地高罵，啪啪的耳光聲跟著響起。「賤人，今兒我就把妳跟肚裡的小賤種一起滅了！」

「爺饒命啊！你聽我說……啊——」

董氏被亓容錦毫不憐惜地從床上扯下來，對她的後背連砸幾拳後，又粗暴地抓起她的頭髮，向後一扯，待她仰起臉，又大力抽了好幾巴掌。

董氏被抽木了嘴，兩頰迅速高腫起來，嘴角噴出血沫，一邊哭著、一邊求饒。「爺……你聽我說……」

此時，亓容錦焉能聽她說話？氣紅了眼，恨不得把她打死才好。這樣想著，他猛地提腳，朝她的肚子踢去。

董氏大驚，身子立時縮成一團，髮絲因此被他給抓掉一大把，也顧不得疼，雙手死死抱住腿，硬生生受了那一腳，雙臂被踢得麻痛，後背更重重撞上桌腳。

圓桌被她一撞，搖搖晃晃幾下，與桌上茶盞砰地倒地。

亓容錦見狀，猶不解恨，還要再踹她。

這時，蔣氏急急跑進來，不敢相信地衝著兒子大叫。「錦兒，你瘋了不成?!」

亓容錦雙眼通紅，對她吼道：「娘，這賤婦肚裡的孩子不是我的！」

轟！蔣氏腦中一白，隨即尖聲大叫。「你說什麼?!」

第九十三章　休妻

雅合居主屋裡，亓三郎跟佟析秋對鎮國侯行禮，準備告辭，明鈺公主亦跟著起身。「我隨你們一塊兒走。」

鎮國侯見狀，無奈道：「妳不留下看看？」

孰料，這句話卻惹來明鈺公主的斥責。「又不是本宮的孫子，有何可看？侯爺還是快去瞧瞧吧，畢竟是大房的長孫呢！」

鎮國侯聞言不喜，可當著兒子跟兒媳的面，不好辯解，只得揮手，沈聲道：「走吧。」

「哼！」明鈺公主冷笑地轉身，拉著佟析秋的手輕拍。「可得給本宮生個孫子，不為別的，就為嫡長孫的排序，本宮也要氣死那房。」

佟析秋無語，轉眸看向了自家夫君。

亓三郎用眼神安撫妻子，一本正經地說：「母親快別說了這話。若是討喜的乖巧孫女兒，聽見這話，不怕她傷心？」

噗！佟析秋差點笑出聲，這廝居然拿她說服他的話去勸明鈺公主？

不過，佟析秋偷瞄了眼明鈺公主有些僵掉的臉，就知她還是有些在意的。畢竟乖巧可人的小女孩，也很不錯呢。

「我不過想著頭一胎是兒子最好。你說這話，倒像我多嫌棄孫女一般。」明鈺公主說罷，有些嗔怪地看自家兒子。

這邊一家幾口溫馨著，那邊的鎮國侯看得有些不是滋味，張了張口，瞇眼道：「這頭一胎，須得是男兒才好。」

「呵，有人給你生嫡孫，你還急個什麼勁？」

見明鈺公主明顯不領情，鎮國侯也動了氣，哼道：「不識好歹！」

明鈺公主聽罷，立即諷道：「我還真就不識好歹。若我識好歹，哪會嫁給你。」

鎮國侯黑了臉。「不可理喻！」

明鈺公主冷笑。「不可理喻，也未求得你理。」說著，拉了佟析秋走。「咱們快走吧，這裡可都是講理之人呢。」

佟析秋跟亓三郎無奈地對視一眼。這兩口子，居然也開始學起小夫妻拌嘴？

兩人正欲相勸，外面有婢女急急跑進來稟道：「侯爺，大夫人請您跟公主去婷雪院。」

「怎麼，真想炫耀她有孫子不成？」明鈺公主更不爽了。

鎮國侯雖對她的諷刺不滿，卻覺蔣氏有些過火，遂皺眉對婢女道：「既是診出喜脈，就好好將養著，未過三月的胎，瞎嚷個什麼勁兒？」

婢女急得快哭了，好不容易見主子們都停了話，便道：「大夫人說讓侯爺跟二房去勸勸，四少爺要休了四少奶奶呢！」

休妻?!眾人吃驚，怎麼會這樣？

鎮國侯率先起身。「去看看。」

明鈺公主也知此時不是鬧的時候，喚上佟析秋跟亓三郎，一行人匆匆趕往婷雪院。

婷雪院裡，蔣氏聽亓容錦說孩子不是他的時，很是大驚，有些不信。

不想，亓容錦再次伸腳，將董氏直接踹進碎瓷碴裡，低吼道：「從八月下旬，我就未碰過她，即便在她喝了毒水那次，也未到最後一步。如今有了孩子，豈會是我的？」他是急著要孩子，可也沒有這般要的。

亓容錦咬牙，瞪著趴在地上的董氏，恨不得吃了她才好。

他的暴喝讓蔣氏的心涼了半截，再看向董氏時，表情由原來的歡喜變為陰毒。

「賤人！」她咒罵著上前，對著裸露在外的坑窪手掌，使力踩下去。

「啊——」董氏被踩得尖叫出聲。

蔣氏猶覺不解氣，伸出尖利指甲，恨恨地朝她的臉上撓去，一邊抓、一邊大罵：「妳這不知廉恥的喪德之婦，想拿我兒當冤大頭？若不是今兒露了餡，還打算瞞到生產時，亂我亓家血統不成？」

董氏被她撓得亂叫，本就醜陋不堪的臉上，如今更是慘不忍睹，一邊哭喊、一邊搖頭道：「不是的！婆婆，妳聽我說，我、我也是被別人強了啊！」

聽到被強二字，蔣氏頓了手，盯著她怒喝道：「到底怎麼回事？說！」

董氏趴在那裡，抽噎一陣，將八月底去娘家發生的事說出來。

那日，娘家嫂嫂為了她懷子之事，介紹了一個替暗娼看病的大夫，她便想趁著回侯府前去瞧瞧。

回程時，她怕車夫的嘴不嚴，又不喜另一個婢女，就命他們在另一條巷子裡等，她則帶著清林去找那大夫。

孰料，才轉出巷子，便迎面撞見三個醉漢，當即撲上捂住她們的嘴，拖進暗巷強了。

事後，她們只說遇到劫財之人，回了侯府，她還喚清林去收買那車夫。本以為這段秘事就此隱了，沒承想……

董氏說完，嗚嗚大哭，蔣氏跟亓容錦臉色鐵青，亓容錦更捏拳冷笑。「骯髒之婦，居然還想騙爺跟妳同房？」脹紅眼眶對蔣氏道：「娘，兒子不能再要這賤婦，兒子要休妻！」

董氏聽了，痛哭著朝他跪行兩步，喊道：「不可啊！我還有雪姊兒，爺不看僧面，也得顧著雪姊兒的將來。若休了我，你讓她以後怎麼面對世人？」

「不休了妳，雪姊兒才無法面對世人！」蔣氏跟著低吼出聲，對紅綃道：「去請侯爺跟二房的人前來作證。如此賤婦，鎮國侯府不敢再要！」

紅綃應聲退下，董氏則嚇得大叫。「不要！」想起身去追，亓容錦卻又一腳踹去，嚇得她立刻將肚子抱住。

不想，這個舉動惹得亓容錦更惱怒，冷笑道：「好啊！妳既然想護著野種，爺讓妳護個夠！」說罷，拳腳再次無情地朝她身上連續招呼而下。

董氏大哭，把肚子護得更緊，背對著亓容錦，任他如何拳打腳踢，就是不鬆手。

蔣氏亦陰毒地瞇起眼，上前對著她已然面目全非的臉，就是狠狠一腳。

董氏慘叫，讓進院的一行人聽得蹙眉不已。

見到鎮國侯等人，下人高聲稟報，剛才的慘叫立時止住，蔣氏更是一馬當先從內室衝出來，淚流滿面，不停叫著。「侯爺啊，你可得為錦兒作主！董氏這個賤人……」見鎮國侯皺眉瞪她，收起粗鄙言語，另道：「董氏不守婦德，咱們侯府再不能要她！」

「怎麼回事？」

亓容錦也走出來，看到亓三郎時，眼中生出憤恨，他看到他最不堪的一面，內心定然開心不已。

鎮國侯淡淡瞥他一眼，亓容錦立即拱手行禮，正要開口，突然有個披頭散髮之婦從內室衝出來，對著鎮國侯撲通跪下。

「公公，兒媳求求您，兒媳不能被休，不然雪姊兒就完了！」若她被休，她的女兒就會有個不守婦道而被休棄的母親，不只傷害她的名聲，以後擇婿也會不順利。

眾人還來不及吃驚，董氏忽然抬頭，嚇得大家倒抽口氣，隨即響起此起彼伏的乾嘔聲。饒是藍衣這個見多了血腥的人，也臉色大變。

佟析秋亦生出不適，亓三郎見狀，當即伸出大掌，想遮她的眼睛。

佟析秋搖頭，偎近他身邊，尋求一點安撫。

亓三郎知她不願傷了董氏的自尊，放下手，不動聲色地移了半步，暗暗遮擋她的目光。

董氏看不到自己臉上滿是血漬的恐怖，佝僂抽噎著，淚水刺辣地刮著臉上傷口，也毫無所覺，只知她不能被休。若被休棄，女兒將來無依無靠，娘家人也不會收容她，最後除了死，再無第二條路可走。

想到這裡，董氏哭得越發淒慘，對鎮國侯磕起頭來。

「公公，求求您，兒媳不能被休，雪姊兒不能沒了將來啊！」

「不休妳，雪姊兒才沒有將來。」蔣氏恨得咬牙切齒。還有臉叫屈了？最屈的應該是她兒子吧。

「侯爺，這個女人不能留！」

「公公，不要啊！」

「妳這賤婦——」蔣氏氣得又要罵人。

「夠了！都給本侯停下來！」被吵得頭疼的鎮國侯，終是忍無可忍，怒吼出聲，氣氛隨之冷凝。

蔣氏憋紫了臉，董氏則咬著唇，儘量不讓抽噎聲逸出。

鎮國侯看著董氏。「妳先起來。」轉頭吩咐明鈺公主。「將婷雪院裡的人驅遠，沒有命令，誰也不許近前一步。」

事關鎮國侯府的顏面，明鈺公主自不會跟鎮國侯嘔氣，給桂嬤嬤使了眼色，讓她去辦。

桂嬤嬤領命，先讓下人散了，又親自守在院門後。

鎮國侯這才點頭，對大房的人道：「先進屋再說。」

亓容錦與蔣氏雖有不甘，到底不敢多說什麼，只好與他們進屋。

眾人到正廳坐下，聽蔣氏咬牙切齒地將整件事說完，皆沈默不語。
董氏捂著口鼻，哭得只差沒背過氣。
鎮國侯沈思良久，掃了眾人一眼，將目光鎖在佟析秋身上。
亓三郎見狀，立即不動聲色地捏著佟析秋的手問：「身子可有覺得不爽利？」
佟析秋點頭，剛想開口，就見董氏乞求的目光拋過來。為怕她犯噁心，董氏甚至用絹帕捂住血腫之臉，看著她淚流不止，讓佟析秋生了幾分不忍。
這時，鎮國侯開口相問：「老三家的，妳有何看法？」
「侯爺可問錯人了，這事還由不得我們二房來說。」不待蔣氏出聲，明鈺公主就急急推拒，不想找罵。
亓三郎跟著附和。「秋兒身子重，父親自拿主意吧。」
鎮國侯語塞，半晌後道：「這事……」
「這事其實也怨不得四弟妹。」佟析秋終是沒能抵擋董氏的哀求目光，淡聲開口。
「老三家的，妳這話是什麼意思？」蔣氏瞇眼，指著她冷哼道：「敢情這被污了清白的女子還光榮了？」
「三嫂就樂見我們這房出醜？」亓容錦陰陽怪氣地道：「婦人應多多積德，別忘了妳肚裡還有一個呢。」
鎮國侯聽了，當即喝罵。「混帳東西，你說的是什麼狗屁混話？」
蔣氏則不甘心地抹著淚。「侯爺，董氏再不能留。出了這般大事，若留下她，讓外人如何看待我們侯府？」

佟析秋絞著絹帕，迴避董氏的目光，感覺到亓三郎的責備之意，歉然一笑。

亓三郎無奈地搖頭，問道：「大娘跟四弟準備用哪種理由寫休書？」

蔣氏跟亓容錦抬眼看他，見他面色淡淡，真像在詢問，對視一眼，道：「用婦德吧，不遵婦德。」

「若是這樣，董府會不會鬧？當初下聘，用的便是知書達禮跟德容兼備之詞。」

「他們還有臉來鬧？」蔣氏不等董氏反應，冷笑地覷她。「若是這樣，少不得跟他們說說這醜事，到時丟了誰家顏面，還不一定呢。」

亓三郎聞言，輕哼道：「雖然如此，可董府畢竟是小門小戶，就算傳出去，也掀不了多大波瀾。相較之下，侯府卻要嚴重得多。」侯府的主子常在高門走動，要被人拿住此事打趣，怕是顏面盡失。

「三哥當真是站著說話不腰疼，若三嫂被人給強了，肚裡懷著的也是野……」不待他說完，亓三郎的身影便飛竄過來，狠狠搧他一耳光，他的嘴唇立時裂開，鮮血順著下巴滴落。

眨眼間，亓三郎重新落坐，拿佟析秋的絹帕擦手，冷冷道：「嘴既然不乾淨，還是閉了好。」

亓容錦捂嘴抬眸，恨恨地看他，再想開口，卻驀然發現，竟已被他點了啞穴。

蔣氏見狀，當即尖叫，趕緊上前扳他捂嘴的手，亓容錦順勢放開，蔣氏心疼又驚怒地大罵出聲。「天殺的小崽子，居然下這般狠手。」一邊幫兒子擦去血跡，一邊對鎮國侯哭道：

「侯爺可看到了，如今我們這房被人說打就打，欺到這個分兒上，侯爺還不願說句公道話？不過就說一句，便受不了，可曾想過我們這些遭罪之人？」

明鈺公主聽得來氣，雖埋怨亓三郎兩口子多管閒事，仍對蔣氏不客氣道：「大夫人此言差矣。老四拿著未發生之事，亂嚼舌根不說，堂堂一個大男人豈能說出這等粗鄙之話？就憑這一點，卿兒打他也是有理在先。」

「公主顛倒黑白的能力，讓本夫人好生佩服。」蔣氏咬牙，看著絹帕上殷紅的鮮血，更是憤恨不已。「這事兒是沒落到你們頭上，要是遇著，妳還能說出這樣的話？要不，你們把老三家肚裡的想成野種試試？」說不定還真是野種，畢竟亓三郎可是中過藥的。

話落，蔣氏便對佟析秋投去一抹不懷好意的目光。

亓三郎冷臉起身，擋住蔣氏的目光，對著鎮國侯行禮。「兒子不過分析利弊罷了，是留是休，自由四弟作主。拿著子虛烏有的事來詛咒人，怕只有大娘才做得出吧。」

明鈺公主亦氣得滿臉通紅，拉著佟析秋起身。「還當誰不知道你們的齷齪心思呢。」說罷，對鎮國侯哼道：「休書寫好，就讓人傳來給我們按手印。這渾水，我們不願摻和。若侯府沒了臉面，我們二房回公主府便是。」

蔣氏聞言，險些氣得仰倒，正想反駁，卻聽鎮國侯出聲低吼。「夠了！都給本侯坐下！」

當家之人開口，眾人不敢吭聲。董氏抽噎著，佟析秋則萬分後悔幫忙說話。

「雪姊兒還小，此事不應太過張揚。」鎮國侯沈吟道。「若要休妻，沒有好的理由，仍會被人詬病。如今董氏毀容，錦兒拿婦德來說，少不得會被人看作是故意拋棄糟糠。至於被強的事，更是不能傳出去。」鎮國侯府丟不起這個臉，雪姊兒的前程也毀不得。

「那就這樣算了？」蔣氏不甘心。

鎮國侯冷眼看她。「孩子不能留。」

董氏聽罷，臉上哀戚不已。要是這樣，今生她再不會有孩子了，亓容錦恨死她，如何還肯理她？想著，便抬眸看向亓容錦。

亓容錦表情憤怒，冷冷看她，不過一瞬，即覺污了眼般，嫌惡地撇開目光。

蔣氏還想再辯，鎮國侯卻直接下令。「此事得暗中進行。該封的口，都給本侯封好！」

明鈺公主聞言，哼笑著起身。「既然完事，那我們先走了。」

亓三郎見狀，拉著佟析秋向鎮國侯行禮，見他眼露不滿，只當沒看見。

見二房的人出了屋，鎮國侯暗嘆，別無他法，轉眸看董氏一眼，對蔣氏跟亓容錦道：「屆時若有看中的女子，可娶進門做平妻，生下兒子還是嫡子。」

董氏大驚，蔣氏跟亓容錦的心裡這才好過了點，大不了以後將董氏囚在婷雪院中，不過一頓飯食罷了，鎮國侯府還養得起。

回去的路上，明鈺公主看佟析秋半晌，嘆了句。「何苦來呢？」

佟析秋淡笑，摸摸隆起的肚子。「兒媳有繼母這個前車之鑑，如今做了娘，自是不想雪姊兒走同樣的路。她的將來還遠著呢，屆時不一定會如兒媳這般幸運，能找到這麼好的婆婆、這般好的夫君。」

明鈺公主嗔笑著搖頭，對這話分外滿意。

亓三郎則不動聲色地勾起嘴角，大掌握緊她的手，任由外面多寒涼，也不允一絲涼氣鑽進去……

當天下午，婷雪院傳出了陣陣慘叫。

除此之外，院中下人被綁的綁、賣的賣。不過半天，偌大的婷雪院已變得淒涼不堪。

藍衣打聽消息回來，對佟析秋附耳道：「如今四少奶奶身邊只留下清林與一個灑掃婆子。婷雪院被劃成禁院，府中下人也被侯爺嚴令封口。」

佟析秋點頭，知道這是鎮國侯給董氏的唯一活路。

在古代高門裡，能掩住的事，就絕不能讓它損了顏面。

第九十四章 棋局

長生殿裡，躺在龍床上的洪誠帝緩緩睜了眼。

見殿裡燈火通明，他沙啞著嗓子，虛弱喚著統領總管之職的心腹太監。「魏忠！」

「皇上醒了？」魏忠飛快自門口走來，見洪誠帝有氣無力地點頭，趕緊跑過去扶他，將明黃枕頭疊在一起，小心地讓他靠坐。

「幾時了？」

「回皇上，酉時了。您睡一天了！」

洪誠帝輕輕頷首。魏忠又道：「奴才這就吩咐御膳房傳膳，皇上等會兒得多吃點。」

「去吧。」洪誠帝輕喘著揮手，見魏忠轉身，又把他喚回。「去將太子請來，朕有事要問。」

魏忠應下。「是。」隨即出了長生殿。

太子在洪誠帝用完膳後到來，一進房，立時掀袍跪下。「兒臣來遲，還請父皇責罰。」

洪誠帝正喝著魏忠餵的藥湯，示意他抹嘴後，才手掌向上虛抬。「起來吧。」

「謝父皇。」

「咳……」洪誠帝避開魏忠再餵來的藥，咳嗽著吩咐。「暫且溫著，朕等會兒再喝。」

「是。」魏忠躬身出去，順道揮退守在兩邊的宮女。

待室內再無一人，洪誠帝費力地想撐個舒服的姿勢。太子見狀，趕緊上前幫他。

待洪誠帝坐穩，手指床邊的錦凳讓太子坐下後，才緩緩呼氣道：「朝政可是繁忙？」

「天降大雪，北方急報，倒了不少民房。邊疆亦有戰事。」

「哦？咳咳……」洪誠帝疑惑，大咳起來。

太子滿臉擔憂地自凳上起身，跪下膝行而去。「父皇怎麼樣了？」轉身親自為他倒杯溫水遞去。「且喝口水潤潤。」

「咳咳，嗯。」洪誠帝喝下他餵來的溫水，似真覺舒服般，閉眼長嗯一聲。「老了，身子大不如前。」

「父皇定會洪福齊天。」太子替他順著背。「兒臣近來跟太子妃吃齋祈福，盼著父皇早日恢復健康呢。」

「你有心了。」洪誠帝呼喘著對他欣慰一笑。「看來朕立你為儲，沒有走眼，不愧是朕的好兒子。」

「父皇謬讚，我等兄弟皆有出色之處，都是父皇的好兒子。」

看太子不卑不亢，洪誠帝讚賞地點頭，又問：「你說邊疆有戰事？」

「不過是每逢冬季都會遭遇的事。五月那場雪災，讓蠻族住的草原跟著遭殃，他們的糧食本就不多，到冬天更為短缺。」見洪誠帝皺眉，太子溫和笑道：「父皇放心，陳將軍長年戍邊，定能禦敵。」

洪誠帝輕嗯，再問朝綱如何，太子句句屬實地回答，待了解得差不多後，便揮手道：「天晚了，你回去休息吧。」

「兒臣還想多陪陪父皇。」太子說著，起身喚魏忠。「將父皇未喝完的湯藥端來，本太子要親自餵父皇吃藥。」

「是。」魏忠彎腰退下。

洪誠帝的眼神閃了閃，見太子轉回身，便虛弱地喘道：「難得你有心。你七弟成日未見人影，他若能及你的一半，朕便能安心了。」

太子聽了，不動聲色地勾唇，正好宮人端藥進來，便輕揮衣袍，伸手接過，款步上前，跪於龍床床頭。「父皇，兒子伺候您吃藥。」

洪誠帝連連道好，張口吞下他餵來的湯藥，毫無所覺的樣子，讓太子眼中閃過亮光，順嘴道：「七弟向來淘氣，最近聽說對城北的鬥雞起了興趣，王府中似乎養了不少，還是那個皮性子。」

洪誠帝氣喘，喝道：「那個逆子！」

太子見狀，收起笑容，幫他拍背順氣。「父皇莫氣，七弟年少，正是貪玩，待成親之後，就是大人了，心性自會成熟。」

「咳咳……」洪誠帝大咳，雖聽他這解釋之話，心緒稍平，但表情仍惱怒不已。「這逆子當真悔改無望。以前念他年少，如今都將及冠，還無半點王爺之姿，果然是扶不上牆的爛泥！」嘆罷，看向太子。「幸虧朕還有你這麼個好兒子。」

太子連連搖頭，替明子煜辯解幾句，不想洪誠帝卻越發氣怒，見他身子快受不住，不敢再開口，服侍他喝完藥睡去後，才冷冷地勾著嘴角，起身出了長生殿。

看著漫天飛舞的飄雪，太子嘴邊的笑意慢慢擴大。屬於他的那片春天，看來不遠了！

另一邊，長生殿的內室中，昏睡的洪誠帝突然睜眼。

他看著床頭跳躍的燭火，慢慢起身，掀開身下的褥墊，找到鬆動的床板，輕輕一抽，一個暗格立時呈現在眼前。

他從裡面拿出白瓷小瓶，迅速倒了粒黑色藥丸塞進嘴裡，收好瓶子後，再次臥床，閉眼睡去……

佟析秋懷孕五個月時，身上開始浮腫，有時連繡鞋都套不進腳。

明鈺公主見狀，也開始擔心，怕她生產時痛苦，每日親自來衡璽苑陪著她下地走動外，進補的湯水也減少了些。可看著她越發圓潤的臉蛋，又覺得這樣正好，孕前的佟析秋雖健康，可身子骨太過單薄，如今這樣圓滾滾，於生產時亦有好處，要是太瘦，到時力氣會不夠。

佟析秋並未理解明鈺公主的想法，只覺身子沈後，越發嗜睡，待明鈺公主一走，便直接倒床，睡個昏天暗地。

亓三郎下朝回來，幾乎都見她睡著，本想勸自家母親不要再遛她，孰料佟析秋第一個就不答應。「我如今越發懶了，再不來個人鞭策我，待到生產時，就沒人能幫我了。」

亓三郎聽罷，只好無奈地一嘆。

這日，他下朝回來，坐在床頭，整整看了妻子一刻鐘，她卻未轉醒，便有些擔心地招來藍衣，輕聲問道：「今兒遛了多久？」

「公主是辰時來的，陪著少奶奶用完午膳，走動了半個時辰左右。」

不算太多。亓三郎揮手讓她出去。

此時，佟析秋嚶嚀醒來，亓三郎見狀，趕緊扶她起身。「可還睏？」

佟析秋搖頭，再睡下去可要出問題了。接過他遞來潤喉的水，訝異地看著他道：「我又睡到你回府了？」

亓三郎好笑地輕刮她鼻尖一下。「倒是敢說。」說著，拉她下床，找來薄襖給她換上，又叫藍衣她們進來將炭火撥旺，再命傳飯。

佟析秋甜笑，享受著他的關心。待婢女打理完，兩人便牽手去暖閣用膳。

席間，佟析秋很殷勤地為亓三郎布菜，亓三郎卻看得皺眉不已。

「妳顧著自己就好，我無須妳伺候。」

「妾身只想試著給點回報罷了。」

聽著回報二字，亓三郎有些呆愣，轉眸看向她紅潤的臉跟咀嚼飯菜的小嘴，下腹竟沒來由地一熱，遂艱難地移開目光，趕緊垂眸挾菜，食不知味起來……

當晚，兩人睡下時，佟析秋納悶地看著每晚都會準時貼在她肚子上講悄悄話的亓三郎。這會兒，他不但早早閉了眼，躺下後也不抱她，反而離她遠些。

「夫君，你是不是離得有點遠？」她疑惑地靠向他，不想，卻嚇得他趕緊退開。

佟析秋見狀，更為疑惑。「你怎麼了？」

「無事。」亓三郎搖頭，輕拍她的肩頭。「睡吧。」

對於這明顯敷衍的話，佟析秋不滿了，大力滾進他懷裡，見他僵住，有些黯然，遂不服氣地拱了下身子。

「別動！」亓三郎咬牙，扳著她的肩頭，呼吸粗濁了幾分。

「夫君……」佟析秋訝異，隨即恍然，有些不好意思地紅起臉。

亓三郎見她這模樣，艱難地嚥口水，咬牙想再伸手推開她，卻見她突然媚笑著欺上前。

這下，他嚇得更厲害了，低道：「別鬧！」

佟析秋強忍笑意，伸出纖手，在他胸前畫圈，嘟囔道：「難道沈鶴鳴未跟夫君提過，只要過了三月，便可……」剩下的話，她不好意思說，埋首在他胸前，只覺身上熱得厲害。

亓三郎聽罷，眼睛一亮，隨即又暗下去，搖頭道：「妳如今這般嗜睡，怕是不成。還是不要了。」

佟析秋咬唇，忍不住輕捶他一下。「傻瓜！」

「什麼？」亓三郎不滿地低頭，向她唇邊靠近。

佟析秋摟著他的脖子，貼上菱唇，輾轉輕吻，呵氣道：「妾身說，夫君乃傻瓜一枚！」

亓三郎眼色一深，濁重呼吸噴在兩人鼻息間。

佟析秋心跳加速，再印上一吻，見他發呆，羞得受不住，正要埋頭，亓三郎卻猛地按住她的腦袋，將吻加深，大力吸吮起來……

翌日，日上三竿時，佟析秋才緩緩睜了眼。

進來伺候的藍衣與綠蕪見狀，皆害羞地不敢抬頭。

「早上公主來過了，婢子不敢讓她進房。」藍衣見佟析秋裸露在外的肩頭有點點吻痕，連耳根都紅了。

佟析秋見她那樣，才從恍惚中清醒過來，想起昨晚的瘋狂，不好意思地脹紅臉。

綠蕪找來烘暖的衣物給她換上，小心問道：「少奶奶，妳可有覺得不舒服？」

佟析秋趕緊搖頭，雖有些乏，但並未疼痛，且昨晚亓三郎雖激動，卻還算克制，不敢太用力……想著，忍不住又紅了臉。

藍衣扭了巾子給她，難得見主子這般羞澀，忍不住與綠蕪對視，促狹一笑。

佟析秋只當看不見，淨了面，收拾好後，便用起早飯來。

另一邊，洪誠帝也清醒了，因擔心江山社稷，召親信大臣進長生殿，還傳來太子跟亓三郎。

「朕聽聞，江北一帶也遭了雪災？」

「是。」太子拱手。「兒臣亦是早朝時才知。」

洪誠帝點頭，喘息道：「如此一來，應快些安排賑災才是。」

「兒臣已跟朝中大臣商討對策，覺得今年五月的做法不錯，除了命京都高門捐衣、捐被外，亦會派人前去慰問。另外，兒臣自作主張批了十萬兩銀子救急，屆時會有大臣監工修建災棚。」

「嗯！」洪誠帝輕咳贊同，又說起邊疆蠻族進犯之事。「年年犯境，已擾得邊界百姓難以安居，朕不想再任其放肆。」

「父皇……」太子欲言，卻被洪誠帝揮手制止。

「朕的身子雖大不如前，可大越江山還容不得外族侵犯。」說著，沈眼看向亓三郎。「亓容卿！」

「臣在！」

「朕現在封你為征遠大將軍，即日掛帥，出征北疆！」

「臣遵旨！」

「皇上！」眾臣齊跪，顯然對這草率決定不解。「陳將軍戍邊多年，雖常有小戰，卻能及時應對。這樣貿然出兵，怕於社稷有礙啊！求皇上三思！」說罷，齊齊磕頭相勸。

洪誠帝咳嗽不止，指著他們氣道：「朕還未老糊塗呢，何時輪到你們來指手畫腳了?!」

「父皇，此事還有待商榷……」

「你無須多說，朕另有要事派你做。」

太子愣了下，隨即拱手，嚴肅道：「但憑父皇吩咐！」

洪誠帝喚魏忠遞水來，喝下後，才緩緩開口。「江北一帶的慰問大臣，由你擔任。」

見太子疑惑，洪誠帝又道：「京都五月雪災的災棚乃你親自監工所造，安撫百姓的事，比起一般大臣，想來你更能做好。要記住，百姓好了，你的太子之位才能坐得穩，將來更得民心，坐擁大越江山。」

一句坐擁大越江山，讓太子的心臟快速跳動一下，抬眸見洪誠帝正用目光詢問他，那雙灰黃而渾濁的眼，竟令他不由自主地跪下。「兒臣定不負父皇囑託。」

而群臣見事情已定，無法再辯，只得齊道：「吾皇英明！」

洪誠帝點頭。「都散了吧，亓愛卿留下，朕要與你好好商量北疆之事。」

「臣遵旨！」

待眾人散去，洪誠帝喚魏忠將宮人遣散，這才定眼看向器宇軒昂的亓三郎。「可部署好了？」

「皆已備妥，請皇上放心。」亓三郎鷹眼微瞇。「皇上，臣還有一事相求。」

「何事？」

亓三郎道：「待時機成熟後，臣想請皇舅舅將臣的妻子跟母親喚入宮中侍疾。」說著，抬起眼。「臣的府中怕是不安全。」

「哦？」洪誠帝戲謔地挑眉，對於他有事相求的那聲皇舅舅，顯然有些不爽。「你乃臣子，竟跟朕講起條件？」

「臣自是皇上的臣子，可也是舅舅的甥兒。甥兒護舅乃天經地義，舅舅保護甥媳，亦是理所當然。」

亓三郎肅著臉，繞著道理說話，洪誠帝聽得頭暈，無奈地搖頭。「你開口時，這張臉何時能有點好看的表情？」

「回皇上，臣一直都有。」

洪誠帝語塞，隨即不耐煩地揮手。「趕緊走，好好辦事。朕自是不會虧了甥媳。」庫房裡有的是無處擱的金銀。

知洪誠帝這是同意了，亓三郎又正經了神色，拱手彎身。「臣告退。」

見他走出殿門，洪誠帝招來魏忠。「扶朕去歇息。」

魏忠躬身，攙洪誠帝進內室了。

太子一回東宮，便覺事有蹊蹺，趕緊召集謀士，討論對策。

「你們說，父皇在下怎樣的一盤棋？」

一名謀士肅著臉，拱手出列。「怕是要變天。」

「哦？」太子挑眉示意。「說來聽聽。」

「太子可暗中派人查查，看都指揮使是否真的率軍去邊疆。如果是，此疑可減去三分。」謀士捏鬚走動兩步，又道：「另外，太子去江北慰問之事，可以擔憂皇上龍體跟朝政繁忙為由，再次請奏，若皇上答應太子留下，此疑可減七分。」

太子瞇眼，回想洪誠帝的態度，不由眼色一深，點點頭。「明日待父皇醒來，本太子便去奏請。」說著，便讓謀士們散了

亓三郎被任命為征遠大將軍、親掛帥印之事，不出半個時辰，就傳到鎮國侯府。

彼時，佟析秋正繡著虎頭鞋，聽了後，心中沒來由地一慌，竟讓針刺傷手指。

見滾圓血珠冒出，藍衣跟綠蕪驚得出聲。

佟析秋鎮定地把手指放入口中吸吮，雙眉卻緊皺起來。

另一邊，雅合居內，蔣氏亦聽聞此事，不由將正在翻看的各家千金冊子大力摔在地上，憤恨地哼道：「皇帝老糊塗了不成？又沒有多大的事，居然鬧得想打仗，還親命那小賤種掛帥出征！」

「娘說得沒錯。無大事，打什麼仗？」亓容錦從外面走進來。

蔣氏一驚，疑惑地問：「錦兒，你這話是何意？」

亓容錦哼笑，看著外面陰沈得越發厲害的天色，淡勾起陰鬱的嘴角。

「要變天了！」

第九十五章　侍疾

衡璽苑裡，佟析秋替亓三郎換上冰寒的盔甲，輕撫他俊逸的臉龐，問道：「要去多久？」

「出京都地界而已。」亓三郎握住她的纖手，放在嘴邊輕吻。「無須擔心，只是消他疑惑罷了。」

「他的城府那般深，你覺得他會信？」

「信也罷，不信也罷，我遠征只能是事實。」他的大掌撫著她黑亮的髮鬢，囑咐道：「將弟、妹送去沈鶴鳴那裡，蕭衛跟藍衣必須寸步不離地跟著妳。」

亓三郎嘮叨著，放不下佟析秋，低眸見她大得出奇的肚子，遂溫柔地輕撫低喃。「定要乖乖聽話，知道嗎？」

佟析秋想笑，奈何眼中卻濕得厲害，側身倚進他懷裡，保證道：「你放心，我會好好照顧自己的。」

亓三郎輕嗯，守在外面的蕭衛敲了下窗戶。「爺，時辰不早了。」

佟析秋聞言，不捨地離開他的懷抱，將猩紅大氅給他披上繫好。「我能送你出府嗎？」

亓三郎點頭，待她換好衣裳，兩人相攜著出了衡璽苑。

彼時，鎮國侯府的主子皆已起身，亓三郎拜別明鈺公主後，又去前院跟鎮國侯密談。待兩人出來時，天已麻麻亮。

鎮國侯領著全府上下為亓三郎餞行，臨走時，還對他道：「切莫丟了鎮國侯府男兒的膽氣，奮勇殺敵，不得臨陣脫逃！」

「兒子謹記父親教誨！」

亓三郎肅穆地行了大禮，隨即轉身，躍上身邊的黑色駿馬。

馬兒揚蹄嘶鳴，亓三郎甩鞭一喝，不過眨眼間，人和馬便消失得無影無蹤。

佟析秋傷感地抹著眼淚，明鈺公主見狀，近前拉住她的手輕拍。「別哭壞了身子，得為卿兒好好保重才是。」

佟析秋點頭，可眼淚還是止不住地流下來。

亓容錦看著掉淚的佟析秋，難不成亓三郎真要去打仗？心裡疑惑更甚……

辰時末，藍衣自外面回來，說起出征的情景。

「……百姓夾道歡送，有的人家甚至提了雞鴨去賄賂伙頭軍，只盼著兒子或兄弟能吃得好些。」說到這裡，她好笑又感動地嘆了聲。都知這一去怕是凶多吉少，做父母的不能以命抵命，只能想法子讓孩子少吃些苦。

佟析秋心不在焉地聽著，心思早已隨著亓三郎的出征飛遠……

太子得了洪誠帝醒來的消息，再次前往長生殿。

洪誠帝待他跪拜起身，便問：「可是準備出發了？」

太子聽了，小心地將試探的話說出口。「兒臣想著，如今父皇身子尚需靜養，不能勞累。朝中無人，不如另派大臣去江北？」

洪誠帝聽罷，用著渾濁之眼，靜靜看他良久。

寢殿突然安靜下來，令太子心頭有些緊張，想著是不是說錯了話，正欲開口講兩句好話挽回，卻聽洪誠帝輕咳出聲——

「朝中無人？咳……」

太子不敢接話，想過去幫洪誠帝拍背，卻被洪誠帝揮掉，抖動著手指他。

「你一句朝中無人，將朕置於何地？朕做了幾十年皇帝，難道成了虛設？咳咳……」

「兒臣不敢！」太子惶恐。「兒臣不過是心疼父皇罷了。」

洪誠帝接不上話，咳聲越來越急，似要斷氣，讓守在外面的魏忠趕緊小跑進來，倒了溫水，上前道：「皇上且喝口水潤潤。」說著，又轉身幫他拍背。

太子跪在原地，不敢上前，只焦急地看著。

洪誠帝喝了水，閉眼仰頭平復喉中癢澀，半晌後，啞著嗓子道：「這事既已定下，就得給朕好生辦妥。不過一月半月，朕還撐得住。記住，百姓才是你最大的助力！」

太子垂眸。「兒臣謹記父皇教誨。」

「嗯，下去吧。」

太子聞言，暗了眼色。「兒臣告退。」便出去了。

出了長生殿，太子回到東宮，滿臉陰鷙地找謀士相商時，下屬正好來報亓三郎的行蹤。

「依著行軍路線，明日即可出京都地界。」

太子蹙眉。「可是他本人親自領軍？」

下屬應是，明子戍揮手讓他退出去，又問昨日獻策的謀士。「昨兒先生說，若亓三郎出兵是真，那這事可去三分疑。現在，先生又怎麼看？」

「太子不如假意出行？」謀士沈吟著捏鬚。「只要不出京都地界，不管亓容卿是真出兵還是假出兵，就算事情有變，也來得及。宮中的禁衛只要有尉僉事在，便不妨事。」

「不到萬不得已，本太子還不想行最後一步。」名正言順與篡位可是兩回事，且洪誠帝在百姓心中的地位極高，稍做不好，就會留下罵名，這不是他想要的，遂道：「本太子明日就啟程前往江北。」

謀士們躬身應是，齊道：「太子殿下英明。」

太子見事情已有定論，便讓他們散了。

太子出行江北，朝中大權再次回到洪誠帝手中。

奈何洪誠帝精神不濟，整日昏睡，根本無法處理朝政。本想傳明子煜暫理，不想這廝竟成日裡忙著走雞遛狗，氣得洪誠帝大罵其不孝、不爭氣，不得不提拔幾位大臣來輔政。

彼時，隱在京都民宅裡的太子聽聞消息，便鬆了口氣。

只要明子煜沒有心思去爭，事情就好辦一半。

午後，下屬再次來報，說亓三郎已於辰時出了京都地界，一路北上，並未看出不妥。

「這是真要出兵？」

明子戌蹙眉，有些看不懂了。

亓三郎走後第七天，佟析秋開始心慌，每日命蕭衛暗中跟著佟硯青上下學，更讓佟析春跟著她同吃同睡。

侯府中，一切仍井然有序。鎮國侯每日出府尋舊部下吃酒賞梅，蔣氏看中了一名小戶女，準備定下來。

日子如流水般過著，佟析秋正猜想事情是不是還要拖下去時，十二月初二這天，天才黑，侯府大門就被宮中前來傳信的小太監敲響，急道：「快快喚來侯爺與公主，皇后命公主跟三少奶奶即刻進宮侍疾！」

接到口信的明鈺公主，當即軟了腿腳。

佟析秋心跳急促，回院準備時，喚來佟硯青與佟析春，嚴肅地叮囑。「等會兒你們跟著藍衣，去沈大夫那裡暫住！」

「二姊，是不是要出事了？」佟硯青在外面念書，不是沒聽過坊間傳聞，急急問道：「皇帝是不是要駕崩了？」

「胡說什麼？」佟析秋斥他。「切記禍從口出。」

佟硯青閉了嘴，佟析春則揪著前襟，擔憂地問：「二姊，我們走了，妳怎麼辦？」

佟析秋暗下眼色。「皇宮比外面安全。」隨即不再多說，招了一等婢女進來，又對藍衣耳語幾句。

藍衣聽得想反駁，卻見佟析秋面色一寒。「這是命令！」

藍衣聞言，只得閉嘴點頭。

佟析秋將綠蕪跟蕭衛留在衡璽苑，對眾人吩咐道：「我帶著春杏進宮。藍衣，你們切記要暗中出府，不可驚動府裡的人，可是明白？」

藍衣應下，佟析秋點頭，轉眸看向綠蕪，見她滿眼堅毅地福身道：「少奶奶放心將院子交給婢子，婢子便是拚了命，也要護得人全身而退。」

佟析秋看看眾人，濕了眼眶，無奈地一嘆，見事情已安排妥當，便命藍衣與春杏先陪她走個過場，去二門坐車。

彼時，府中兩房之人皆等在二門處，亓容錦見到佟析秋時，眼神不經意地閃了閃。待看到二房一行人坐車離去，亓容錦瞇眼盯著馬車看了一會兒，便轉身從後門出府，朝京中某處狂奔而去……

馬車一出巷子，藍衣便跳了車。

幾個跳躍間，她重回侯府院牆，飛身躍進院子後，等在那裡的蕭衛便將穿著普通棉衣的佟析春跟佟硯青交給她。

「且小心行事！」

「嗯！」

蕭衛將姊弟倆送出牆外，待看到藍衣帶著兩人隱在暗夜裡快步走遠後，才轉身跳回侯府，避過府中護衛，回到衡璽苑，隱身藏於暗處。

而綠蕪則一直緊守在暖閣門口，裡面有兩道小小人影映在窗紙上，交頭接耳，似正在說著什麼……

明鈺公主一行人來到長生殿，魏忠得信，急急上前彎身行禮。「公主快快請進。」

明鈺公主點頭，正領著佟析秋向殿內走去，跪在正殿的一眾妃嬪卻不滿了。

樺貴人更是囂張地起身，直指魏忠，喝問道：「為何外人能進，我等姊妹就不能進？魏總管，是皇上不願見我們，還是你妄自尊大，傳了假信？」

「是本宮不讓妳們見皇上。」

皇后威嚴的聲音緩緩傳來，眾人聽得縮脖，目光不由轉去，只見皇后身著九尾鳳袍，緩步自殿內走出，見到樺貴人時，淡淡道：「既是不願在這裡跪著，就送去別的地方跪。」

魏忠應答，隨即對外喚了聲。「來人，將樺貴人請出長生殿！」

「皇后，妳憑什麼趕我？我可是皇上的人！」樺貴人面色鐵青，說話無半分敬意，趾高氣揚的姿態，讓跪在地上的眾妃嬪看得心驚不已。

皇后聞言，輕哼一聲，轉眸對明鈺公主一行人道：「可驚著了？且先進去吧。」

看著明鈺公主等人步入寢殿，樺貴人更是恨得厲害，正待開口，卻見從外面進來的小太監們在魏忠示意下，上前將她的兩手反剪在背後。

「放開我，你們這群狗奴才，活得不耐煩了嗎？」樺貴人不斷扭動，衝著皇后尖叫。「皇后，妳若不讓他們放開我，屆時有妳哭的時候！」

皇后蹙眉，見樺貴人雙眼脹紅地死瞪著她，遂冷聲道：「既是連話都不會說，也不必留著舌頭了。」

「妳敢?!」樺貴人怒吼，魏忠則快速上前，拿著布巾將她的嘴堵了。

見樺貴人還瞪著眼，不停掙扎，魏忠就對捉人的小太監喝道：「關起來！」

小太監應下，押走樺貴人。皇后又冷睨跪下的眾妃嬪一眼。「皇上如今昏迷，爾等一個個卻不省心至極。既是不願跪在這兒等，就滾回宮去。這事之後，應該如何，爾等各自在心中掂量掂量吧！」說罷，便轉身離去。

明鈺公主領著佟析秋進到內殿時，明子煜正跪在龍床前。

看到她們，他正了臉色起身，招呼作揖，又親自搬凳子給佟析秋。「表嫂且坐。」

佟析秋撐著腰道謝，也不勉強，直接坐下。

明鈺公主上前，看著似槁木般沈睡不醒的洪誠帝，便抹著淚問明子煜。「如何了？」

「且再等等。」明子煜搖頭，看著昏睡的洪誠帝，桃花眼中現出凌厲之色。「還有宮人起了異心。這些害群之馬，待此事過後，本王必要將他們除了！」

此時，皇后走進來，見眾人欲起身行禮，趕緊揮手讓他們落坐，緩步到龍床邊，坐於床頭，問隨後跟進來的魏忠。「什麼時辰了？」

「回皇后娘娘，還未到酉時。」

「哦？」皇后盯著高腳燭檯，別有深意地道：「時辰尚早，暫且等著吧。」

眾人聞言，除明鈺公主外，皆會意地沈默了。

另一邊，亓容錦來到太子藏身的民宅後，向他稟報了佟析秋等人的行蹤。「連她也進宮侍疾了。」

太子瞇眼，問身邊的人。「賢王呢？」

「早早就進了宮。今兒城北有鬥雞比賽，賢王爺卻未前往，皇上怕是真的……」屬下答得欲言又止，又道了句。「據探子來報，也有好些朝臣進宮去了。」

太子聽罷，沈下臉，手中握著剛剛得來的密函。江北一帶根本沒有雪災，這不過是洪誠帝想遣他離開的藉口罷了。

他冷笑，父皇真是寵七弟，為扶他上位，不但遣離他，還不惜讓人傳出假消息。為了七弟，到死都不願正視他！

太子慢慢收緊了手，眼神從溫潤到陰鷙，再到徹底冷寒，猛地起身冷喝。「進宮！」

既然不願給，那他自己去搶！

時間靜靜流逝，等待的過程顯得尤為漫長。

魏忠不時進來報著時辰，而跪在外面的妃嬪，哀鳴早已變成敷衍的嗚嗚聲。

忽然，一道明亮的白色火焰，咻地升上漆黑寂靜的夜空，砰地爆裂，一朵白蓮綻放開來。

佟析秋一凜，心臟驟然緊縮。

外面響起驚呼，各宮燭火同時熄滅。偌大的皇城，一時之間，竟只剩長生殿亮著。

宮人們在外面亂著，有人前來稟報，說各宮宮女尋著蠟燭，卻發現竟是點不燃的無芯之燭，顯然被人調包了！

而跪在長生殿裡的妃嬪們變得緊張不已，有那性急的，更是快快起身，擔心宮裡的珠寶，可不能趁亂被奴才們搶走。一些有心思的妃嬪們變得沈默，白著臉依偎在一起。

在外面跑動的宮人越來越急，有人哭喊出聲，有人高聲尖叫著抓賊，更有小太監屁滾尿流地進殿，上氣不接下氣地道：「有刺客，有刺客！」

妃嬪聞言，徹底慌了。

內室的皇后聽見，驀地自凳上起身，快步走出去。

妃嬪們見到她，急急跪行上前，驚慌地呼叫。「皇后娘娘，有刺客！」

「哭什麼？皇城之中，哪來的刺客？都給本宮跪好了！」皇后一臉威嚴，對魏忠喝道：「依本宮之令，宣宮中禁衛統領覲見！」

「是！」魏忠急急跑出去。

跪在地上的妃嬪們早已嚇得肝膽俱裂，皇后巡視一圈，這才記起在前朝等著的大臣們，皺了眉，正欲喚自己身邊的掌事太監前來，卻聽外面突然傳來一陣震大的廝殺聲。

不一會兒，魏忠奔進來，急道：「不好了，宮外聚集大批士兵，禁軍統領正領兵對抗呢！」

「可知是何人？」

「聽說是太子！」

太子?!眾人吸氣，太子不是去江北了嗎？

此時，殿外響起鏗鏘有力的聲音。「宮中有刺客潛伏，末將特奉太子之命，前來護駕！」

外面亦齊齊響起眾將之聲。「保護皇上，抓刺客！」

高吼震耳的聲音，讓殿中妃嬪再無暇思考，害怕地緊緊圍成一團，哭作一堆。

內殿裡的佟析秋，手心早已冒出冷汗，聽著震耳欲聾的士兵喊叫，呼吸變得急促。因心緒波動，肚中孩兒受她影響，不安地踢動起來。

佟析秋白了臉，極力深呼吸，把手放在隆起之腹上，輕道：「乖乖的，一定要乖乖的。」

明子煜跪在那裡，不緊不慢地幫洪誠帝蓋好被子，喚道：「魏忠！」

「老奴在。」

「準備宣讀聖旨！」

「是！」

第九十六章　跟了我

另一邊，皇后聽著來人的稟報，不由輕嘲出聲。「好大的膽子，你是哪宮之人？竟敢擅闖皇帝正宮？」

「末將乃東宮僉事尉林。」來人著一身銀亮盔甲，眉眼間雖俊朗，但臉形極為陰柔。對於皇后的問話，表面不卑不亢，可眼中卻是嘲諷至極。

坐在內室的明鈺公主聽罷，急急起身出去，高聲喝道：「你乃東宮僉事，竟敢無旨擅闖皇帝寢宮，不要命了嗎？」

「臣只負責抓刺客。至於其他，自有太子處置，公主無權過問。」

「你——」

「好了！」皇后制止了明鈺公主。

這時，城門處的喊殺聲越來越近，明鈺公主白了臉，諷刺地哼道：「居然想篡位，太子殿下當真好大的膽子！」

尉林不理會她的尖酸，只揮手喊道：「將長生殿給本將圍了，任何人不得出入，本將要親自搜查刺客行蹤。」

「是！」眾將士聽令，吼著高舉長槍，配著跑動的踢踏聲，讓妃嬪們心神俱裂。

皇后與明鈺公主立在殿外的高階上，看著士兵包圍長生殿，與尉林冷冷對視。

彼時，誰也不出聲，皆靜默聽著越來越近的喊殺聲。

白日裡輝煌巍峨的宮殿，除了長生殿中的燭火，一切皆隱在冰冷的黑暗中，沒有半絲暖意。

遠處的喊殺聲越來越弱，不到一刻鐘，就由原來的嘶吼變成高聲歡呼。

明鈺公主的背脊冒出冷汗，聽著越來越近的行軍聲，硬是不服輸，又將下巴抬高幾許。

遠處突然亮起了火光，一名身著明黃四爪蟒袍的男子領頭款款走來。他面帶溫笑，笑容在冰冷闃黑的夜裡如陽光般，溫暖得讓人想靠近。

明鈺公主冷笑瞇眼，看著他身後的臣子，哼道：「動作倒快，竟將大臣都拉攏過去。」

「子戌拜見母后，見過皇姑姑。」

「太子殿下不是奉命去了江北？無詔卻私自回京，你當聖旨是什麼？」

「江北之事，乃子虛烏有。本太子見事有蹊蹺，便快快返回，怕有人欲對父皇行不韙之事，特帶人前來保護。」太子笑得溫雅。「皇姑姑真是冤枉子戌了。」

「你好大的膽子！」明鈺公主氣怒。「擅自帶兵闖入皇宮禁地，實該誅殺！」

太子不跟她辯駁，只緩步登上高階，與皇后平視。

半晌，他正了身子，看著階下眾將跟群臣，背手挺胸，仰頭道：「父皇病重，從今日起，本太子將順應天命，接掌皇權，替父皇……」

「聖旨到——」

一道尖細嗓音傳來，眾人齊齊向後方看去，見是魏忠高舉明黃聖旨而來，身後還跟著明子煜與佟析秋。

「皇上有旨，眾臣還不下跪！」

魏忠走到明子戍跟前，雖是叫著眾臣，眼睛卻直直看著他。

明子戍暗下眼，勾唇看向後面的明子煜。「這是七弟想要的？」

明子煜搖頭，見太子滿意地半瞇起眼，便表情淡漠地道：「我雖不想，但五哥亦不是順應天命！」

「皇上有旨，眾臣還不下跪?!」魏忠長年跟在洪誠帝身邊，身上已然存著幾分威儀，嗓音再次響起，已令不少大臣軟了腿。

可後面站著的將士未得到主子下令，完全沒有要跪的意思，長槍向前對著那群膽小至極的臣子，不讓他們跪。

「太子殿下這是想造——」

反字未落，明子戍一把將聖旨奪過去，單手抖開，看著裡面的內容，當即大笑出聲。

「哈哈……哈哈……父皇果然還是不願將大越江山交給本太子啊，居然想傳位給七弟！」說著，他看向明子煜。「七弟，你何德何能？」

明子煜平靜地看著他。「五哥又何德何能呢？殺兄弒父，你樣樣皆占，又憑什麼呢？」

明子戍冷眼，直接將明黃聖旨狠狠向階下拋去，表情陰鷙得可怕，喝道：「來人啊，將這些人給本太子全部拿下！」

將士洪亮的應聲，震得眾人耳膜直響。不過眨眼間，便齊齊圍攻過來。

殿內的妃嬪們驚得尖叫不斷。有士兵來推佟析秋，佟析秋不穩地踉蹌了下，眼看就要摔下地，卻見明黃袖袍迅速自她眼前閃過，將她接撈在懷，同時又反手給那士兵一巴掌。

士兵挨打，嚇得趕緊跪地大呼。「卑職該死，求太子恕罪！」

「滾！」太子冷道，士兵嚇得當即向後退下。

被太子緊摟在懷的佟析秋，肚子頂在他腰側，這種曖昧至極的姿勢讓她極為羞惱，想從他懷裡掙扎出去，奈何他卻將她扣得極緊。

明鈺公主也被推搡，看到這一幕時，不由怒吼。「明子戍，你這寡廉鮮恥之徒，快放開本宮的兒媳！」

太子勾唇，像是挑釁般，大力扳過佟析秋，讓她正對著自己。

佟析秋惱極，因大力掙扎而呼吸急促，孰料太子卻閉上眼，陶醉地聽著。

太子正享受著擁她入懷的感覺，卻驀地感到手掌一痛，蹙眉放開她，低眸看向傷處，原來又是一支赤金鳳簪，正直直插在他的手背上，鮮紅血液不斷向外湧出。

明子戍眼色一深，將簪子拔下來。

佟析秋累極，飛快退後幾步，轉身欲跟上被押的明鈺公主，卻聽太子低低笑道：「第二支鳳簪。妳果然特別！」

天下間敢用簪子刺他、且還動手兩次的女子，唯有她。聰明而有膽識，這才是他想要的女人！

太子瞇眼看著那欲走掉的背影，將流血的手背放在嘴前輕舔了下，再次睜眼，卻笑得不懷好意。

佟析秋蹙眉，淡然將自冠帽裡掉下的一縷髮絲輕輕別在耳後，只當聽不見，繼續向殿內行去。

有了剛才那一幕，士兵不敢近前押她，紛紛讓了道。

佟析秋頓了下，眸光極冷地睇起眼。

此時，太子自顧自地道：「妳若願意，便跟了我。」說到這裡，他看向她的肚子。「我不計較妳有過男人，只要妳也能給本太子生幾個聰慧的兒子，本太子將來一定立他為儲！」

佟析秋冷笑出聲。「夫君一直拿你當朋友，你卻想染指他的妻子。太子殿下，你還真是禽獸不如！」

太子聽罷，當即臉色陰鷙。

佟析秋進了大殿，朝被押在一起的妃嬪們走去，行到明鈺公主身邊，便挨著她跪坐在冰涼的玉石地板上。

明子煜被反剪了手，看著一臉陰鬱的太子，不由哼笑出聲。「本王一直以為五哥是最溫和良善之人，如今看來，內裡早已腐爛生蛆，心胸狹隘不已！」

「狹隘？」太子臉色扭曲。「你有什麼資格這樣說本太子？本太子年幼時，因母妃身分卑微，被扔去行宮，十年後才召回。皇兄們皆五歲啟蒙，本太子卻足足等到十歲，除此之外，給的伴讀，居然反讓本太子成了陪襯！父皇從小就喜歡你們，你們也比本太子高上一等。如今本太子不過拿回應得之物，何曾有你說的狹隘之處？」

太子冷冷看著不斷掙扎的明子煜，上前拍著他的俊臉，嘆道：「你若一直這麼玩世不恭多好？何苦來蹚這渾水？」

「就算再委屈，你也不該殺兄弒父！」明子煜暴紅了雙眼，對著他低吼。「你篡位奪權，設計殺兄，五哥，你這張皮，謀得好深啊！」

「不知道你在說什麼！」太子哼笑著轉身，看向跪坐著的佟析秋，眼神一冷。他正欲提腳上前，謀士趕緊提醒道：「太子殿下，欲得天下，首奪玉璽！」

太子跨出的腳頓住，轉眸看謀士一眼，輕嗯地點頭。「將魏忠押來！」

士兵應是，魏忠掙扎著想逃，奈何押他的士兵根本不理會他，直接把他扔在明子戉腳邊。

「你長年近身服侍父皇，可知玉璽放在哪裡？」太子彎腰，陰冷地看著他問，隨即轉眸，對明子煜瞇眼冷笑。「還是玉璽早已移交給他人？」

魏忠緊抿著唇。太子見狀，冷哼著直起身，抬起著金絲雲紋靴的腳，狠狠向他的下巴踢去。

「唔！」魏忠被踢翻，下巴磕到牙齒，咬到嘴裡的嫩肉，血沫自嘴角噴出來，嗆咳時，一顆牙掉了出來。

「可知道在哪兒了？」太子陰笑著背了手，理理身上的蟒袍，又朝被眾妃嬪擁護的皇后看去。「還是，母后知道？」說著，舉步向皇后走去。

明鈺公主大驚，立時將皇后護在身後，尖聲斥責太子。「明子戉，你不怕遭天譴嗎？」

太子冷眼掃過明鈺公主，看著白了臉的佟析秋，笑道：「若有天譴，父皇也逃不掉，畢竟，我所做之事，亦是他當年所為！」說罷，俊臉陰鷙，伸手就要抓皇后。

「五哥，你住手！」明子煜掙扎著想上前，奈何押他的士兵見他太不安分，讓人上前鎖住他的喉，按著他的腦袋，死命向下壓。

明子煜被掐得翻了白眼，一股噁心立時從喉頭湧上來。

「皇兒！」皇后心驚，沈了眼，對太子喝道：「還不趕緊放人！你連唯一的弟弟也不放過嗎?!」

「七弟雖皮了點，不過本王哪捨得讓他吃苦！」雖這麼說，太子卻未下令放了明子煜。

眼見太子伸了大掌，要去揪皇后的鳳袍，明鈺公主做好拚死的準備，打算動手反抗。跪在玉石地上的佟析秋，只覺涼意竄進了身子，正咬唇哆嗦時，卻見明子煜拚命對她示意，便高聲叫道：「我知道玉璽在哪裡！」

見太子望來，她頹然地暗下眼，道：「我知道玉璽藏在何處，不過你要放了皇后與這群妃嬪。」

太子停下手，看著她，明顯不信，挑眉冷笑道：「哦？妳知道？」

「皇舅舅告訴過我。」

「何時說的？」

「上回昏迷時。」佟析秋淡然地抬眸，與他對視。「皇舅舅早預料到你心術不正，不想把皇位傳給你這個陰毒小人。」

啪！一記耳光重重搧在佟析秋蒼白的臉上。

太子上前，抓起她的衣襟，眸光陰鷙凶殘。「妳一而再、再而三地惹怒本太子，真當本太子對妳用情幾分，便可為所欲為？信不信，本太子可以立刻要了妳，再命人破了妳的肚子，讓妳死也不清白！」

「你這小人，快放開本宮的兒媳！」明鈺公主聽得心驚膽戰，從皇后身邊跑過來，上前就要去扳他抓著佟析秋的手。

佟析秋蒼白的臉上印著鮮紅的五指印，看向靠得極近的太子，哼笑道：「用情？你這陰毒小人也配？呸！」

她對他噴出一口唾沫，徹底惹怒他，當即一臉陰狠，大力把她扔出去。

「小心！」明鈺公主大叫，撲上去，給佟析秋當了人肉墊子。

佟析秋重重倒地，雖有明鈺公主墊背，可還是動了胎氣。

她咬牙，緊捂著肚子，冷汗從歪掉的冠帽裡狂流而出，冷冷地朝憤憤抹臉的太子看去。

「不識好歹！」太子沒想到，他看中的女人會如此潑辣，居然敢對他吐口水?!是她本性如此，還是他看走了眼？

將臉上的口水抹淨，太子面上閃過狠戾，看佟析秋不斷喘著粗氣，哼笑一聲，大步走向她。

佟析秋有些害怕地向後挪兩步。明鈺公主起了身，見太子來者不善，趕緊將佟析秋護在身後。「明子戍，你真要當禽獸不成？」

「既然罵了，自然當得起。」說罷，他將尖叫著的明鈺公主大力往旁邊推去，要去抓佟析秋。

佟析秋後退著，眼見他的手就要伸過來……

「住手！我告訴你……玉璽在哪兒！」明子煜紫脹著臉，艱難地發出嘶啞至極的喊叫。

掐著他的士兵聽見，立時鬆了幾分力道。

明子煜緩過氣，見太子雖然停住，可手還是大力抓著佟析秋的衣襟，趕緊道：「五哥不想要這皇位了？」

太子頓住。

「還是說，女人比皇位重要？咳咳——」明子煜大咳，士兵不得已，只好又鬆了幾分力道。

太子的眸光晦暗難辨，鬆了抓著佟析秋的手，眼神輕閃，似在作著抉擇。

這時，謀士上前道：「太子殿下，大局為重！」

「哼！」太子聽罷，狠甩衣袍，轉身向明子煜走去。「在哪兒？」

「先放了表嫂她們！」

「你在跟本太子講條件？」太子被惹得火大，長期的忍耐在這一刻徹底爆發出來，再不復以往的冷靜自持，陰笑地看著明子煜。「你以為本太子找不出來？」

「呵！」明子煜諷笑。「若五哥不想光明正大坐上皇位，盡可不要傳國玉璽！」傳國玉璽象徵著真龍天子，若敢不要，怕連皇位都坐不穩。

一個偽皇，還是靠著逼宮得來的，人人可得而誅之，若不想給世人詬病的藉口，屆時天下大亂，讓人謀了皇位，這口氣，太子真得嚥下去。

太子瞇眼看他，身邊的謀士亦在勸他三思而行。

良久，只見他大力揮手，圍在女眷周圍的士兵們立時收起長槍。

「放走女眷！」

士兵應下，眾妃嬪趕緊起身。

明鈺公主也把佟析秋拉起來，轉身要去扶皇后，不想皇后卻揮手拒絕。

「還不快滾！」

妃嬪們聽罷，雖嚇得輕抖，卻齊齊看向了皇后。

皇后看看明鈺公主跟佟析秋，見兩人皆衝她搖頭，就嘆了聲。「有想走的，本宮不留。」話落，見眾人眼露驚訝，又道：「本宮要與皇上共患難！」

有那心急的聽了，匆匆給皇后行禮。「妾身告退！」飛快地轉身，向殿外跑去。

有一就有二，不過片刻，二十來個妃嬪跑得剩不到十人。

皇后看向留下的幾人，她們跪下行大禮道：「妾身等人永遠追隨皇后娘娘。」

皇后點頭，不管真心還是假意，此時有這份心就夠了。

佟析秋看向淒涼的正殿大門，只覺這些妃子好生愚蠢。這時外面一片漆黑，就算太子明著放了她們，在摸黑回宮的路上會發生什麼，誰又知道呢？

她低眸，手指輕撫已經緩過疼痛的肚子，暗暗咬牙。她付了這般大的代價去惹怒太子，之後的補償，皇帝老兒休想那麼算了。她拿著孩子拚命，明子戍也不能好過！

另一邊，明子戍部署好，冷哼著看看留下的幾人，揮手下令放開明子煜。

明子煜一能順利呼吸，便大咳起來。

太子不耐煩了，急問：「玉璽在哪兒？」

「在父皇的寢殿裡。」

「帶他進去。」明子戍揮手，讓士兵把他押進殿。

不想，明子煜卻看著他笑。「五哥還是親自去的好，本王被押著，不方便拿。」

太子陰著眼看他。「你真當本王氣糊塗了不成？」

「若是不信，由我去拿吧！」佟析秋從明鈺公主身邊站出來。

太子看她良久，謀士抬頭望天色，道：「太子殿下，快丑時了。」天將亮，不能再拖。

太子揮手，讓他們快快進殿。

佟析秋向明鈺公主使個眼色，見她和皇后跟上後，才往內殿行去。明子煜則被四個士兵押著，後腳跟上。

明子戍想了想，命兩名謀士隨行，也進了殿。

幾人步入內殿，皇后看到躺在床上、面如槁木的洪誠帝，眼淚止不住地流下來。

「皇上……」

「將她攔了！」

「是！」押著明子煜的士兵分出人手，把皇后攔在一邊。

太子冷眼看向佟析秋。「妳去拿。」又問明子煜。「在哪兒？」

佟析秋看著明子煜。「可是在皇帝舅舅床板下的暗格裡？」

明子煜點頭，佟析秋便上前。

明鈺公主想跟去，另一個士兵卻飛快把她攔下。

佟析秋見狀，緩步走到洪誠帝龍床邊，道：「對不起了，皇帝舅舅。」說罷，伸手將床裡的被褥掀開。

她剛摸到暗格，將木板抽出，卻聽太子沈聲喊道：「且慢！」

太子提腳走來，把佟析秋推到一邊，看向暗格，果見裡面有個龍紋明黃絲綢的包裹，心急跳兩下。多年等待，終於要在這一刻實現了！

被摔在旁邊的佟析秋，用手抓住床沿，以減輕衝撞的力道。

見太子已伸手拿出明黃小包裹，她趕緊站起身，不動聲色地退開，儘量離那幾個謀士與士兵遠些。

皇后見狀，亦拉著明鈺公主後退。

太子打開小包裹，見到裡面的盤龍碧玉璽時，當即得意地大笑起來。

「哈哈……真是傳國玉璽，本太子，不，應該是朕。大越江山皆為朕所有了！哈哈……」

他狂笑了一會兒，突然止住笑，陰著眼向洪誠帝看去，用未受傷的手拍拍洪誠帝的胸口，輕喚。「父皇？」
見洪誠帝不動不響，沈沈靜睡似死去般，他便伸手，小心地在他鼻翼下探了探，只覺氣若游絲，分明是油盡燈枯。
太子又笑了，扭曲著臉，手慢慢挪向他的脖子。「父皇，睡著就沒意思了，兒臣還等著繼承大統呢！」
「明子戍，你要幹什麼?!」明鈺公主嚇得尖叫，皇后亦急得想衝過去。
明子煜脹紅眼眶，悲戚地低吼，不斷掙扎。
佟析秋眼色一深，不動聲色地繼續向後移。
太子側頭，答道：「父皇太痛苦了，本太子想早點讓他安享極樂。」
「明子戍，你這個畜生！」
太子不理會驚呼的明鈺公主，手掐住洪誠帝的脖子，隨即用勁——
「皇兄！」明鈺公主悲鳴。
「不要！」明子煜似瘋魔般，瞬間甩開兩名兵丁的箝制。
其餘士兵見狀，趕緊丟下看著的女眷，跑去幫忙。而謀士則被幾人的吼叫嚇得慌了神。
趁現在！佟析秋咬牙，轉身向龍床後面快步移去。
皇后見狀，亦拉著明鈺公主朝另一邊退開。太子的人完全沒發現她們的異狀。
太子使出全力掐著洪誠帝，咬牙要給出最後一擊時，洪誠帝突然睜眼，有些耷拉的桃花眼裡迸出極寒之光，直直射向他。

太子驚住，手勁跟著鬆下來，待回神，想再使力掐去時，洪誠帝卻飛快伸手握住他的手，用力反轉——

太子慘叫，洪誠帝自床上騰跳而起，再次扭了他的手腕。

喀！斷骨之聲響起，太子想仰天大叫，洪誠帝卻抓著被子一角，大力朝他嘴裡塞去。

太子發現上了當，正欲反抗，但不知何時，梁上及床下竄出好些蒙面黑衣人。

明子煜見狀，自黑色皂靴裡抽出一把鋒利短匕，轉眼之間，士兵就被割了喉。

兩名謀士被突然跑出的黑衣人嚇破膽，剛要高叫，也立即斃命。

皇后和明鈺公主被其他黑衣人護在身後，佟析秋則在龍床後面安全地躲起來。

一手被反剪並堵嘴的明子戍，本想用另一隻手反抗，卻硬是被洪誠帝毫不客氣地擰得脫臼。

這時，聽到慘叫的士兵們，飛快地衝進來。

「別動！」洪誠帝押著太子，警告地看向進來的眾將。

太子訝異地抬頭，見到那冰冷至極的眸光，不安地扭動起來，想起身，一柄寒涼長匕卻橫在他頸間。

「五哥，你最好別亂動！」明子煜冷冷地警告，轉眸看向洪誠帝。「表哥辛苦了。」

亓三郎眯眼，騰出手往臉邊大力一拉，人皮面具瞬間被撕下，露出冷俊帶稜角的容顏。

太子不可置信，明子煜則伸手向亓三郎要了那面具。「想不到世間真有這玩意兒，不愧是藥王的弟子。」

另一邊，隱藏的暗衛向空中發射煙火。

圍守外面、正準備跟著衝進內殿的尉林，看著那道紅色煙火，不由瞇起陰鬱的雙眼。

砰！煙花落下，不待他反應過來，一陣沖天喊殺聲便響徹雲霄。

所有圍殿的將士跟人質聽見，皆後背一涼。

此時，宮牆一角燃起火焰，眾將瞪大了眼，看著自起火處密密麻麻持槍湧來的士兵。

尉林回頭朝殿中看了眼，便大力抽出佩刀，高吼道：「自古成王敗寇，不是你死就是我活，給我衝啊！」

他話落，一枝枝羽箭即飛快自暗處射來。此起彼伏的慘叫，讓一眾將士慌了神。

尉林奮力閃躲那些羽箭，一邊擋、一邊觀察地形。身邊的人一個個倒地，他藉此遮擋，跳躍著向黑暗隱去。羽箭雖還不停朝他跑掉的方向落下，卻失去準頭，射不中了。

衝進殿內的士兵，聽到外面的慘叫後，不由互望，全身發抖。

明子煜見狀，冷笑著把玩匕首。「他們想以無芯蠟燭來製造混亂，終是偷雞不成！」

亓三郎只冷冷給屋中的黑衣人使個眼色後，便看向太子。

太子感受到他冰寒的目光，後背寒毛直豎，警覺起來。

還不待他反應，亓三郎已快速將他的手肘卸了，再來是手腕、大腿、腳踝，一處也不放過，全給卸了。

亓三郎卸得淡定自若，太子卻痛得冷汗淋漓。

士兵們束手無策地看著主子被卸了手腳，再聽外面越來越弱的喊殺聲，自知已毫無戰力，遂雙腿發軟地扔了手中長槍，下跪求饒。

明子煜咋舌，看著已徹底癱軟在床的太子，再去看亓三郎，卻見他已下床，向龍床後面走去。

方才，佟析秋聽到廝殺聲響起時，雙腿便發軟，再也撐不住，貼著龍床後的牆壁坐倒，透心涼的玉磚讓本就受涼的肚子加重了疼意。

她竭力深呼吸，可這會兒繃著的精神已完全鬆懈，身心疲憊不堪，再無半絲力氣起身。看著行來的亓三郎，她只能衝他虛弱地露出疲憊笑容。

亓三郎看得滿眼心疼，趕緊蹲下抱起她，走了出去。

皇后等人則將如同廢物的太子拖開，讓亓三郎把佟析秋放在龍床上。

雖是有生以來第一次睡龍床，可佟析秋卻感受不到有多特別，只累極地睜眼看著亓三郎，執意等他跟她說話。

亓三郎見狀，溫柔地摘掉她頭上歪掉的冠帽，輕拭她汗濕的額頭，哄道：「好好睡一覺。」

佟析秋點頭。明鈺公主在旁邊看得焦急，本想近前問她可有哪兒不舒服，但見她半邊臉都高腫了，忍不住又將太子痛罵一頓。

亓三郎聽著母親的罵聲，與佟析秋深深對視一眼後，轉身出了內殿。

佟析秋看著他的背影，已是累極，再也支撐不住地昏睡過去……

第九十七章　驚魂

睜眼醒來時，佟析秋看著帳頂，迷糊地發呆，想了良久，才記起這煙紫刻絲的紗帳是不久前她吩咐人換上的。

她恍然明白，原來已經回到侯府，遂有些頭疼地揉揉腦袋，啞聲喚人。「藍衣？」

「欸！少奶奶醒了？」人未至，聲先到，緊接著一陣叮咚輕響，婢女們端著洗漱用品進來。

藍衣快一步過來扶佟析秋起身，拿靠枕給她墊著，又倒杯溫水給她潤喉。待服侍佟析秋洗漱完後，便道：「大夫說少奶奶動了胎氣，得靜養兩天才行。」

佟析秋頷首，靠在床頭，回想昨晚暈倒前的事。

這時，綠蕪掀簾進來了。

佟析秋回神望去，見她俏麗的臉上有傷，連胳膊也包紮著吊掛在胸前，遂輕聲問道：「受傷了？」

綠蕪雙目含淚，上前給她磕頭。

藍衣收到佟析秋的暗示，趕緊把她扶起來。看看兩人，便退下了。

「坐吧！」佟析秋扯出笑，指指床頭的錦凳。

「多謝少奶奶！」

綠蕪抽噎著坐下，垂眸偷看佟析秋一眼，隨即道：「婢子還以為再見不到少奶奶了，好在老天保佑，讓婢子撿回條命。」

「昨夜有人闖府？」

綠蕪點頭，回想那場對抗，當真嚇掉半條命。

「前半夜本來還算平靜。不到亥時，婢子看到白蓮升空，害怕極了，院中護衛也不斷跑進跑出。聽守門的婆子說，府外有行軍之人，踢踏聲讓我們這群做下人的嚇得心裡直打鼓。」當時蔣氏還自私地將巡查衛璽院和清漪苑的護衛全聚集到大房，二房的下人只能害怕地擠成一團，聽天由命。

「煙火升空後，並未發生多大事情，真正出事時，是在丑時一刻。那時，天空又放一次煙火，不過片刻，府裡就有人慌不擇路地跑動，大喊宮中起火了。」

不久，侯府院外響起哨笛，緊接著有人高聲尖叫賊人闖府。院中的婆子、婢女嚇得半死，四下抱頭亂竄，想找地方躲起來。

但綠蕪卻不能走，聽著遠處傳來的尖叫和護衛們的拚殺聲，只覺心都快跳出喉嚨了。暖閣裡假扮佟析春跟佟硯青的小丫頭，更是頻頻想跑出屋，雖被綠蕪喝住，卻嚇得大哭，喊道：「綠蕪姊，我們會不會死啊？妳放了我們，讓我們出去找地方躲吧，求求妳了！」

這般大的目標給人捅，哪還有她們活命的機會？兩人越想越怕，一邊哭著、一邊哀求。

「若有人要殺妳們，想躲也躲不了。府中就這般大，來人又那麼多，躲哪兒都是死，何不死得有價值點？」

兩個小丫頭被吼得不敢吱聲，只得躲在暖閣裡，相互依偎，偷偷抹著淚。

突然，急促的哨笛聲在衡璽苑中響起，一群黑衣人瞬間闖入。衡璽苑沒有護衛，其他婆子跟婢女也沒了蹤影。

綠蕪看見這麼多人，腿幾乎抖成篩糠。還不待她叫囂幾句，另一道黑影就自暗處飛到她面前。

她嚇得癱在門框上，定睛一看，原來是隱在暗處的蕭衛。

兩邊的人稍稍對視一眼，即揮劍砍殺起來。

蕭衛飛身衝過去時，綠蕪只能藉著微弱燈光看著一群影子不停飛閃，除此之外，火光四濺的冷兵器，更是嚇得她縮著脖子，想退去暖閣。

而暖閣裡的兩個小丫頭，不知是嚇著還是怎麼著，又大哭起來。

綠蕪聽見，剛想進屋，卻驀地感覺後背一涼，還不待轉身去看，身子就被人撞飛出去。她身上發疼，卻聽到一聲沈痛的悶哼，抬頭望去，原來是蕭衛替她擋了一劍。下手的刺客更是毫不留情地將劍大力迴旋後，才抽出去，嗞的一聲，鮮血從蕭衛肩頭迸射到她臉上。

綠蕪本就白著臉，這下更是傻了眼，如提線木偶般動彈不得。

不想，蕭衛再次痛哼後，對她沈聲叫道：「快走！」

綠蕪立時回神，想爬起身，可刀光劍影的寒氣硬是讓她又軟了腿。

蕭衛見狀，藉著抵擋的空隙，一把提起她，向後扔去。

「啊——」綠蕪疼得冷汗直冒，鼻子重重撞在門上，跌落時，手肘還拄地，卻顧不上太多，強撐起身，躲在蕭衛身後，咬牙堅守暖閣。

可這樣一來，蕭衛就吃了虧，挪不得半步，只能被動擋著黑衣人的攻勢。

綠蕪聽著他不斷悶哼，不知為什麼，眼淚竟止也止不住地狂落。咬著牙，知道再這樣下去，蕭衛遲早要被人捅死，隨即開了暖閣，飛快跑進去。

有刺客見狀，想乘機跟著溜進去，卻被蕭衛一劍穿心。

綠蕪嚇白了臉，衝進暖閣時，不想卻被眼前的情景嚇得心跳驟停。

暖閣裡，不知何時也有刺客闖入，來人蒙面，眼神極陰，用長劍指著跪在那裡，假扮佟硯青和佟析春的小丫頭，看到綠蕪時，沈聲喝道：「那些小崽子呢？」

綠蕪臉色發青，搖頭不斷後退。

不想那人看著她的動作，冷哼著提劍，毫不手軟，削了兩個小丫頭的腦袋。

看著汩汩冒出的鮮血，綠蕪嚇得當即面如死灰，癱跪下去，張著嘴，忘了呼吸，眼淚齊刷刷狂流而下。

「那兩個小崽子在哪裡？不想死，就老實告訴本大爺！」那人將冰冷劍尖指向她的脖子。

綠蕪搖頭，見他突然陰鷙地凸了眼，便絕望地閉上眼睛。

她以為她會死的，全身發涼。可閉眼半晌，也未感到疼痛襲來，相反地屋裡還響起乒乓的打鬥聲。睜眼看去，原來藍衣不知何時從被砸爛的窗戶跳進來，替她擋下賊人刺來的劍。

綠蕪立即緩了口氣，再看到那兩顆人頭時，又嚇得趕緊捂嘴跑出去……

「若不是藍衣跟沈大夫來得及時，婢子怕真要見閻王了。可惜了那兩個小婢女……」綠蕪哽咽著，再也說不下去，嚶嚶啜泣起來。

佟析秋嘆了一聲，若是可以，她也不想這麼做。

「命人好好安葬。看看她們可還有家人，若是家生子，就脫了奴籍，再發銀百兩，當作補償吧！」

端著粥品回來的藍衣聽見，道：「少奶奶心慈。」又準備上前餵她喝粥。

佟析秋擺手，自行接過，沒甚胃口地勉強吃著。「對了，府中損傷怎麼樣？」

藍衣聞言，絞著絹帕諷笑道：「大夫人可是個有本事的，把所有護衛都拉去護著大房，闖門的也不過是些小毛賊，也就死傷兩、三個護衛罷了。」

佟析秋眼色一深，放下銀匙，看向藍衣。

藍衣附耳過去。「四少爺被抓了！」見她挑眉，又道：「聽說跟著太子謀反，當時負責堅守宮門，被侯爺大義滅親逮回來，如今正關在天牢呢。」

除此之外，今早鎮國侯回府時，聽說院中之事，狠罵蔣氏一頓不說，又將她禁了足，命人緊鎖雅合居。

佟析秋冷眼垂眸。「想來，她還不知道自己兒子之事？」

「是，婢子這就去說。」

佟析秋不作聲，將一碗粥喝完後，便命綠蕪去辦兩個小丫頭的事。見她點頭，卻還不願走，就好奇道：「還有事？」

綠蕪有些忸怩地捏了下衣角，咕噥道：「婢子……婢子想求少奶奶，賜盒好的藥膏給婢子。」

佟析秋恍然，笑道：「倒是忘了。我這裡有一盒上好的續骨膏，妳肘骨斷了，需得續骨才行。」

「不不不！」綠蕪連連搖頭，不自在地紅起臉。「婢子、婢子想求盒傷藥膏，蕭侍衛是為保護婢子才挨劍，婢子不想欠他的情。」越說越小聲，說到最後，整個人竟埋頭如鴕鳥般。

佟析秋見狀，本想打趣兩句，又覺提不起勁，且時機不合適，遂喚來春杏，將裝藥的匣子拿出來。「妳先拿去用著，不夠再來取。妳去暗衛府看蕭衛時，就說是代本奶奶道謝的。」

綠蕪道謝，感激得想下跪，卻被佟析秋揮手阻止。「先去辦小婢女的事吧！」

「是，婢子告退。」

下午，佟析秋午睡醒來，藍衣上前，用嘴努了下大房的方向，道：「已經曉得了，正鬧著呢，聽說砸了不少東西。」

「侯爺呢？」

「侯爺只在今兒天將亮時回來過，此時未在府中。」

佟析秋點頭。「命人看緊，別讓她溜出來。」那個視兒如命的女人，還是關著好，如今府中可沒人有空陪她瘋。

「婢子明白。」

佟析秋輕嗯。紅絹進來稟報，說是明鈺公主來了。

話落，不待佟析秋起身，明鈺公主已進屋，急道：「我兒，妳的身子可好些了？」

「多謝婆婆掛念，好多了。就是又要將養，下不得地呢！」佟析秋故意嘟嘴，佯裝不滿，賣了乖。

不想，明鈺公主見狀，嗔怪地拍她。「大夫既然讓妳將養，也是為了妳好。這次之事，真真嚇死本宮了。卻不知，原來人人都曉得，獨獨本宮被蒙在鼓裡，當真可氣！」雖說生氣，面上卻未有怒意。

佟析秋慚愧，低眸道：「我也是在夫君走前那晚知道的。他怕我屆時激動過甚，對肚中孩兒不好。」

明鈺公主點頭，並未繼續糾結，只說早上就想來看她，又怕她睡不夠，等到下午才來。婆媳倆說了幾句，又提起與佟府有關之事。「樺貴人以下毒之罪被關進天牢，王府全家，連著回鄉的王大學士，都派人捉押起來，如今只等聖旨一下，怕是要滿府抄斬。妳繼母也被遣回娘家待著，怕是躲不過了。」

佟析秋點頭。躲不躲得過又如何？路是他們自己選的。

「聽皇后說，朝中怕是要大批換人，所有與太子牽連的官員，都難逃一劫。妳的父親……」明鈺公主擔憂地皺眉。「今兒他上府求見，奈何家中無男主，妳又在安胎，本宮便讓人打發他走了。」

佟析秋感激地點頭。「多謝婆婆。」

明鈺公主見她面色平淡，並未有對其父的牽掛跟難過，不由眼色一深。

佟析秋無奈，讓春杏拿出木盒，從盒中取出宣紙，遞給明鈺公主。「這是兒媳大伯死前的遺書，本是給大伯母帶進京，父親不認帳時，好以此威脅，不想……」將劉氏的遭遇和佟硯墨求她的事說出來。

話落，果見明鈺公主一臉憤慨，哼道：「世上竟有如此狼心之人！妳放心，這種狠心父親，不要也罷。等會兒我派人去招呼門房，再不讓他進門。」

看著明鈺公主的憤憤不平，佟析秋搖頭。「還是不要了，母親幫忙擋擋此事就成。如今這個樣子，我也操不了這麼多心。」

「這是自然。」

待送走明鈺公主，藍衣又進來問佟析秋，可要接佟析春他們回府？

佟析秋想了想，搖頭。「暫時不要，待風聲過了再說吧！」如今餘孽不安分，還是別輕舉妄動的好。

「是！」

「對了，妳幫我去做件事。」

「少奶奶請吩咐。」

佟析秋輕嗯，將佟百川的遺書交給她。「去找佟硯墨，讓他帶劉氏去衙門告佟百里。」

待藍衣應下走了之後，她撫著肚子，閉目養神。

這麼久了，這筆帳也該到了算清的時候。

如今的佟百里可不比往日，衙門的人正好要領功，算是送個人情給他們吧！

佟府裡，佟百里滿頭冷汗地在書房內不停轉來轉去。

太子謀反，樺貴人成了幫凶。如今的王家人，離人頭落地，也不過是一道聖旨的工夫。他們這些與太子有關的官員，怕也會在餘孽肅清後，被皇上清算。

邊想，佟百里邊急得不行，手不停握拳拍打著。到了這個地步，再沒有人幫他，怕第一個要清算的就是他。王氏與王大學士一家，可與他有莫大關係。

如今，佟府之所以沒被圍府，少不得跟侯府有關。也就是說，能幫他脫罪的，只有鎮國侯府了。

當初亓三郎與太子交好，還以為他站在太子那邊。如今看來，他一直效忠著皇上。但要命的是，太子對佟析秋……

「唉！當初如何就被豬油蒙了心？」佟百里頭疼，焦躁得不行。想起今兒去侯府求見卻被打發的事，不由青了臉。

「憑妳再如何富貴，還能對親爹見死不救？」

另一邊，鴻鵠書院裡，佟硯墨得了藍衣的話後，在房中靜默許久，想著京都的變化和最近所傳的隱事。

如果真要大陣仗地肅清朝臣，今年少不得要特例開了恩科。那他今春的遺憾……

佟硯墨深了眼色，收好那張宣紙，起身去找先生。

來到先生住處，為求准假，他故意眼含熱淚說出母親被找到的過程，又說現在還找到殘害雙親之人，他要去衙門告狀。

先生看他哭得傷心，就問了幾句他母親的事。

佟硯墨便拿出那張宣紙，滿面痛苦地說，現在才知父親是替人頂罪，母親亦是被人給毒害了。

末了，他又道：「如今學生的堂姊還顧念著半分孝道，不忍親去告狀。可若不告，於良心又不安。如此，才將此信物送到學生手上，讓學生自行作主。」

先生點頭捏鬚，看完那紙狀書後，隨即搖頭，交還給他。「此乃你家事，若要假，准你三天可行？」

「可行！」佟硯墨含淚跪下，對先生磕頭。「此遭學生可能會被冠上罵名，但殺父害母之仇不能不報，拚著這身功名不要，學生也要討個公道回來。」

先生聽得連連點頭。「佟大人雖於你有恩，卻是彌補良心之過罷了。為師聽聞你嬸母已被遣回娘家，可有此事？」

「是。」佟硯墨暗了眼，若得不到他想要的，少不得要去鎮國侯府走動了。可堂姊於他有恩，如何好意思以此要挾？

想著，他又對先生作揖。「學生心意已決，在此謝過先生的准假。」

「嗯，你且去吧。」先生揮手讓他離開。

佟硯墨黯然轉身，正欲舉步，身後卻響起先生的話。「你且安心去告，彼時若真開了恩科，為師定會求友人為你擔保。」

佟硯墨心中欣喜，當即轉身，一揖到底，久久不願起身。

「學生謝過先生厚愛！」

翌日，佟百里思慮著如何再上鎮國侯府求情時，腳還未出門，一大批官差就闖進府中。管事報與他知時，他嚇得當場腿軟，強撐著打顫的腳走到門口，連口都未開，便上了枷板，鎖了手腳，被領頭的官差沈喝一聲帶走。

佟百里白了臉，剛想問是怎麼回事，即聽帶頭的官差道：「有人狀告你買凶逼妻沈塘，又殺人滅口！」

轟！佟百里腦中空白片刻，隨即回神，不是洪誠帝清算官員？遂趕緊陪笑。「差爺是不是抓錯了？」至於殺妻滅口，如今誰還有證據？「本官的嫡妻是被大哥所殺，這案子已在去歲審完了。」

「是也不是，去了衙門便知！」官差也懶得廢話，揮手讓人推他走。

「等一下，等一下！」佟百里腦中急轉，給呆掉的管家使眼色，想讓他拿銀子來賄賂這群官差，順便了解情況。

哪知那些官差根本不把他的話放在眼裡，大力推得他踉蹌幾步，再用力拉動枷板的鎖鍊，讓他不得不跟著出了府。

而愣在原地的管家，直到好久才回過神，立刻命人去通知如今佟府中唯一的主子——朱氏。

朱氏聽到佟百里被衙門抓走後，嚇得癱坐在椅子上。

婢女來扶，她再顧不得許多，當即大吼。「愣著做什麼，還不趕緊去打聽看看，到底出了何事?!」

婢女被吼得縮脖子，連連點頭，跑了出去。

待到前院管事從衙門回來，稟道：「告老爺的是堂少爺，說是找著劉夫人身上藏的、老爺殺妻沈塘的罪證。」

朱氏聽罷，立時嚇得將手中的茶盞抖落在地。

「怎麼會是他?!」她尖叫著指向管事，不可置信地問：「是不是打聽錯了？」

「老夫人，案子已經判下來，咱們老爺被押進大牢，這會兒傳遍京都了！」管事很委屈地道。

朱氏聞言，臉色徹底灰了。她是個鄉下婆子，撒潑或富貴窩裡享福還行，可讓她想辦法救兒子……能想出個啥啊！

朱氏流淚，身邊的婢女忽然急道：「老夫人，咱們還有姑娘在鎮國侯府呢！」

鎮國侯府？一語驚醒夢中人，朱氏當即來了精神，大叫。「對對對，怎麼將那小賤人給忘了？趕緊叫人備車，快去侯府！」

這般大的事，佟析秋敢不救，她就鬧得她不得安寧！

第九十八章　恐嚇

衡璽苑裡，佟析秋試著下地走動兩圈，見肚子不是太痛，就讓藍衣扶她去暖閣坐坐。

上了暖閣的炕，藍衣跟著坐在下首的錦凳，看看正在門邊打絡子的綠蕪，忍不住悄聲打趣。「少奶奶，妳瞧，從昨兒出府回來後，就跟丟了魂兒似的。」

「若妳也有想看之人，本奶奶亦會允妳出府的。」佟析秋似笑非笑地看著她。

藍衣紅了臉。「少奶奶就愛拿婢子說笑。」

佟析秋聽她嘟囔，好笑地搖搖頭。如今她們都到了適宜婚嫁的年紀，難得有喜歡之人，也算解了她一樁煩憂。

看著窗外紛飛的白雪，佟析秋想著，要不待蕭衛養好傷回來時，讓亓三郎問問他？若也有意，就把綠蕪配給他吧。

「少奶奶，桂嬤嬤來了。」

佟析秋回神轉眸，見桂嬤嬤行來，見了禮，忙喚藍衣搬來錦凳，命春杏上茶。

桂嬤嬤笑眯了眼，接過盞，不緊不慢地喝茶，道：「朱老夫人來了，公主讓老奴來問問少奶奶，可要親自見她？」

「母親的意思呢？」這時上門，看來是佟硯墨動手了。

「公主只是讓老奴來問問，並未說多久得回去。」

佟析秋會意，點點頭，抿嘴笑道：「天寒路滑，走路自是慢得很。不如嬤嬤多喝兩盞茶，暖身後，再去回稟？」

桂嬤嬤也點頭。「少奶奶仁慈。」看向佟析秋，兩人輕笑起來。

朱氏等在清漪苑，見桂嬤嬤良久未歸，忍不住開口問道：「如何這般久未回，可是在哪兒偷懶不成？」

「老夫人這話可說錯了，我們侯府向來嚴謹治家，下人哪敢偷懶？」明鈺公主端著恰到好處的微笑道：「如今天寒地凍，又正是身子乏的時候，想來秋兒已睡下了。她現在可是雙身子，又動了胎氣，最聽不得不好的消息呢。」

「哪裡就是不好的消息，不過讓她去看看她爹罷了。」朱氏裝作聽不懂，想撒潑，奈何對面之人的身分比她高，不得不忍住氣。

「聽說佟知縣殺妻沈塘，又逼死親哥哥，不知這事是不是真的？」明鈺公主身邊的大丫頭清荷湊上前，對明鈺公主輕聲道。

「哪有這樣的事！明明是我那大兒好心辦壞事，不是已經畏罪自殺了？小兒子是被人冤枉的。」

「聽說是姪兒親告呢。」清荷不屑地撇撇嘴。

朱氏被她接二連三地揭了底，本就氣極，這會兒更是惱火，尖聲吼道：「主子說話，何時輪到賤婢插嘴？還是侯府下人向來不分尊卑？」

清荷語塞，明鈺公主厲眼瞪她。「清荷，別讓人看低了我們侯府的規矩。」

「是。」清荷立時上前，對朱氏福身。「清荷逾越了，還請老夫人莫怪。」

朱氏冷哼，不理會她。

清荷表情諷刺。罵別人沒教養，自己又何曾有半點大家風範？

「不好了！少奶奶暈倒了！」

消失近小半個時辰的桂嬤嬤，終於出現了，急急跑進屋，連氣都未喘勻，就對明鈺公主說：「不知是哪個多嘴的奴才把佟老爺的事告訴少奶奶，老奴到那兒時，見滿院的婆子、下人正亂成一團，慌著找大夫呢！」

「還不趕緊命人進宮傳御醫？一個個想掉腦袋不成？本宮說過多少次，她受不得刺激，太子謀反那天就動了胎氣，眼看胎兒不保，要不是皇兄拿著掉頭的聖旨強逼那群庸醫，用最好的藥，如今本宮的兒媳跟孫子還不知在哪裡呢！」

明鈺公主說著，一臉怒容，手指桂嬤嬤叫道：「將那亂嚼舌根的下人綁了，再割掉她的舌頭！本宮要押她去皇兄面前，屆時誰再敢讓本宮的兒媳受驚，統統砍了腦袋！」啪！話落，一巴掌重重地拍在茶几上。

杯盞被震得乒乓直響，一旁的朱氏聽得眉頭急跳。

桂嬤嬤趕緊上前給明鈺公主順氣。「公主說得是，等會兒老奴就將那爛了舌根的奴才給揪出來。咱們少奶奶可是在平定太子謀反時立過功，皇上說了，少奶奶肚裡若是位嫡子，將來可是要承侯府世子之位，還允諾週歲後進宮受教呢。這可是天大的恩賜，少奶奶定會洪福齊天的。」

這可不是假話，乃事後洪誠帝親口給明鈺公主的承諾。

朱氏聞言，脹紅了臉，待不下去了。洪誠帝護的人，誰敢去捋虎鬚？看來那小賤人如今威風得緊呢。

想到這裡，她見明鈺公主表情焦急，遂命婢女扶她起身。「算了，還是趕緊讓大夫去看看吧，順道替老身問候那丫頭，老身不擾她安胎了。」說著，忍不住嘆氣。「就怕屆時會被人說她不孝啊。」

明鈺公主哼笑。「孝也要有命不是？這事兒，本宮記下了，屆時會跟皇兄說的。」

朱氏驚得眼皮直跳，僵了臉，擺手道：「哪裡是值得提的事？公主費心了。」

桂嬤嬤好笑，明鈺公主則暗中撇嘴。「清荷，送送朱老夫人。」

清荷應下，待朱氏沈著臉出屋後，明鈺公主又吩咐桂嬤嬤。「去府中散布兩句，說老三媳婦在聽到父親被抓後，不但暈倒，還再次動了胎氣。」

桂嬤嬤點頭。「是，老奴這就去辦。」

明鈺公主揮手讓她下去，哼笑不已。朱氏敢拿孝道說嘴，難道她就不會？

二門處，朱氏一上馬車，就將拄著的枴杖狠狠砸在車壁上。

跟進來的婢女嚇一跳，朱氏厲眼瞧去，喝道：「派人去外面，好好宣揚那小賤人的不孝之舉！」

婢女連忙應是，與她坐車回了佟府。

關於京都盛傳的不管老爹死活，和聽到老爹下牢，又動了胎氣，因此臥床不起的兩種傳言，佟析秋倒是不怎麼在意。

她在意的是佟百里的案子。雖然很快就判下來，卻要跟著謀反之人一同處斬。

這意思可就深了，屆時誰還知佟百里是因殺妻滅兄而被判刑？再說，謀反之罪要比殺妻之罪來得重吧！

這是衙門官員判的呢，還是皇城那位？這樣判，是想給她洗白？謀反之罪呢，她哪敢去管老爹的死活？

佟析秋哼了聲，洪誠帝施的這點小恩小惠，她才不領情。謀反那日，她受的罪可不輕，這兩日自己的夫君跟公公也還在為他賣命，尚未回府呢。

想賄賂她，沒門兒！

「對了。」藍衣覺得無聊，想起一事，說出來給佟析秋解悶。「侯府的大姑奶奶跟二姑奶奶上門好幾次了。」

佟析秋看她，藍衣便繼續道：「看樣子好像挺急，讓門房通報，說是想見公主，卻是沒見成。」

「是為大夫人來的？」

「不像。」藍衣搖頭。「門房阻攔幾次，聽說大姑奶奶想發脾氣，被二姑奶奶勸住了。」

佟析秋挑眉。「是嗎？」這是不知道自己弟弟和母親之事呢，還是另外有事相求？憑亓容泠的性子，能忍得了攔門之氣？

「可要婢子前去查探看看？」藍衣見她沈吟，小聲問道。

佟析秋搖頭。「左不過跟謀反之事沾邊。」亓容錦被抓，平日裡他們應該沒少來往。「這事兒，當趣事聽聽便罷了。」她可不想惹麻煩。

「是。」藍衣見狀，住了口，不再多說了。

未時，前院管事來報，說鎮國侯跟亓三郎回府了。

佟析秋一聽，從炕上撐起身子，想親自去迎。

藍衣一急，趕緊按下她。「少奶奶可別逞強，昨兒夜裡下雪，今兒地上少不得有冰，還須當心。」才剛安好胎，可不能再出意外。

「也好。」佟析秋點頭，不過仍是心焦。「那我在門口迎他吧。」

見拗不過佟析秋，藍衣只好讓她下地。

佟析秋等在暖閣門口，覺得堵了滿腹的話。

那時生死攸關，沒想太多，事後她又累極地昏睡過去。如今是第三天，卻還未見過亓三郎一面。

那種死而復生、滿腹之話無處宣洩的感覺，隔了幾天，以為應該平淡不少。可在聽到他回府後，又不斷湧上來。

佟析秋立在門口，輕輕撫肚，低喃著。「爹爹回來了，可是高興？」

咚！肚子被小傢伙踢了一腳。

佟析秋不適地皺眉，不過眉眼卻溫柔地漾開了笑。

正當她獨自笑得開心時，門簾被急急掀開來。

佟析秋呆愣地抬眼，幾天前還見過的俊逸冷顏，在這一刻竟消瘦滄桑不少。血絲漫布的雙眸中，原本寒光流動，卻在看到她時，眼神瞬間變得柔和。

佟析秋看著他下巴冒出的短短鬍碴，扯出最明媚的笑容。「回來了！」

溫婉的聲音，讓亓三郎心間一暖，快步上前，對她伸出手，待尖尖的蔥白十指完全放入他的大掌後，才輕點下巴嗯了聲，隨即扶著她進內室，道：「等我沐浴出來。」

佟析秋點頭，乖乖地去榻上坐，拿著書，心不在焉地翻看。

她以為，見到亓三郎時，會問好多話，可看他平安回來後，卻只想笑著迎接他，與他執手對望。

正想著，就見亓三郎自淨房走出來，臉上雖還有疲憊之色，不過整個人看起來已精神不少，鬍鬚也剃乾淨了。

他走過來，毫不客氣地與她共擠在榻上。

佟析秋喚藍衣端來她喝的補湯，拿著銀匙就要餵亓三郎。

見他閃躲，她不依地道：「這是補身子的湯，對你有好處。」

亓三郎搖頭。「妳喝便是。」將她摟入懷中。「讓我抱會兒。」多日未見到她，心中掛念得緊。那日把她抱上龍床後，便跑了出去。並非他心冷無情，是因餘孽待剿，由不得人。

佟析秋喝了口湯，拿著銀匙，黯然攪著。「現在抱還有何用？當日妾身怕極時，你可是把我丟下就走了呢。」

亓三郎摟著她的手緊了幾分，愧疚道：「我本不想去，奈何當時皇上的身子有些撐不住，父親年事已高，我不想把擔子全壓給他。」

佟析秋垂眸咬唇。「我不過抱怨罷了，並未記恨著。」

「我知。」亓三郎把頭埋在她的肩膀處，大掌輕撫越發大的肚子，心疼地啞聲問：「可是還疼？」

「現在好多了，婆婆不願我太早下地走動，便多躺幾天。」

亓三郎點頭。「我向皇上請了休沐，待事情過去，直到開年，我都不會上朝。屆時一直陪著妳，可好？」

佟析秋訝異。「皇上准了？」

「不准也不行。」亓三郎悶悶地回答，又道：「讓我睡一覺，吃飯時喚我。」

佟析秋點頭，把手中的湯碗放在小几上後，與他一同躺下，窩進他懷裡，抬眼卻見他已酣睡過去。

她心疼地用手指輕撫他的眉眼，這些天來，怕是眼皮不曾合過呢。吃飯時，到底沒忍心叫醒他。

佟析秋陪著亓三郎歇息時，明鈺公主遣了桂嬤嬤前來，得知兩人都睡下後，便悄聲回去向明鈺公主稟報。

明鈺公主聽罷，輕輕搖頭，道：「隨他們吧，想來定是累極了。」

何況，她的內室裡也有個男人未醒呢！

亓三郎這一覺，直睡到深夜才醒。

彼時，佟析秋是餓醒的，難耐地扭動幾下，旁邊的亓三郎跟著皺眉醒來。

「怎麼了？」

「我有些餓了。」佟析秋低噥著，想起身。

亓三郎見狀，趕緊小心扶著她，跟著起來。

待喚來婢女服侍他們洗漱好，傳了飯，兩人簡單吃過。睡夠沒了睏意，乾脆依偎在一起，說起這幾天的清剿之事。

佟析秋問餘孽可是全肅清了，不想亓三郎卻搖頭。「漏了一個。」

「是誰？」

對於她的好奇，亓三郎低笑了聲。「不如再睡一會兒？天亮後，該有大事發生了。」

佟析秋不滿，卻依言閉眼躺在他懷裡，嘀咕道：「就算你不跟我說，我也能查到，大不了麻煩一點罷了。」

亓三郎勾唇。「不過是不想影響妳的心情。想知道，告訴妳又何妨？」

「那是誰？」佟析秋撒嬌地問他。
亓三郎眼色一深，淡道：「尉林。」
尉林？若她沒記錯，那日帶頭包圍長生殿的就是他，這樣還能逃出去？
佟析秋哼笑。「倒是個會跑的！」
亓三郎輕嗯，不願再多說，撫著她道：「既已知道，就歇了吧。」
佟析秋點點頭。她不睏，本想裝裝樣子假寐，不想再次閉眼後，竟不自覺地睡過去。
看妻子呼吸平穩了，亓三郎滿眼愛憐地將她放上床，這才熄燈，與她一同歇息。

第九十九章 被休

翌日，聖旨下達。

太子明子戌篡位奪權，殺兄弒父，被處以絞刑。太子妃夏之本性善良，娘家又未參與其中，特赦免死罪，降為郡王妃。

其他參與的同謀者，有凌遲處死的，也有抄家流放的。

鎮國侯府因亓容錦的站隊，差點被牽連，好在鎮國侯大義滅親押他下獄，洪誠帝看在侯府一行人保駕有功的分上，只判亓容錦斬首之刑，其他功過相抵，不賞不罰。

除此之外，最慘的要數王大學士府，一門三代全部斬首示眾，而樺貴人更被曝屍，掛於城門三日。

相比以上，佟百里倒是判得最輕，與謀反人等一同斬首。佟府被抄，朱氏與珍兒流放至孟縣，奴才遣散，重新發賣。

朱氏聽到這個消息時，哭得喊天罵地，負責前來趕人的官差，完全拿她沒辦法。

朱氏還異想天開，想去鎮國侯府求情，讓佟析秋接養她們祖孫。奈何還未出門呢，就被氣得不輕的官差直接綁了，任她滿地打滾亂叫，也不理會，強硬地抬著她出府。

事已至此，朱氏還不消停，聽說在被押走的路上，她一邊走、一邊大罵佟析秋要遭天譴，甚至連其未出世的孩子都連帶罵上。野蠻村婦的撒潑伎倆，用了個完完全全。

最後，押送她的官差實在聽不下去，厲吼道：「妳這老虔婆，信不信我們哥兒幾個將妳這惡狀上告我們頭兒，再由他去府衙稟了知府大人，屆時上報朝廷，妳這顆半入土的腦袋還要不要了？」

朱氏聞言，當即嚇得再不敢出聲，看向奶娘抱著的小孫女，不由淚流滿面，又哭訴道：「我一個老婆子流放就算了，可我孫女還不到三歲啊，那些毒了心肝的人，真狠得了心。」

有個官差實在忍不住了，對她就是一頓說：「這事是皇上下的旨，如何能怪到人家頭上？都是親人，應該能保一個是一個，妳這老婆子，卻想著毀掉人家的名聲，想來平日裡做奶奶也好不到哪兒去，不然，人家為何未來送妳一程？」

若朱氏老老實實、不叫不鬧，一路抹淚，可能還會得到同情。這般一鬧，讓人都知曉她的品性，誰還猜不出那點齷齪事？

朱氏聽罷，正要高聲分辯，不想那差人卻直接把刀抽出來，立時嚇得縮脖，再不敢吱聲了。

另一邊，佟析秋聽了藍衣來報，失笑道：「倒是可惜了珍姊兒。」小小年紀就要跟著這麼個祖母，將來不知能不能學好。

說著，她想了想，吩咐道：「去孟縣買座宅子，再拿百兩銀子送去，看有無合適的田地，幫著買兩塊租人種著。再與附近的鄰人招呼，幫著看顧，若有事，可寫信來侯府知會一聲。」

藍衣聽了，對她福身。「少奶奶心慈。」這種人，也就自家奶奶善良，願大度原諒。若是她，管那婆子是死是活？

佟析秋點頭。「回來時，記得透點消息出去，本奶奶可不想被說成是無情無義之人。」為善不欲人知，在這個將孝道跟仁義看得過重的年代可行不通，為不讓外人胡亂猜測，毀她名聲，還是提防點好。

「婢子明白！」

佟析秋輕嗯，讓她下去辦了。

今日亓三郎奉皇命監斬謀逆反賊，下午回來時，將太子屍首送回以前的敏郡王府。

佟析秋問起敏郡王妃的近況，亓三郎嘆道：「聽她身邊伺候的人說，消瘦憔悴了不少。」

佟析秋輕嗯，遇到這種事，誰心裡也好過不了。

「可惜了，若他願意等，說不定皇位就是他的了。」如今明子煜雖已準備封儲，可論心計，還是差明子戍一分。

「就算願意等，皇上也未必會傳給他。」

佟析秋訝異。「難不成，皇上一直不看好他？」

亓三郎哼笑。「他是有心計，可心思太過陰毒，皇上早就開始懷疑他了。記得我說過的兩批行刺之人嗎？」

見佟析秋點頭，他淡道：「前年我與四皇子遇襲，他是暗中得利。兩回痛下殺手的行刺，都是在頭批刺客後，藉著他們的身分隱藏，秋山圍獵那次，他的人也混在其中。與其說他借刀殺人，不如說他將幾位皇子的行蹤掌握得分毫不差。

「那次塌山，他早得知三皇子的陰謀，還暗中查看過地形。為不讓皇上起疑，他故意跟兩位皇子前行。子煜因無聊而半途返回，想來是他最為鬱悶之事吧！」

亓三郎冷笑，若那次明子煜沒回來，怕也難逃被壓死的命運。畢竟，不管他有沒有爭位之心，都是最大的威脅！

佟析秋聽到這裡，總算明白過來。

明子戍早知道那處的山會塌，為了一箭三鵰，故意裝作不知，在勘查過地形的情況下，在塌山那一刻，選擇毫不猶豫地跳崖，這是早知有棵樹能接住他呢。

「果然陰啊！」

亓三郎將她抱坐到腿上，不想再多談半點明子戍的事。

那夜明子戍的惡行，他在長生殿內聽得清清楚楚，若非怕壞了大事，須得忍耐，早衝出去剝了那廝的皮。

「這件事，就到此為止吧。」

瞧著亓三郎突然轉陰的臉色，佟析秋有些莫名其妙，不過還是摟著他脖子，應了聲好。

過後兩、三天裡，朝中官員幾乎大半被免職，一個牽著一個，最後竟連所謂的清貴之臣也未有多少人倖免，跟明子煜結親的那戶人家也遭了殃。

對於這事，明子煜倒是一副全然無所謂的態度。

這日，他來了鎮國侯府，坐在暖閣跟亓三郎吃酒，說起朝中之事，皺眉不已。

「聖旨擬好了，這兩天會頒下。屆時我住進東宮，再想出來，也不容易了。」

「依著你的性子，還不是想跑就跑？」亓三郎並未留面子給他。如今洪誠帝不必演戲，不再服那毒藥，但仍繼續吃著沈鶴鳴配的解藥，身子又硬朗起來，這廝還會老實地留在宮中輔政？

「表哥，你可不能這般看輕人哪，我是真要收了心性。」

「如此甚好。」雖這樣說著，亓三郎面上卻沒有多少信任。

明子煜語塞，連連嘆氣。「罷罷罷，且看我做出一番事業，氣死你。」

「隨時恭候！」

明子煜看著亓三郎的冰臉，不由氣餒。「少瞧不起人。」說罷，仰脖喝了杯中酒。

亓三郎不再為難他，轉問道：「可還要娶妻？」

「如今這個時候，哪還有好的？」明子煜挑眉，顯然不在意，又轉個彎道：「年後要重開恩科，屆時許多年輕學子前來赴考，又有得忙了。」

「嗯。」亓三郎淡應，再忙也忙不到他頭上。如今他休了長假，年後再去西北大營就是。這文場上的事，與他沒有半分關係。

明子煜被他冷淡的態度弄得有些尷尬，無奈地一嘆，喝了幾杯，便去前院了。

佟析秋跟亓三郎送他時，還覺這小子好笑得很，十七、八歲的年紀，裝得這般深沈，眉頭皺得跟小老頭似的。

見佟析秋露出笑意，亓三郎好奇問道：「在笑什麼？」

「妾身覺得，賢王爺這般年紀就唉聲嘆氣，當真可憐得慌。」

「他算是最享福的了。世家子弟，誰不是六藝一樣不落，早早學成，擔當責任？他能瘋玩到十八，已是皇恩特許。」亓三郎拉著她的纖手，坐在暖炕上。「咱們的孩兒，將來也要早早學會擔當。」

洪誠帝已開金口，若佟析秋此次得男，滿週歲就要送至宮中教養，雖是莫大的榮耀，卻也是最辛苦的磨練。

佟析秋聽著，不由心疼。還未出生的孩子，就被強行決定了未來，若有所成還好，若無……

「且安心便是，妳我的孩兒，定是人中龍鳳！」

噗！佟析秋被他逗得哭笑不得，哪有人這般臭美的？

年節將近，佟析秋喚藍衣去沈鶴鳴家，把佟析春跟佟硯青接回來。

兩個孩子一看到她，立刻哭得稀里嘩啦。

佟析秋好笑地安慰半天，結果不但沒好，還惹來佟硯青一番大大的感慨。

「看來，當官也不是什麼好事啊！」

正當眾人對此話哭笑不得時，明鈺公主命人來傳膳，便趕往清漪苑。

彼時眾人圍坐桌前，安靜地吃飯，前院的管事卻匆匆跑來，跟鎮國侯耳語了幾句。

鎮國侯聽完，雖皺了眉，卻只淡道：「既然要休，就讓他們休吧！」

太子之事，因亓容錦跟亓容泠姊妹勾結，到底令那兩府受了牽連。

今年本是兩位將軍戍邊的最後一年，眼看就要回京述職。若是打點一下，極有希望留京。可出了這事，洪誠帝下旨駁回，還官降一級。

雖三年後還能再回京述職，可到底讓那兩位忍到了頭。如今，一紙休書傳到京都，兩家親戚正下著逐客令，能派人來知會，已是顧念最後一絲人情了。

管事聽見這話，愣了一下。

明鈺公主放箸問道：「要不要派人去接她們回來？」

「不用！」鎮國侯冷淡地搖頭。「屆時我會命人送她們去庵堂。」當初讓她們出嫁，百般不願，婚後又不肯隨夫君戍邊。如今為了一點利益，竟暗中跟幾位皇子勾結，如此沒有婦德又惹事成精的女兒，不若送去庵堂清修為好，一來磨磨她們的脾氣，二來亦可修身養性。

明鈺公主聽他說得堅決，就隨了他的意，道：「那我叫人去家廟打點，別讓她們吃苦。」

「嗯。」

一起來用膳的董氏聽完兩人的對話，眼中冷意疾閃……

散了席，董氏回到婷雪院，慢慢摸著手上的赤金鐲子，問身邊的清林。「妳說，我若將亓容錦被斬首，和她那兩個寶貝女兒被休之事告訴她，會怎麼樣？」

「會瘋掉吧！」

「咯咯……」

董氏自喉嚨發出陣陣粗嗄之音。因亓容錦與蔣氏曾施加在她身上的屈辱，讓她早已對他們恨到極點。

「奶奶，漣漪姑娘來了。」

漣漪？董氏哼笑，如今大房只她獨大，這些賤妾是卯足勁兒想來巴結她？不過，這樣也好，有些事並不適合由她動手……

董氏冷眼想著，殘忍地勾起唇。

「讓她進來！」

第一百章　仇恨

當日下午，鎮國侯府外響起驚天的哭聲。

奉命送兩姊妹去庵堂的管事，被兩人哄騙著來了侯府。

當時，管事本不願理會她們，奈何亓容漣說知道自己丟了鎮國侯府的臉面，想偷偷在府外給鎮國侯磕個頭，對父母賠個不是。

管事聽她們說得情真意切，遂應了下來。

孰料，一到府門，兩姊妹就長跪在地，大哭不止，道著：「女兒錯了，女兒錯了……」聲聲悲喚，引來不少路人圍觀。不過半刻鐘，連鄰府的守門下人也來一探究竟。

侯府門房見狀，便快快稟了鎮國侯。

鎮國侯一聽，立時沈下眼色。

「倒是會打主意，在說你這個做爹爹的狠心腸呢。」明鈺公主冷哼。那姊妹倆可是他的髮妻所出，如今這個境況，倒像小老婆鬥贏大老婆，一家之主被迷惑了心神呢。

鎮國侯無語地看她一眼，隨即氣怒地起身，直接走出屋。

明鈺公主看了，給桂嬤嬤使個眼色，讓她跟上去瞧瞧。

鎮國侯到前院時，命門房開了門。

跪在外面大哭的亓容泠姊妹見狀，迅速起身跑進來，見鎮國侯直挺挺地站在那裡，立即跪下大喊。「爹爹請受女兒一拜，女兒給您丟臉了。」

鎮國侯不為所動，哼笑了聲。「既是丟臉，送妳們去庵堂，為何不去？」

「爹爹，你好狠的心啊！」亓容泠大哭。「那庵堂豈是人住的地方，真要將我們趕盡殺絕不成？」成年累月唸經誦佛，飯食更是清淡無味，這樣的日子，讓向來養尊處優的她，如何受得了？

「不是人待的地方？」鎮國侯冷下眼。

亓容漣被自家大姊的蠢樣弄得快氣死了，馬上開口挽回。「爹爹誤會大姊了，她向來心直口快，請爹爹莫要計較。實在是那地方太過偏遠，進去後，怕是再難見上父母一面。不如把女兒留在府中，另建佛堂，這樣一來，女兒一可誦經淨心，二也可在父母跟前盡盡孝啊！」

「對對對，爹爹，我就是這個意思。」亓容泠趕緊點頭。在府中還有機會，被送去庵堂，可就再無半分機會了。

鎮國侯沈眼看兩人良久，終是失望地搖頭嘆道：「捨不得榮華，吃不得半點苦。看來是為父從小教導甚少，才養成妳們現在這般眼高手低的性子。」

「爹爹！」

亓容漣還待說什麼，卻被鎮國侯揮手止住。「若不願去庵堂，我便開了祠堂，將妳們逐出家門。以後，任妳們在外如何，都與亓府再無半點瓜葛。」

「爹爹，你當真要這般狠心不成？還是說，你現在眼中只有三弟他們，恨不得我們這房人全死了，好給那房挪窩？四弟也是你的兒子啊，你如何下得了手？」

亓容泠的大喊，嚇得亓容漣直想捂了她的嘴。

鎮國侯聞言，臉色鐵青地看著她道：「怎麼，本侯如何做，得聽憑妳的吩咐不成？還是，妳沒被本侯一同抓了以謀反之罪處以極刑，心有不甘，想跟著一起去？」

亓容泠嚇得面白如紙，癱軟下去，抖著唇看他，不可置信地搖頭道：「我、我可是你的親生女兒啊……」

「比起連累家族，抄家滅族，妳且去問問族中長老，可有人會在意妳是本侯的女兒？」

「爹爹，大姊向來是個腦子笨的，還望爹爹開恩。」亓容漣見鎮國侯變了臉色，趕緊大力磕頭。「還望爹爹開恩。」

鎮國侯不為所動，背手喚人。「去叫官差來，說亓容泠勾結太子，本侯要大義滅親！」

「爹爹！」亓容泠嚇得跪爬過去，扯著他的衣服下襬，悲哭地喊道：「你好狠的心啊！」

「那妳去還是不去？」

「不，我不要去那地方！爹爹要眼睜睜看著女兒死嗎？」

「呵，既是願意送死，那本侯成全妳！」看著哭得越發大聲的亓容泠，鎮國侯鐵青了臉，對管事吼道：「還不快去！」

「是！」管事嚇得哆嗦，轉身就朝府外跑。

「不許去！」亓容泠尖叫出聲。

鎮國侯聽了，扯出被她攥在手中的衣襬，命人綁了她。

亓容泠見狀，徹底慌了，再爬幾步，大叫著。「我去，我去！」痛哭著對鎮國侯磕頭。

鎮國侯眼中亦有了不忍，可這時若不硬起心腸，給她們一點教訓，再這樣任由她們作亂，說不定哪天真會闖出大禍來。

亓容漣見再無希望，不由頹然地跪坐在地，眼中湧出絕望。

最終，姊妹倆還是被管事領去了家廟。

明鈺公主聽著桂嬤嬤回報，面無表情地扯起嘴角。「路是她們自己走的，落到這一步，還不甘心地大鬧，想牽連二房，讓世人誤會侯爺是為二房才這麼做。送去家廟，算從輕發落了。」

桂嬤嬤上前幫她捏肩膀。「不值得生氣，侯爺只是給她們一條生路。勾結太子，被休回府，京都裡哪個不是人精，還有她們可走的路？去了家廟，好歹公主還命人打點，吃不了什麼苦，不過就是日子無聊點罷了。」

「可惜，人家不領情哪！」明鈺公主輕嘆，終是閉眼，懶得再理。

桂嬤嬤見狀，不好接話，繼續幫明鈺公主按肩膀，讓她休息養神。

另一邊，被鎖在雅合居裡的蔣氏，正頹喪地站在院中看著天空。

亓容錦被抓，她亦因那晚行刺事件的私心而被禁足。這麼多天來，鎮國侯不曾來看過她一眼，每天渾渾噩噩地過著，也不知是不是快過年了。

此時，幾縷毫無光澤的髮絲掉下來，落在面上，讓蔣氏不耐地用手撥開，走到門口，想看院門開了沒有，可依然緊緊關著。

希望再次打破，她黯然地轉身欲走，卻聽見啪噠一聲，有個白色小紙團突然滾到腳邊。

蔣氏彎腰去撿，見紙包裡是幾顆小石子，遂將石子扔掉，正想發火大罵，卻被紙上的幾行字吸引住，仔細看去，瞬間紅了眼，目眥盡裂，抖著手來來回回讀了多遍，終是忍不住跪坐在地。

「啊——」

突來的驚天哀鳴，嚇得院外守門的婆子心肝直跳，看著走遠的漣漪，不知她扔進的東西到底是啥，竟惹得蔣氏叫得這般淒慘。

「啊啊哈哈哈，啊哈哈哈……」

院裡，蔣氏仰天號哭。這一切豈能這般算了？她的兒啊！

她一邊哭叫，一邊把身子蜷縮在雪地裡，口中喃喃低語亓容錦的名字，眼中的恨意越來越滿，眸光越來越狠……

婷雪院裡，董氏聽完漣漪的回報後，揮手讓她退下，隨即吩咐清林。「暗中派人注意幾天，看看到底如何。」

清林應下，兩天後稟道：「大夫人安靜得很，送去的飯食也乖乖吃下，再沒了以前的吵鬧勁。」

幫著觀察的守門婆子也好生奇怪，以前送飯時，蔣氏總會拿著架子喝罵幾聲，如今卻是連吭也不吭一聲。

難道是傻了？明明想讓她發瘋，怎麼會這樣？

董氏皺眉，默默沈思起來……

怕太子造反的事處置太過，寒了百姓的心，小年這天，洪誠帝頒布大赦天下的聖旨，只要沒犯過大事的囚犯，皆可重獲自由。

因此，以前因三皇子之事受到牽連的無辜之人，也乘機被放出來。其中就包含了困在青樓裡的佟析玉。

彼時，佟硯墨求到了鎮國侯府，由亓三郎安排，拿著銀票，派管事與佟硯墨去接人。

幾人回來時，在內院陪著兩位姊姊的佟硯青看到亓三郎，喚了聲。「姊夫，辦好了？」

亓三郎輕嗯，佟析春見狀，趕緊讓出佟析秋身旁的位置，跟佟硯青坐到炕桌另一側。

亓三郎坐下，背靠靠枕，見佟析秋畫著花樣，就拿過一張來看，見是似狗又非狗的圖案，且狗的眼睛還大得出奇，不由傻住，這畫也太……

佟硯青剝著炒瓜子，配著茶水，一副小大人的模樣，開口道：「現在想想，才不過兩年工夫，我們的際遇竟是如此不同。曾經囂張至極的人，不知會不會變了樣？」

佟析春也很感慨，拿針在頭皮上刮了刮，看著自己越發精進的手藝，嘆道：「當初我們衣不蔽體地餓著肚子，吃了上頓無下頓，偏我還病弱，拖累家裡。那時只覺活著沒盼頭，何曾想過會有如今的好日子？」

話落，她看向氣質越發溫婉的佟析秋。「人是會變的。想來析玉姊吃了這般多的苦，也會變得愈加曉事。」

佟析秋手撫肚子，繼續蘸墨畫花樣。雖對這話不置可否，但依然覺得，人可隨環境改變，但性子卻很難扭轉。

現在佟析春覺得活著有了盼頭，那是因為日子好過了，性子仍然那樣溫柔，行事謹慎；佟硯青成熟不少，不嘮叨了，可本質還是那個愛自由的小男生。

至於佟析玉麼……若真在青樓學會認分，倒也不失為一件好事。

彼時，佟析玉離了青樓，穿著綢面青襖，在佟硯墨的帶領下，回到佟析秋給劉氏準備的小院。

母女相見，當即抱頭痛哭一番。

待兩人平靜下來，佟硯墨便講了佟府被抄之事，讓佟析玉知曉。

佟析玉聽完，眼神暗暗一閃。「論起來，我們能平安，多虧析秋出手。如今我出了那水深火熱之地，於情於理，都該去道謝才是。」

佟硯墨顯然也是這般想，便點點頭。「大姊且先歇歇，待過兩天，我們買些東西送去，一來道謝，二來也到送年禮的時候了。」

佟析玉輕嗯，喚婆子備熱水，待洗去身上的晦氣，又陪著劉氏在屋裡比劃半天。

當天晚上，母女倆便住在同一間房裡，用手勢談到深夜……

臘月二十七，佟硯墨帶著佟析玉，上鎮國侯府道謝。

彼時，佟析秋在佟析春的攙扶下，在偏廳接待佟析玉。

小半年不見，佟析玉消瘦不少。在青樓待著，即使不接客，想來心情也是壓抑的。

佟析玉看到著八幅夾襖襦裙、滿面紅光的佟析秋時，愣了一下。見她挺著大肚子，扶腰慢慢走向上座，便回過神，向她行禮。

「三少奶奶！」

佟析秋不推拒這稱謂，指指下首的錦凳。「堂姊請坐。」

佟析春則挨著佟析秋，坐在上首的榻上。

婢女們上茶，佟析玉又看了眼越發得體的佟析春，不知怎的，心頭酸了下，卻很快壓下去，面露慚愧地說：「還未感謝三少奶奶不計前嫌，出手相救，析玉在此有禮了。」一說罷，起身再次行禮。

佟析秋笑著揮手讓她落坐，陪著她說話，又問候劉氏。見時辰尚早，便讓佟析春帶她去府中逛逛，自己則找了疲乏的藉口，讓藍衣扶去暖閣歇息。

待到吃午膳時，亓三郎帶著佟硯青跟佟硯墨從外院過來，眾人圍桌而坐，並未分男女。

看著佟析秋特意命小廚房添的五香肉鴨和紅棗枸杞雞湯，亓三郎坐下的第一件事，便是先給她舀了碗紅棗湯。「妳上回說，多吃紅棗能生血。來，多喝點。」

「多謝夫君。」佟析秋甜蜜地接過碗。

佟析玉看得眼紅不已，一頓飯吃得食不知味，眼睛總有意無意向上座的兩人瞟去，只覺心頭堵得厲害。

吃過飯，一行人移去偏廳小坐，不過兩刻鐘，佟析秋便犯了睏。

亓三郎立即露出關切之意，佟硯墨則極有眼色地與佟析玉對視一下，起身告辭。佟析春與佟硯青亦識趣地各自回院。

亓三郎見狀，扶佟析秋進內室，陪她一同歇息了。

下午，佟析秋醒後，佟析春過來陪她，說起帶佟析玉去梅園看花之事。

「析玉姊問起二姊的近況，還有……與姊夫的房中之事。」見佟析秋臉色淡淡，她扭著絹帕，又道：「當時我以二姊家事為由，將她堵了，希望她只是無心一問。」

佟析秋笑著看她一眼，嗔怪地拉起她的手輕拍。「世上哪有無心問事之人？妳如今也快十二了，該好好學著些。」

佟析春紅了臉，低頭道：「我知道二姊的心思。妳且放心，我不會那般好哄的。」

佟析秋輕嗯，隨即問她喜歡怎樣的人家，待過年生子後，就去高門走訪，若有合適的，便定下來。

佟析春忸怩著，紅了臉。「我聽二姊的。」

佟析秋失笑地搖頭。「聽我的？那給妳配個打油郎，妳也願意？」

「二姊！」佟析春不依地跺腳，臉紅如血地低喃。「只要人品好，如姊夫那樣不納妾，便是嫁個打油郎，我也心甘情願。」

佟析秋愣住，嘆道：「既如此，世家子弟中，怕是不好找。妳當真願意嫁給平民百姓？」

佟析春抬眼，認真地看著佟析秋，把頭靠在她肩上。「我性子弱，鬥不過那些深宅女人，也生不得大氣，只想平平安安活著，跟二姊與硯青多聚幾年。」

「好！」佟析秋撫著她的小腦袋，紅了眼。「二姊答應妳，屆時就算他貧，只要真心待妳，我就讓他發家致富，絕不會讓妳吃虧。」

「嗯，我信二姊！」

說罷，姊妹倆相視而笑，事情便這樣定下了。

晚間，佟析秋仰面躺在亓三郎的胳膊上，望著帳頂，把佟析春的決定告訴他。

「明春不是開恩科嗎？若有年歲相當的少年學子，心誠良善，夫君幫著多留意吧！」

「不在高門找了？」

「夫君都說高門似你這般的人難找，妾身何苦要一頭扎進去尋？不如換個地方找。地兒大了，人選就多了。」佟析秋笑著看亓三郎，調皮地嬌嗔。「世家子中，如夫君這樣的人中龍鳳，還真是少呢！」

亓三郎聽罷，愉悅地挑眉，眉眼間滿是得意。

佟析秋瞧得心中暗笑，知道這是不爭的事實。能嫁給他，她真的很幸運。

「夫君！」

「嗯？」

「謝謝你！」謝他願寵她、包容她。

亓三郎沈默良久，淡淡一笑，亦真心道：「也該謝了妳……」

第一百零一章 心思

臘月三十，佟析秋被洪誠帝恩准，免去了進宮朝拜。

今年因太子謀逆之事，誰也不敢囂張地大擺年宴。鎮國侯府只簡單地吃了團圓飯，守歲時，連煙花都沒點，只放串鞭炮迎接新年。

大年初一，照例給長輩磕頭拜年。大年初二，佟析秋無娘家可回，就跟明鈺公主進宮，去陪伴皇后娘娘。

近午時，婆媳倆回來後，佟析秋正和弟、妹還有亓三郎在衡璽苑的暖閣裡閒話，門房卻忽然來報，說佟硯墨跟佟析玉上門來拜年了。

佟析秋訝異一下，命人把他們領進來，也未客套，直接在暖閣裡接待。

彼時，幾人見完禮後，還不待佟硯墨尷尬地開口，就聽佟析玉嬌柔地笑道：「雖說不該這時上門，可在鄉下時，這日子也是能拜年的，應該沒打擾到吧？」

亓三郎聽得皺眉，佟析秋不動聲色地搖頭，命藍衣端了錦凳給佟析玉，讓她坐在下首。

佟析玉凝了臉色，隨即笑得恭敬，屁股只微微沾了凳子。

亓三郎見狀，眼色一深。佟硯墨則尷尬地笑了笑。

佟析秋卻從炕上起身，撐著腰道：「暖閣就留給爺兒們吧，女眷隨我去內室可好？」

領人進內室，已算是相當親近的行為。佟析玉自然高興地點頭，還很殷勤地替了藍衣，上前親自扶她。「少奶奶且慢行著。」
「多謝堂姊。」
佟析秋溫和地笑著，領她們進內室後，便招手讓佟析春與她同坐於榻上。佟析玉則再次規矩地落坐在她下首的錦凳。
幾人說說笑笑，佟析玉除了一個勁兒拍著佟析秋的馬屁，其間更是心不在焉，頻頻偷瞄門口。
佟析秋只裝作看不見，留她吃飯。飯後，男眷去前院客房醒酒休息，她也被佟析春領去偏院小歇。
這時，藍衣終於忍不住，嘲諷地哼道：「滿肚子的心思，打量著誰不知道呢？少奶奶可千萬別著了她的道。」
佟析秋賞她個白眼。「連妳都看出來了，我豈能不知？」
「嘿嘿！」藍衣笑著扶她上床午睡。「少奶奶知道婢子的脾氣，能說的，就絕不廢話。」
佟析秋好笑地瞪她一眼，待躺好後，便揮手讓她退下。
在暖閣時，她雖讓佟析玉坐在下首，可佟析玉是客人，又是她的堂姊，就算身分比她低，但坐下時，完全不用這般小心翼翼，屁股只敢略略沾上凳子。
就算顧及身分，不敢當眾大方坐下，可她都領了人去內室，佟析玉卻依然那樣坐著，臉色不但沒有半分難看，還很高興地與她有說有笑。既如此，若非心思不純，就是在刻意討好。

想到這裡，佟析秋暗暗搖頭，她可不想救個競爭對手出來啊。

這日，佟析玉跟佟硯墨直到未時才告辭。

佟析玉在笑鬧間，話裡話外提醒著佟析秋，如今這裡就像她的娘家，若姊姊來府中拜年，怎麼也該留宿兩夜才是。

佟析秋故意裝作聽不懂，外間的亓三郎卻不知跟佟硯墨說了什麼，讓他嚇得趕緊起身，作揖告辭。

佟析玉見自家弟弟這般，又看佟析秋沒有挽留，只得僵了臉地福身，跟著離去。

待送走他們，佟析秋讓弟、妹各自回院休息，問亓三郎。「爺可是看出點什麼來？」

「嗯。」亓三郎的臉色不佳，攬著她，撫摸她的肚子道：「那是個不安分的，以後少來往的好。」

佟析秋挑眉，卻被他用大掌蒙住眼。「休想猜！」

佟析秋好笑地抬指攀上他的手。「你不說，我也能猜著。左不過就是那幾樣，比如丟條手絹給你，或來個遊廊相遇，還是不經意與你相視，羞紅臉地轉著眼珠，甜膩膩喚一聲妹夫……」

見她越說越誇張，亓三郎不由皺眉，拉著她的手，輕敲她光潔的額頭。「哪來那般多的胡思亂想？」

佟析秋癟嘴。古時女子會使的招數，不就那麼幾樣？

「我可有說中一樣？」

見亓三郎沈眼不語，她便知猜對。今日佟析玉有去佟析春住的偏院歇息，若中途借故離開，就能和亓三郎來個遊廊相遇了。

孰料，事情真完全如她所猜的發展。

中午，亓三郎領佟硯墨去前院休息後，因心繫佟析秋，並未在前院醒酒。回衡璽苑的路上，好巧不巧地遇見佟析玉。

佟析玉看到他，立時一副不知所措的模樣，臉紅如血，向他行禮，嬌嬌弱弱地喚他妹夫，還故意將領子暗暗向下拉，福身低頭時，脖子後的一痕雪白，就那樣露在亓三郎眼底。

如此大膽的行徑，亓三郎豈會不知她所想？

想起當時馬上尷尬繞走的窘況，亓三郎不由冷下眼，不說話了。

佟硯墨回到家，便冷著臉，再未跟佟析玉說過一句話。

佟析玉也有些懊惱，猜想著，今兒是不是暗示得不夠明顯？她可是探聽到，亓三郎如今連一個通房也無。佟析秋挺著那般大的肚子，焉能伺候好高大健壯的夫君？

想到亓三郎偉岸的身影，她就止不住地紅了臉。若是能做他的妾，憑著他對佟析秋的疼愛，哪怕只能分得一半寵，想來過得也不會差。

另一邊，佟硯墨躺在書房榻上，想著亓三郎的話，沈了眼色。

「若是不安分，就重回原樣吧！」

這話，明顯是在說佟析玉。

他也很懊惱，眼看離重開恩科不遠，屆時若能高中，憑著與鎮國侯府交好的關係，不愁混不到好的官位。要是點了庶起士，以後在內閣也好行事。

可自家姊姊卻有了非分之想……

想著堂姊的手段跟姊夫對她的寵溺，佟硯墨瞇了眼。看來，得找佟析玉好好說說，若她不聽，少不得要做點犧牲了……

接下來幾天裡，佟硯墨有意無意地跟佟析玉說起佟析秋跟亓三郎的恩愛，又點到京都姊妹爭夫的事。至於那些被正室打殺的小妾，更是不忘提起。

奈何佟析玉非但聽不進去，反而覺得是那些女人沒有手段，才會落到如此悲慘的境地。如果是她，會一邊討好佟析秋，還會一邊爭得亓三郎的寵。

在王府跟青樓時，她看過也學過不少勾引男人的招數，若將所知的用在亓三郎身上，根本不可能發生佟硯墨說的事。

佟硯墨見她那樣，徹底死了心。

這天，他去見劉氏，與她耐心地比劃一陣後，見她雖沈默，卻終是點頭，同意了他所說的話……

年節一過，日子便飛快地消逝。

佟析秋的肚子如吹了氣的皮球般，大得快頂到膝蓋。

明鈺公主早早便從宮中找來穩婆住進鎮國侯府，還尋著最好的奶娘，先養在府中備著。

佟析秋明明才懷孕七個月，可走動起來竟到十分費力的地步。連晚上睡覺，仰面躺著，都能被壓得喘不了氣。

亓三郎看得心疼，卻束手無策，只能每晚盡力幫她按揉穴道，讓她安心入睡。

明鈺公主亦常常來衡璽苑，問天天都會摸佟析秋肚子的穩婆，何時能生產？

穩婆聽罷，便拿著拳頭，在佟析秋的胸口下與肚子間比比，道：「還不到時候呢，胎還未向下走。」

明鈺公主焦急，沒到時候，為何肚子瞧著比別人懷兩個都大？問是不是雙胎，穩婆也瞧不出來，只說雙胎多會早產，可看佟析秋的肚子尚未有動靜，應該不像。

佟析秋聽了，心頭總會發顫。

前世裡，因生活過得好了，不少人生下巨嬰，有的孩子一誕生就有十來斤重，她不會也懷了巨嬰吧？要真這樣，生產時還不痛死她？這時代可沒有剖腹產啊！

有了這個顧慮，佟析秋遂將每日湯水減半，連飯食也只吃了六分飽。

幾頓下來，她有些受不住了，半夜驚醒，輾轉難眠，弄得亓三郎跟著緊張不已。

藍衣見狀，悄悄跟亓三郎提了兩句。之後，桂嬤嬤就會來盯她吃飯。

這一盯，弄得佟析秋更鬱悶了。因桂嬤嬤要求的飯量，徹底讓她胖了不止一圈……

二月初九是春闈，彼時的京都城內，早已擠滿來自全國各地的學子。

考試的前幾天，佟硯墨獨自來過鎮國侯府，由亓三郎在前院接待。至於兩人說了什麼，不得而知。

二月底，恩科放榜，佟硯墨如願考中進士，位列頭甲八十名。

佟析秋得了消息，命綠蕪去庫房挑禮物，送去佟硯墨與劉氏住的宅院。

不想，綠蕪回來後，臉色很不好。說是上門送禮時，被佟析玉拉著問了好些事。

「她居然問奶奶如何還未有動靜，讓婢子帶個話，說屆時生了，她要來作陪。」站在佟析秋身邊的藍衣聽了，直接啐道：「敢情這是想鑽空子入府呢！」

佟析秋沒吭聲，待亓三郎回來後，問他可知佟硯墨的打算，是點庶起士，還是想外放？

亓三郎道：「臨考前，他來找我說過，想外放做地方官。想來也是個識趣的。」

佟析秋點頭。「既如此，屆時妾身多備些禮物給他送行吧。」

亓三郎頷首，不再多說了。

恩科放榜的第二天，佟硯墨跟放學的佟硯青，拉了一個人進鎮國侯府。

三人在前院等亓三郎下朝後，才相攜著來後院。

早在他們過來前，佟析秋就聽了小廝的稟報，命佟析春待在內室，她則親自到院門口迎接。

彼時，一行四人，除了走在最前頭的亓三郎，身邊還有個氣質溫潤的白面少年。

佟析秋瞇眼看去，待他們走近後，才對那少年笑道：「潤生哥！」

林潤生有些靦覥，對她作揖。「三少奶奶。」

亓三郎聞言，眼神閃了閃，沈聲道：「先進屋吧！」

佟析秋點頭，陪亓三郎招呼林潤生等人去了正廳，命婢女們上茶後，便退回暖閣。

佟硯青在正廳陪著說了幾句話，也跟著進了暖閣。

「今兒堂哥去謝師時，回程路上遇見潤生哥。原來他正月十五就到了京都，這次科考更是頭甲前二十名呢，聽他的意思，是想點庶起士。」

佟析秋輕嗯，喚綠蕪前來，拿二十兩讓廚房辦了桌很豐盛的酒席，在正廳招待林潤生。

晚間，賓客散去，亓三郎洗去一身酒氣，跟佟析秋說起佟硯墨的事。

「朝中人才緊缺，外放文書很快就發下來。硯墨的外放之地雖不富饒，但也不貧困，倒是好做政績。」

佟析秋聽罷，問道：「幾時出發？」

有政績可做，於佟硯墨來說，也是一件好事。大越三年一述職，以他的年紀，即便多待一任再回京打點，也還不遲。

「後日就得啟程，一月內須趕到淮縣上任。」

佟析秋頷首。「屆時讓硯青去送他吧！」堂兄弟之間，還是打好關係為好。

亓三郎輕嗯，見再無他事，便與佟析秋歇下了。

另一邊，佟析玉聽到佟硯墨決定外放的事後，眉頭死死皺了起來。

「後日離京？」

「嗯。」佟硯墨緊盯著她，不給她說話的機會。「明兒大姊跟娘好好收拾，後兒一早，我們就出發。」

「我也要去？」佟析玉愣住，隨即趕緊擺手。「淮縣路途遙遠，母親的身體不好，且我的身子骨也嬌了，不想再吃苦。這樣吧，我與母親留下，等你回京述職？」

「大姊是不想吃苦，還是有了別的心思？」佟硯墨認真地看著她。「妳如今才十六，是打算這輩子都這樣？」

「你這話是何意？」佟析玉勉強扯出笑，委屈道：「我雖未得慶王恩寵，可到底沒了名聲。這輩子不這樣，還要怎樣？」

「隨我去淮縣，屆時我求姊夫幫妳換個身分，再請母親為妳物色一戶好人家，可好？」

佟析玉聽罷，直接從座上起身。「我已心如止水，弟弟無須多管。你帶母親去吧，我找座姑子廟終老。」說罷，轉身離去。

看著她賭氣走遠的背影，佟硯墨勾唇冷笑，去了劉氏屋裡。

他對劉氏比劃著。「她不肯聽勸，我亦是無可奈何。」

屆時動手，便怨不得他了。

第一百零二章　教訓

翌日，門房來報，說佟析玉求見。

彼時，佟析秋撐著身子，剛在遊廊散步一圈回房，聽聞此事，淡然喚綠蕪領她過來。

藍衣扶佟析秋去偏廳等候，哼笑道：「還不死心，居然獨自前來，連拜帖也無，當真失了身分。」

佟析秋不語，吩咐道：「叫春杏備盞燙手的熱茶。」

「是！」

綠蕪帶佟析玉進來時，佟析秋抬眼看去，不到兩個月，她的臉色竟紅潤白皙不少，今日上門穿的衣料，乃極貴的水光織錦，看來是下了血本。

佟析秋笑著請她坐，綠蕪端茶上來，佟析秋便開口道：「聽聞堂弟要去淮縣赴任，明日便走，堂姊應該正忙，抽出這點空閒上府，難道有事不成？」

「唉！」佟析玉輕嘆著放下杯盞，拿出絹帕抹眼角。「怪我這身子不爭氣，嬌貴慣了，不想去受顛簸之苦，硯墨卻要強帶母親去任上。我心裡苦著，便想來少奶奶這裡，尋點寬慰。」

「這話好笑，我們少奶奶也累著呢，堂姑娘還敢來找我們奶奶討寬慰？」藍衣冷眼看她，諷道：「要是累著我們少奶奶，屆時找誰說理去?妳是咱們少奶奶的親堂姊，可別連累我們這些做奴才的。」

「藍衣！」佟析秋假意斥責一句。

藍衣聽了，趕緊閉嘴，做出不服氣的樣子。

佟析玉暗恨地咬牙，佟析秋則淡笑著垂眸看盞。「堂姊是打算待在京都孤老不成？淮縣路途遙遠，換個身分過日子，也不是不行。」

佟析玉絞著絹帕，突然起身，朝她跪下。

佟析秋眼色一深，放了茶盞，命綠蕪去扶她。

「堂姊這是做什麼？行這般大的禮，不是折我的壽嗎？有事直說便是，這禮實在當不得啊。」

「可不是，咱們少奶奶肚裡還懷著小少爺呢，受不得驚，堂姑娘安的是什麼心？」

佟析玉蹲跪著，惱火藍衣的再三挑釁，很想抬頭回嘴，奈何她是佟析秋最親近的婢女，只得順著綠蕪的攙扶坐回去，抹著眼淚。

「當初陪嫁慶王府時，我本是萬般不願。嫁過去後，也被謝寧制得死死，連慶王的面都未見過幾次，卻在慶王出事時，含冤被賣入青樓。若非妹夫出手相助，怕早已是殘花敗柳。雖然身子還算清白，可名聲到底壞了。」拖拖拉拉一堆，只想說明，她仍是處子之身。

藍衣不屑，佟析秋卻溫笑道：「既如此，不正好可換個身分，好好過日子？」她已好話說盡，就看佟析玉要如何冥頑不靈了。

「可換了身分，以前的污點還在啊。」佟析玉拭淚，看著她，滿臉期待。「如今能平安離開青樓，不被玷污，我已不想再求什麼。妹夫於我有莫大恩情，待硯墨走後，我來侯府伺候三少奶奶，當作報恩可行？」

藍衣簡直要氣笑了，拿青樓說事，還硬說亓三郎是救命恩人，敢情想強行做小呢！

佟析秋看著她，淡淡勾起嘴角。前一句還說受過的污點抹不掉，後一句就這般厚臉皮地要來伺候她報恩？不過到底還算有點腦子，沒直說要給亓三郎當妾。

「堂姊來伺候本奶奶，不太好吧？」

「如今這個境況，還講究這般多做什麼？」

「也是。」佟析秋哼笑著刮盞，對綠蕪道：「去看看本奶奶要春杏備的茶可好了。」

待綠蕪下去，佟析秋看著佟析玉，笑道：「既然堂姊要伺候我，應該知道規矩吧？」

佟析玉眼睛一亮。這是何意？要讓她做小的意思嗎？

這樣想著，她趕緊壓下興奮之色，說話的聲音結巴起來。「這是自然。」

另一邊，綠蕪來到沏茶的屋子，見春杏正從滾沸的開水裡夾起茶盞，隨即用滾沸的水沖了滿滿一杯茶。待用袖子墊手將杯盞放入托盤後，便朝綠蕪點頭。

於是，綠蕪端走托盤，快步行向偏廳。

彼時，佟析玉正急急伸脖子往外看，聽到綠蕪的聲音時，激動得心神都顫抖了。

佟析秋見狀，不緊不慢地放下杯盞，給綠蕪打眼色。

綠蕪會意，端著托盞，對佟析玉福身。「堂姑娘請吧！」

佟析玉趕緊轉頭看向佟析秋。見她笑得正暖，就飛快起身，抖著手去端茶盞。

不想，手才剛碰到盞，立時被燙得啊了聲，當即將那盞茶潑到托盤上。

「啊——」綠蕪猝不及防，臉上被濺到熱茶，大部分的茶水直接灑在她的胸口與肩頭。被燙得驚叫著後退幾步。

藍衣見狀，趕緊跑到她跟前，一邊替她撣著水、一邊指責佟析玉。「堂姑娘真是好大的架子，打量著身分尊貴，就拿咱們這些賤婢撒氣不成？還是，妳故意甩咱們少奶奶的臉？未做上妾呢，就拿大！」

佟析秋亦是惱怒加失望地看著佟析玉。「還說伺候本奶奶，如此伺候，本奶奶如何敢要？」

佟析玉慌了神，疾行幾步上前，卻被藍衣攔下來。

她眼中閃過一絲惱意，望著已起身的佟析秋，急急辯道：「少奶奶，不是我，是這水太燙了！」

「水燙？」佟析秋淡淡地看她。「堂姊這話，是想說我的婢女給妳使絆子？這裡可不是慶王府，也沒有妻妾爭寵，她們可都是心心念念與我這主子一條心。這話，怎麼都像在說本奶奶哪！」

佟析玉語塞，佟析秋則喚來春杏跟紅絹。「紅絹，妳扶綠蕪下去，找大夫替她看傷。春杏，妳隨本奶奶進屋拿傷藥。至於藍衣……」睨了眼呆掉的佟析玉，哼道：「把堂姊請出侯府，再請來堂弟，就說本奶奶要就堂姊所做之事，請他評評理！」

幾個婢女飛快地福身應下，立即各自忙碌起來。

佟析玉在被藍衣推得踉蹌後，終是回過神，看著欲走掉的佟析秋，恍然明白地尖叫。

「佟析秋，妳耍我！」

「本奶奶可沒那心思陪妳兜圈子。」

兜圈子？這是早發現了她的心思，故意設計她的？

佟析玉咬牙，對著她怒吼。「妳挺著這般大的肚子，還霸著寵，不給他人留點機會，當真是妒婦！」

「堂姑娘說錯了，其他人可沒那心思。請吧！」藍衣哼笑著推她，見她不願出屋，便挽袖哼道：「婢子這身功夫，在太子謀反那夜，可是殺過不少行刺之人呢。」

佟析玉白了臉，想再去看佟析秋，卻只瞧見晃動的天青色門簾，遂深了眼色地咬牙，抬腳走了出去。

藍衣在後面呸了一口，對院子裡的丫頭喊道：「堂姑娘要走了，還不趕緊送送。」

「是！」正在掃積雪的小丫頭們聽見，用掃把將堆著的雪朝空中打散。

於是，佟析玉被灑了一身的雪，氣急敗壞，喝罵著離開鎮國侯府。

佟硯墨怎麼也沒想到，佟析玉竟瞞著他偷溜出門。

他得知消息，正要出府抓人，就遇到已坐車回來的佟析玉，不由冷哼出聲，對粗使婆子道：「把姑娘關進房中，沒我的命令，誰也不准幫她開門。」

自車上下來的佟析玉聽見，當即豎起柳眉，冷道：「你這是何意？憑什麼關我？」

佟硯墨冷下臉，命婆子將車夫打發走。待關了大門，才看著她，氣道：「早知妳死性不改，當初真該任妳在青樓裡自生自滅！」

佟析玉聞言，也來了火氣，聲音瞬間高起來。「怎麼，去求個情，將我拉出火坑，就當你了不得了？別以為我不知你的心思，不救我，你考上科舉，能將官位坐穩嗎？是怕有個在青樓的姊姊會丟臉，被別人拿這事來說嘴吧。」

佟硯墨聽罷，臉色鐵青。「就算我有這想法，不還是低聲下氣去為妳求情？如今人家肯對妳好，妳不但不知感恩，還趕著給人添堵。妳知不知道，為保妳這條小命，我捨棄了點庶起士的機會？」

他說著，手指向佟析玉，失望不已地搖頭。「沒想到，妳居然這樣說我，當真令人心寒。既然如此，妳滾回青樓去吧，別指望誰會再來救妳。」

「佟硯墨，你是什麼意思？想拋棄我不成？別忘了，我是你姊姊！」

「有妳這樣的姊姊，我寧可好心被當成驢肝肺，錯救一場。滾吧！」佟硯墨心寒地咬牙背手而立，不想理她。

佟析玉臉色青白不已，抖著手指他。「好，我這就離開這裡！」說罷，當真轉身。

不想，佟硯墨卻冷喝道：「等一下！」

佟析玉怨毒的眸光射向他，卻聽他道：「不准再去鎮國侯府！」

「與你無關！」她得去侯府找亓三郎。她就不信，佟析秋現在是個大肚婆，伺候不了房事，他能忍得住？

她才不要跟佟硯墨去偏遠之地吃苦。被爹娘送去鎮上，學了那麼多年的規矩和才藝，如何能去過那苦日子？憑什麼佟析秋能好運地當上貴婦，她就不能？她哪裡比她差了？

佟硯墨見她那表情，就將她的心思猜個七七八八，狠下心，上前箝制住她的胳膊，拖著往屋內行去。

「你幹什麼？佟硯墨，放開我！」佟析玉惱怒地用尖利指甲摳他瘦得青筋凸起的手背，見冒了血，他的手卻未鬆開半分，不由大叫道：「放開！我的事不用你管，誰也別想阻擋我的榮華路。佟硯墨，你聽到沒有?!」

「妳瘋了不成?!」佟硯墨忍無可忍，也衝著她吼。

佟析玉依舊不依不饒地尖呼。「對，我瘋了！我是被你們逼瘋的，憑什麼要我去做陪嫁，憑什麼讓佟析秋去撿便宜？她今天的一切，本來全是我的！」若非當初爹爹鬼迷心竅，該是她替謝寧嫁給亓三郎。

劉氏看情況不對，早嚇得不知所措，見佟析玉望向她，驚得趕緊抬眼看兒子。

佟硯墨黑沈著臉，對劉氏使個眼色。

劉氏恍然地點頭，便往房裡衝去。

「娘！」本還想讓娘親幫一把的佟析玉，見她理也未理地跑掉，就用另一隻未被箝制的手往佟硯墨臉上抓。

佟硯墨咬牙，偏過頭，瞬間覺得臉上火辣辣地生疼。待回眸，見她還想再抓，乾脆使了勁，將她的兩手都制住。

雖然他年紀不大，可學了兩年騎射，手勁卻是不小，這樣捏著佟析玉，當即令她白了臉，大聲痛呼。

佟硯墨不理會她的尖叫，鐵青著臉等劉氏過來。

佟析玉望見劉氏身影，大喜地不停叫著。「娘，快幫我把弟弟的手扳開！」

孰料，已經耳聾的劉氏根本聽不到她說話，過來就對佟硯墨看去，見他點頭，便將拿在手中的綾帶抖開。

佟析玉這才發現，原來劉氏是拿長綾過來，不由驚聲尖叫。「娘，妳這是做什麼?!」

不待她說完，劉氏已快步走到佟硯墨身旁，佟硯墨順勢將她的雙手反剪在身後，劉氏接著把長綾緊緊纏上。

其間，佟析玉不停尖吼扭動，可劉氏完全不為所動。

捆好後，佟硯墨鬆了手，見佟析玉還要跑，便拉住綾帶，將她扯回來，眼露凶意地吼道：「再不安分，我不介意立刻送妳回青樓！」

「你敢?!」佟析玉雙眼暴紅。

「我為什麼不敢？妳敢攔我的路，我就敢不念親情。別以為亓三郎是妳能攀的，若真如此容易，豈輪得到妳？妳入過青樓的賤籍，攀得上嗎？」

「佟硯墨，你是佟析秋的走狗不成？為她亂吠最親之人？」佟析玉恨極，什麼叫她攀不上？入過青樓又怎樣？她還是清白之身啊！

佟硯墨的心涼了，見佟析玉冥頑不靈，一個箭步上前，自她手中扯過絹帕，揉成團後，大力向她的小嘴塞去。

佟析玉偏頭想躲，卻被他使力扭著脖子，硬是堵了她的嘴。

徹底制住佟析玉後，佟硯墨對劉氏比個手勢，把佟析玉拖去房中關了，便趕緊向鎮國侯府行去。

佟硯墨到了侯府，佟析秋破例在衡璽苑的偏廳接待他，得知他將佟析玉綁了，讚賞地挑了眉。「難得你還算明智。」

佟硯墨垂眸。「堂姊說得是。」

佟析秋輕嗯，命藍衣將備好的盒子拿出來。

「此去淮縣，路途遙遠，你身上的銀子不多，又沒什麼營生，這點小小意思，留給你傍身之用。若有多的，就為析玉堂姊的將來打算吧。」

佟硯墨聽罷，自座上起身，拱手道：「堂姊放心，硯墨知道該怎麼做。」

佟析秋點頭，送走佟硯墨後，又問了綠蕪的傷勢，得知不會留疤後，心中輕快不少。

下午，亓三郎回府聽聞此事，倒是覺得佟析秋心地太過良善。

那樣心思不純之人，直接押去青樓便是。不是想男人嗎？那裡各種男人多得是。何況他警告過佟硯墨，若不識趣，便把人送回原地。

「不過是不想再得罪人罷了。」佟析秋笑道。這個時代，三十年河東，三十年河西，誰知將來子孫後代會怎樣？

這次，佟析玉讓佟硯墨傷透了心，憑著其性子，只會將佟硯墨最後那點親情磨光。與其讓他們動手，不如交給佟硯墨，省得將來讓人記恨。

「偏妳想得長遠。」亓三郎笑嘆著摟她，看著她大得出奇的肚子，問道：「還要多久才生？」

「下個月吧！」

亓三郎默算一下，不由黑了臉。明日就是下月初一，是不是該生了？

翌日，佟硯青去送佟硯墨。

他回來時，對佟析秋道：「就三輛行裝，算是有些寒酸了。聽車上還有撞木板的聲音，想來是那個不安分的。」

佟析秋點頭，並未多說什麼，將他遣去前院後，便吃著湯水。看佟析春繡小肚兜時，學穩婆用拳頭在肚子和胸口間比了下，見已能放下一個拳頭，想著早間穩婆說就是這幾日的話，不由露出笑意，有些等不及了……

第一百零三章　生了

三月，天氣徹底暖和起來，所有積雪在幾個日夜裡化得乾乾淨淨。

其間，中了庶起士的名單也傳出來，林潤生正式任內閣編修。

走馬上任前一天，佟硯青帶他來鎮國侯府，與亓三郎在前院聊了會兒。

回後院時，亓三郎說，林潤生想在京都買處宅院，不需太大，夠一家三口住就行。因準備的銀兩不是太多，又不知京都的買賣價錢，是以前來請他們幫個忙。

佟析秋點頭。「他備了多少銀子？」

「一千兩。」

佟析秋蹙眉，在京都這個寸土寸金的地界，一千兩還真不算什麼。

「城西平民住的地方應該能找到，只是離宮中甚遠，上朝不便。」亓三郎見她蹙眉，遂伸手替她撫平眉頭。

佟析秋轉眸問道：「屆時帶他去看看？」能買著就不錯了，哪還能挑。

皇城南邊，倒是有不少好房子，可住的人除權貴外，就數世家。如今只有七品官身的林潤生，是沒資格住進去的。

亓三郎點頭，擁著她道：「我知。」

日子一晃到了三月下旬，鎮國侯府的主子跟下人全換上新的春衣。

佟析秋雖也著了薄裳，不過因為高挺的肚子，沒辦法像其他女子一樣，展現婀娜身姿。

如今的她，令全府的人整天提心弔膽，連夜裡也會有個穩婆在暖閣歇著。

快到臨盆的日子，佟析秋的身子越發不舒服起來。

晚上，她側著身子睡不安穩，入睡不久，就會被尿憋醒，但肚子大了不好起床，回回得勞動亓三郎相扶。

多次後，她不好意思了，明裡暗裡問亓三郎要不要分床睡，奈何他就算跟著睡不好，也不願分床。

佟析秋無法，只能繼續折騰著。

這日，佟析秋早早吃了早飯，就照例下地遛達。去西北角賞完園中春景後，回來又到了她補食的時辰。

她喝了盅補氣養血的湯，有些困乏，躺在暖炕上睡去。

午時將過，佟析秋起身，覺得身上有些涼，遂問旁邊的綠蕪，可是開了內室的窗？

綠蕪搖頭，藍衣便問，是不是炕涼了？

佟析秋納悶，掀起褥子摸了摸，倒是不覺得涼，正要下床，突然一股暖流自腿間流出，嚇得她當即輕叫了聲。

藍衣跟綠蕪嚇一跳，滿臉緊張地跑過來要扶她。

佟析秋表情驚慌，抓著藍衣道：「我、我好似尿了……」話落，肚子跟著扯痛兩下。

她皺眉，這才意識到什麼，便捂著肚子衝兩人喊。「快去傳穩婆！」

藍衣嚇得趕緊給綠蕪使眼色，綠蕪立刻跑出去，喊道：「少奶奶要生了，快把穩婆找來。還有，趕緊派人去清漪苑傳話給公主。」

「是！」

外面的春杏與紅綃聽罷，亦是大驚，一個去找穩婆，一個飛快向清漪苑跑去。

而院中的其他丫頭、婆子俱伸長脖子張望，挨了這麼久，終於要生了啊。

另一邊，佟析秋在藍衣和綠蕪的扶持下，向內室走去。

不想，剛邁開步子，佟析秋又驚呼了聲。因為走動，褲子裡的羊水就直直流下地，讓她害怕地白了臉。

穩婆很快跑來，幫著把佟析秋扶進內室，便趕綠蕪和藍衣兩個小姑娘出去，讓佟析秋躺在床上，問痛得如何，又脫了她的褲子，細細檢查起來。

「還早呢！」穩婆檢查完，笑著扶她起來。「少奶奶先下地遛著，待痛得實在忍不了，再上床，試著用點勁。」

佟析秋點頭，臉色雖還白著，卻依言忍痛下地，在兩個穩婆的攙扶下走起來。

明鈺公主一聽到消息，就急急趕過來，到了衡璽苑，直接掀簾衝進內室。

「我的兒，如何了？」

「婆婆！」佟析秋看到她，命婆子鬆手，準備給她福身。

明鈺公主立刻扶住她。「哪就這般多禮了？」說著又看向穩婆。「現在怎麼樣了？」

婆子說了情況，明鈺公主才稍稍放心，隨即吩咐桂嬤嬤去煮雞蛋麵，再命婢女燒熱水，將備好的乾淨剪刀與棉布等物拿出來。

她有條不紊地安排，讓慌張的佟析秋定了心神，道：「婆婆，讓人用開水煮煮剪刀吧。」

「對對對，這法子好，就跟燒刀子烙傷口一樣。」穩婆悟過來，點頭道。

明鈺公主聽罷，便命清荷親自去做，又吩咐道：「派人去軍營給卿兒傳個信，說他媳婦要生了。」

清荷點頭，出門時碰到趕來的鎮國侯，來不及給他行禮，匆匆從他身邊跑過去。

鎮國侯看著忙成一團的小院，皺起眉頭，獨自去偏廳等著。

一會兒後，佟析秋吃下剛煮好的一大碗雞蛋麵，肚子又開始痛，且這次比第一次陣痛時要來得短且快。

穩婆看後，還覺不行，要她繼續溜達。

佟析秋無法，只好再次忍著痛，繼續走動……

軍營裡，亓三郎聽府中小廝來報，驚得手中的筆啪地掉在桌上，愣愣盯著門外瞧。

小廝見狀，小心地喚了聲。「爺……」話落，就見一陣光影閃過。

待他回神，跟著跑出門，卻只看到亓三郎騎馬飛奔而去，影子已變成一個小點了。

回去的路上，亓三郎去了沈鶴鳴家。

他將滿臉不情願的沈鶴鳴拎進侯府時，佟析秋已躺在床上生產了。

內室裡，佟析秋疼得滿臉是汗，面色青白，聽見穩婆的叫喚，趕緊深吸了口氣，咬牙大力向下使勁，撕扯的劇痛，讓她險些暈死過去。

房裡傳來壓抑的低吟，讓在偏廳守著的人焦心不已。

亓三郎一動不動，全身僵直抿著唇，端著杯盞，如雕塑一般。

沈鶴鳴吃著桌上擺的桂花糕，坐在旁邊端詳他，發現這廝居然連手指都在抖了，不由好笑。

明鈺公主亦是焦急地頻頻扭絹帕，可見到兒子的臉有些變色了，趕緊寬慰道：「生產都是這樣的，秋兒又是頭胎，難免久些。」

亓三郎輕嗯，回過神，將茶送到嘴邊，卻發現已經涼透，遂蹙眉把盞放在茶几上，不知怎的，想起去歲敏郡王妃小產的情景。

此時，婢女端水盆出來，他看得心下一緊，握起拳頭，臉色瞬間白了。

佟析秋的聲聲痛呼，一直持續到晚膳的時辰，還未有任何動靜。

下人知主子們可能沒胃口，只送了清粥小菜跟點心到偏廳。

沈鶴鳴看到那些精緻小炒和粳米粥，忍不住嚥口水。見廳中眾人皆未動筷，不覺有些掃興，命婢女們將點心放下後，便自顧自地吃起自他來後的第三盤點心。

旁邊的藍衣看得咬牙，她們的少奶奶現在正值生死關頭，他倒是悠哉，吃了那麼多糕點，也不怕噎死。

「果然是個心黑的。」她冷哼著轉開頭，打算眼不見為淨。

不想，沈鶴鳴將她這話聽進耳，抬眸時，正好見她轉眼，不由跟著黑了面色，哼了聲。

不知誰才是個心黑的！從沒對他有過好臉色不說，上回侯府遇刺，他被拉著來幫忙，事後連句道謝也無。論沒良心，她數第一，還真沒人敢當第二。

雖這般想著，可他欲去拿糕點的手，卻莫名停了下來。

天徹底黑透時，房裡依然未有一點進展。

明鈺公主有些按捺不住，起身敲了敲緊閉的門扉。「如何了？」

守在門旁的桂嬤嬤搖頭道：「已經下地遛過好多次，但孩子還未露頭呢！」

那要怎麼辦？是不是真的吃太多，孩子養得太大了？

內室裡，佟析秋早已全身汗濕，咬牙嘗試多次都未能如願，再這樣下去，她要沒力氣了。

可穩婆還在叫著用力，她只能拚命，低哼地用力擠著肚子。

時辰漸漸過去，她不知使了多少的力，穩婆們的喊聲開始變得虛幻，卻又聽見一聲大叫——

「少奶奶，用力啊！」

隨著穩婆推肚子的勁兒，佟析秋輕喊一聲，咬牙使力。

「啊……」

「快了，已經看到頭了！」穩婆對佟析秋喊道：「少奶奶，再使點勁！」

再使勁？她已經使了啊！

佟析秋心一慌，力氣散了，白著臉不知所措，任穩婆喊叫，整個人卻恍惚起來。

外面等著的人知道露出頭了，還未待鬆口氣，又聽穩婆喊起來。

「少奶奶，快使力啊！」

沈鶴鳴受不了，想伸手捂住耳朵。

鎮國侯皺眉，明鈺公主提著心，站起身。

「少奶奶，妳再不使力，孩子要憋死了！」

一句話，讓在座的人皆是心驚。

亓三郎忍不住了，起身大力拍門。「開門，放我進去！」

「爺，你別鬧了。這是產房，污穢著呢。」桂嬤嬤也是心急，可產房之地，哪有男人進來的？非但不吉利，還很不方便。

「開門！」亓三郎面沈如水，聲音也冷下來。

沒再聽到佟析秋的低吟，他開始有了不好的預感，心慌得厲害。

桂嬤嬤無奈，明鈺公主過來拉他。「卿兒，你冷靜點，你衝進去，房裡要灌了風，秋兒怕是會受涼。」

「那就開一條縫，我用身子堵著。」

裡面的人無法，外面的人也無法，鎮國侯見狀，不悅地皺眉道：「先坐著等等。你這樣子，成何體統？」

房裡，佟析秋渾渾噩噩，腦子清醒，可力氣就是聚不起來。

聽著外面的叫門聲，讓她回了神，偏頭看向被放下的天青門簾，淚水洶湧而下。

「三郎……我、我沒力氣了……」

一聲粗嗄的三郎，叫得亓三郎險些崩潰。

他沈了眼，手指都哆嗦了，再次大力拍門。「開門！再不開，休怪我硬闖了！」

明鈺公主聽著裡面的聲音，正在為難，卻見亓三郎要伸掌破門，嚇得趕緊喚桂嬤嬤。

「快幫他開門，門縫儘量小點，可別漏了風。」

桂嬤嬤聞言，只好順從地開門。孰料才剛開一條門縫，就見一隻腳飛快踏進來，不待她反應，亓三郎已經進了屋。

桂嬤嬤愣住，待再回神，卻只看見內室晃動的門簾。

亓三郎闖進來，把兩個穩婆嚇了一跳，其中一個跑來攔他。「爺，您可不能進來，這地兒污穢著呢，快快出去！」

「滾開！」亓三郎面色冰寒，鷹眼直直看著癱在床上、臉色慘白的佟析秋。

見她正好轉眼，趕緊閃身過去，半跪在床頭，把她的手握在大掌裡。

「三郎！」

「嗯！」他應著，心疼地握住她的手腕，將真氣送入她體內，另一隻手輕輕為她抹去臉上的淚痕。「沒事的，有我在呢！」

佟析秋點頭，眼淚滑落在他的手心裡，委屈地癟嘴道：「生孩子好痛！」

「我知！」亓三郎點頭，在她的臉邊印上一吻。

兩個穩婆見狀，皆不好意思地轉開眼。

見主子都不懼了，她們懶得再勸，直接走到床邊，一人揉著佟析秋的肚子、一人看著下身，道：「少奶奶，再使一把勁就好。」

佟析秋輕嗯，待覺身上又有些力氣後，深吸口氣，咬著牙，在穩婆說使勁時，拚著最後一口氣，向下用力——

「啊——」

撕心裂肺的劇痛傳來，穩婆的手大力一拽，噗嗞一聲，她的身子便瞬間空了……

第一百零四章　雙生

「哇……」

嬰孩落地的啼哭，令屋裡屋外的人心頭一輕，皆鬆了口氣。

明鈺公主拍門問道：「如何？是男是女？」

正在清洗孩子的穩婆聽罷，笑著大聲回答。「恭喜公主，是個大胖小子！」

鎮國侯聞言，滿臉欣喜地起身，明鈺公主亦是喜得再次拍門。「快開門，本宮要親自看看我的孫子！」

桂嬤嬤得令，打開房門。婢女們也紛紛進屋，準備收拾。

鎮國侯不能進去，難耐地在廳裡打轉，不時看向閉著的房門，有些不甘心地嘆氣。

明鈺公主進去，穩婆趕緊將包好的孩子抱過去，眉開眼笑地道：「近六斤呢！白白胖胖的，老婆子接生這麼久，還是頭回見到這般漂亮的孩子。」

明鈺公主雖知這是漂亮話，但還是聽得心頭舒坦，伸手將大紅綢布襁褓接過來，見孩子安靜睡著，臉上紅紅皺皺，沒婆子說的那般誇張，可那雙長長的眼形，注定他醜不了。

桂嬤嬤也湊上去看。「這額與眉像極了三少爺，眼睛說不定是像少奶奶呢！」

「嗯，不太像。」明鈺公主搖頭，用纖手指著孩子的眼睛。「妳看這樣子，有些眼熟呢。秋兒可是杏眼。」

「這麼一說，倒十分像公主的眼睛啊！」

桂嬤嬤驚呼，明鈺公主立時認真看去，不由喜上眉梢。「還真是！這孩子的眼睛可不就是像了我們皇家？」

沒想到小孫子居然長得像她，讓她喜了一把，開懷笑了。

這邊明鈺公主高興不已，那邊佟析秋總算緩過了神。

見亓三郎還守著她，心間甜蜜，問道：「你在這裡守著我，可看過我們的孩兒了？」

亓三郎正為她理著濕黏的髮絲，一聽才記起他已經當爹了，心頭一喜，轉眼看向抱著孩子的明鈺公主。

這時，婢女們進來請亓三郎起身，說是要收拾污穢。

明鈺公主聽了，趕緊把手中的孩子送到他懷裡。

亓三郎被突然塞來的襁褓嚇了一跳，僵著手腳，看著紅綢裡裹著的孩子，剛想伸手碰碰他嬌嫩的小臉。孰料，換了人抱的小子，被亓三郎抱得很不舒服，小眉頭一皺，啼哭起來。

軟軟如貓般的哭聲，哭得亓三郎心都化了，抖著手，不知怎麼辦，便向明鈺公主看去。

明鈺公主被他那笨樣逗得笑出聲，立時走過來道：「一手輕輕托住他的頭，另一手放在這裡，讓孩子舒服地靠著你的胸口。」

在她的幫助下，亓三郎終於抱穩了兒子，雖還有些彆扭，好在孩子未再哭泣，安靜下來，動著小嘴，向他的胸口靠去。

亓三郎再次不知所措，明鈺公主則好笑地命桂嬤嬤將等著的奶娘喚來，讓她們把孩子抱出屋，給鎮國侯看過後，再去偏廂餵奶。

看著兒子被抱走，亓三郎眼眶差點浮上淚。活了二十二個年頭，終於當上爹了。

穩婆見事情差不多，嘴甜地過來對亓三郎說些討喜的話。孰料，好話說了一大堆，他卻像根木頭般，好像沒聽見。

明鈺公主再次樂得笑出聲，旁邊的桂嬤嬤立即拿出封好的大紅包給兩個穩婆。

穩婆收下，眉開眼笑，又說了好些吉祥話。

另一邊，佟析秋在婢女們的扶持下，起了身。

亓三郎回神，當即過去將她一把抱起，向淨室走去。

明鈺公主見狀，懶得再說。出了內室，見鎮國侯跟沈鶴鳴已在暖閣坐著，鎮國侯一臉欣喜地抱著孫子逗弄，便上前自他懷中將孩子抱過去，遞給奶娘。

「待吃過奶再抱吧。這都多久了，可別餓著孫子。」

奶娘抱著孩子，轉身去偏廂。

鎮國侯見狀，沒說什麼，心情愉悅地端盞喝茶了。

佟析秋淨完身後，靠坐在床上，綠蕪端來一碗豬肝麵線給她吃。

明鈺公主已吩咐人準備紅蛋，準備天亮就去給各府報喜。

佟析秋把豬肝麵線吃得一乾二淨，要躺下歇息時，突然捂著肚子大叫。「哎喲！」

這聲叫喊讓眾人心驚，生完孩子，肚子還會痛，可就不是好事了。

亓三郎也意識到不好，慌張地跑出來，把正要抬腳出府的沈鶴鳴拎進去。

沈鶴鳴雖不滿他的粗魯，到底知道事情緊急，到床邊替佟析秋把脈，隨即訝異地挑眉。

「居然還有一個！」

「你不是藥王之徒嗎，如何有兩個孩子卻不知？」亓三郎沒了好氣。

沈鶴鳴冤枉極了，他說過多少次，他不擅長婦人病，這廝……好吧，看在今兒是特殊日子的分上，就不與他計較了。

明鈺公主聽罷，驚喜交加，回過神，趕緊命人喚來還未走的穩婆進內室。

佟析秋二度生產，因頭一個孩子出生時，產道已開，加之已恢復不少力氣，沒多久，第二個孩子就落了地。雖哭聲不如長子響亮，可也非常健康。

婆子將孩子洗完包好後，趕緊出去報喜。

「是龍鳳胎呢！老婆子這輩子第一次接生到這般漂亮的龍鳳胎，真真是幸事！」

眾人聽是龍鳳胎，不由大喜，皆起了身。

亓三郎聽見，更是呆住，立在床頭傻笑。「呵呵……呵呵呵……」

明鈺公主瞧他這模樣，便知又木了，嗔怪著命人賞紅包給穩婆，又去佟析秋床邊，拉著她的手道：「好孩子，辛苦了。本宮活了這麼多年，還是頭回看到雙生子足月生產呢！」

「謝婆婆關懷。」佟析秋疲憊地啞著聲音道謝。

明鈺公主搖頭，拍拍她的手。「妳先安心睡一覺。剩下的，交給本宮就好。」

「嗯，多謝婆婆。」

「當不得什麼謝，本宮還得謝妳，給本宮生了這麼雙寶貝孫兒呢。」

彼時，佟析秋已迷糊地閉上眼，明鈺公主見狀，趕緊起身出去，讓她歇息。

府中下人聽說三少奶奶生了龍鳳胎，皆是歡喜，爭相走告。衡璽苑的婢女跟婆子，更是搶先道喜，早早領到紅包。

至於其他下人，明鈺公主跟鎮國侯下令，每人賞兩個月的月錢與一顆紅蛋，沾沾喜氣。天一亮，便吩咐他們將包好的紅蛋給相好的人家送去。

天大亮後，一盒盒賀禮不斷地往鎮國侯府送去。

除此之外，宮中賞下一對金鎖，同時賜名。因長子是在子時後出生，特賜單字曜，小名則由鎮國侯府自取。

鎮國侯跟亓三郎覺得曜字不錯，亓曜，代表光明照耀，有衝破黑暗的寓意在裡面。長子有了大名，小名跟孫女的名字就得好好想想了。

明鈺公主聞言，有些不滿。「皇兄給孫子賜名，小名也讓你們占了，難得孫女跟秋兒長得十分相像，不如把小名留給她取？」

「行。」鎮國侯已很滿意長孫的名字，對此倒是無所謂。

幾人說著，兩位奶娘將兩小兒抱進來。

鎮國侯一見，立時兩眼發光，問哪個是小孫子。待確定後，趕緊喚人將孫子抱來，親自接過，不停逗弄著。

孩子的眼睛還睜不太開，握著一雙小拳頭，不停搖著，看得鎮國侯開懷不已。

亓三郎抱著女兒，心都酥了。不同於兒子的眉額像他，女兒的眉眼全然像了佟析秋，小臉紅紅圓圓，安靜睡著，瞧著甚是討喜。

明鈺公主在一旁急嘆，見兩個孫兒都被抱了，鎮國侯那裡不好搶，便奪過亓三郎懷中的孫女。「你還不太會抱，本宮來抱，讓她舒服點。」

亓三郎黑了臉，好在這時下人來報，說佟析秋醒了，便趕緊起身，去了內室。

佟析秋睡了一覺，雖然腿間還火辣辣地疼著，可精神卻是好了不少。見亓三郎進來，就揚起笑，喚道：「夫君。」

亓三郎快步走到床邊，坐下問她。「可是還好？」

「好多了。」佟析秋笑著點頭。「孩子呢？」

「父親跟母親正抱著呢，等會兒我讓人抱進來給妳看。」

佟析秋輕嗯，兩人正說著，明鈺公主帶奶娘進來，讓奶娘把孩子抱給佟析秋瞧。

佟析秋伸手接過，放在身邊，見一雙小小皺皺的嬰兒睡得正香甜，便溫柔一笑。

明鈺公主命人將一碗撇掉雞油的雞湯端進來。「這是讓人特意尋老母雞熬的，對身子好，多喝點。」

「謝謝婆婆！」

「哪就那般客氣了？」

明鈺公主笑嗔一句，見佟析秋喝了湯，又命人送來小米粥和雞蛋。看著她吃完後，便帶奶娘出去，讓她休息。

佟析秋有些想笑。如今她胖了一圈，再這麼養下去，不知亓三郎會不會找小老婆了。想著的同時，就皺了眉。

亓三郎見她皺眉，以為哪裡又不舒服，慌道：「怎麼了？」

「沒有。」佟析秋抿嘴，把笑憋回去，忍著傷口的疼，轉話題問道：「孩子可起名了？」

亓三郎不語，將小兒們小心地移到最裡面，又抱起佟析秋往床裡挪。

佟析秋奇怪地看他，卻見他慢慢躺在她身邊，把手伸進被裡，抓住她的纖手，這才回道：「皇上為長子賜名，單字曜，小名由父親想。女兒的小名給妳取。」

佟析秋聽兒子的名字被人捷足先登，雖是莫大光榮，可心裡還是有些不爽，得知女兒的小名留予她取，遂認真想了想，道：「她是天將亮時出生的，不如叫曦姊兒？」

亓三郎聽罷，覺得這個字不錯，笑了笑。「這個字可當大名了。到時跟父親商量一下，就用這個吧。」反正鎮國侯只看重孫子，應該不會太計較孫女的名字。

佟析秋點頭，頓覺睏意又來襲，閉上眼，喃喃道：「待孩子醒了，我要餵奶。」依前世的觀念，第一口母奶可是很珍貴的。

「有奶娘呢！」

佟析秋不語，逕自睡了過去……

佟析秋再次醒來，是被身邊的小兒吵醒的。

彼時她聽到哭聲，本能地睜了眼，想飛快起身，奈何傷口疼得她嘶了一聲。

亓三郎陪著她一起入睡的。昨兒一夜加上今兒上午未睡，睏得不行，這會兒見她醒來，就迷糊地問了聲。「要做什麼？」

「孩子醒了，我想餵奶。」佟析秋推著他。「扶我一把，我身上疼。」

亓三郎聽罷，立時清醒，扶她坐起後，又拿枕頭給她靠上。

待佟析秋把兒子抱在懷裡，守在暖閣外的兩位奶娘聽到動靜，敲了門。「少奶奶跟三少爺可是醒了？」

「進來吧！」亓三郎啞著嗓子喚道。

兩人一進來，就見佟析秋正在摸兒子的屁股，看到她們時，便道：「叫藍衣進來，她知道布巾在哪裡。」

待奶娘應下，佟析秋見兒子哭得厲害，順勢解了衣，要直接餵奶。

一位奶娘見狀，趕緊出聲道：「少奶奶，使不得啊！」

大戶人家向來不屑於解衣餵兒，親自餵的，不是請不起奶娘的貧困之家，就是鄉下婦人。若高門這樣，少不得會被人瞧不起。

「沒關係。」佟析秋並未理會太多。「我先餵著，要是奶水不夠，妳們再餵。」說罷，就見兒子已吸住她的乳頭。雖有些疼，但還能忍受。

沒想到，才一會兒，小子就不幹了。

見吸不出奶，佟析秋換了另一邊。孰料也吸不出，小子便扯著喉嚨哭起來。

亓三郎瞧兒子棄了妻子的奶，不由直了眼。想著那細膩的肌膚，不覺吞口水，又埋怨地看兒子一眼。

佟析秋見兒子哭了，手忙腳亂地再換。焉知，他再吸幾下，知道上當後，不肯吸了，一個勁兒乾嚎著。

奶娘在一旁看得心疼，不由伸手道：「少奶奶，給我吧。」

佟析秋還有些不甘心地想再換，奈何小女兒也跟著哭了起來。

佟析秋無奈，只好恨恨地把大兒子交出去，嗔道：「臭小子！」將小女兒抱起來，擦了擦胸口，讓她吸奶。

好在曦姊兒是個有恆心的，見吸不動，就一直咬著不放。終於，咕的一聲，讓她吸到了第一口。

佟析秋感受著胸部的異樣，怕嗆著她，輕掐住乳房，讓她吸得慢一點。

這瞬間，她的心突然軟得一塌糊塗。

而亓三郎早看不下去地轉身，閃得沒了影兒……

第一百零五章　奶娘

佟析秋餵完小女兒後，見大兒子也吃飽了，便抱過他們，放在身邊。

于奶娘見狀，開口道：「少奶奶，讓奴婢們來帶吧。這樣放著，怕吵著妳睡不好呢。」

佟析秋搖頭揮手。「不要緊，妳們暫時待在暖閣，若我忙不過來，再讓妳們來帶。」

她想儘量讓孩子跟在身邊。大戶人家的孩子，很多從小就跟著奶娘，比親生母親還親，她不願自己的孩子也這樣。

兩個奶娘聽罷，吳奶娘的表情倒未有多大變化，不過于奶娘的眼神卻閃了閃。

待兩人出屋，在外間等了許久的藍衣與綠蕪見終於有空閒，便快步進來。

「少奶奶，給我們瞧瞧小主子吧！」

佟析秋笑著轉眸看向一雙兒女，見兩個孩子並未睡著，便點點頭。

「看吧！」

佟析秋將小女兒遞給藍衣，大兒子則遞給綠蕪。

春杏與紅絹則趕緊一人一邊地抓住兩人的胳膊，伸長脖子看著。

藍衣笑得明媚，用纖指輕輕點了點曦姊兒的小臉。「怪可愛的。嘻嘻，真好玩！」

綠蕪瞋她一眼，卻是滿眼羨慕地看著懷中小兒，不知道想到什麼，竟有些紅了臉。

佟析秋任她們笑鬧著，待聽到曦姊兒哼哼後，便讓她們趕緊拿來乾淨的軟棉布巾。

她將曦姊兒放床上，一摸屁股，見果然尿了，婢女們便拍著馬屁道：「咱們姑娘就是懂事愛乾淨，真是聰明得緊。」

「她才多大？不過是不舒服罷了。」佟析秋嬌嗔，卻對這話生出幾分歡喜。

她幫曦姊兒換完布巾後，又讓幾個婢女逗弄孩子一會兒。待她們退下後，便陪著兩小兒睡去。

晚飯時，明鈺公主又來一趟，還帶了兩副金鎖配小銀鈴的手腳鐲子。

她抱著大孫子，一邊逗、一邊道：「卿兒說妳給女兒取了曦字。這個字好，以後就叫曦姊兒，做正名也是行的。」

「媳婦也這樣想呢。」佟析秋將一盅鯽魚湯喝完，讓藍衣拿走湯盅後，笑著回道。

明鈺公主看著她，有些欲言又止，還是忍不住道：「聽于奶娘說，妳要自己哺奶？這……會不會被人看輕了去？」

佟析秋頓了下，隨即搖搖頭。「兒媳想親自餵餵看。再說，餵得隱蔽，不會有人知的。」

「可終究失了身分。」明鈺公主還是不太贊同。

佟析秋卻笑道：「在鄉下時，聽經驗豐富的農婦說過，頭次生孩子的婦人，奶水是最金貴的。鄉野大夫也說，孩子喝初為人母的第一口奶，身子骨會格外健壯。」

「有這事？」明鈺公主皺眉。哪個婦人會當著小女娃說這些？

佟析秋故作紅臉，囁嚅道：「以前同村人上山挖菜，跟得不遠，順耳聽了兩句。」

明鈺公主恍然，卻不輕易妥協。「還是交給奶娘吧。若真要初為人母的奶，我再派人去找找。」

「不用了！」佟析秋急道。「其實兒媳還有一點私心，不想讓孩子與我太過疏遠。」

「妳這孩子，說的是什麼話？哪有孩子不親近母親的？」

佟析秋認真道：「大戶人家裡，兒女雖與生母親近，可對奶娘卻是無話不談。有些奶娘甚至仗著奶過哥兒、姊兒，拿了大，在府中耀武揚威。

「兒媳並不想這樣，只盼著孩子能與我親近，將來就算有隱密之語，也會安心對我這個母親傾訴，而非對著另一個毫無血緣關係之人開口。兒媳不想與孩子們隔了心。」

說她自私也好，只要想到那種情境，她就難受得慌。而且，那個于奶娘……

明鈺公主聞言，愣了一下，便嘆氣道：「隨妳吧！」

「多謝婆婆體諒。」

見明鈺公主點頭，佟析秋又道：「還有，兒媳想把于奶娘打發了。」

明鈺公主愣怔，隨即有些不高興地問：「妳怪她給本宮通風報信？」

這話的意思可就深了，一個說不好，就像佟析秋不想讓明鈺公主知曉自己院中之事。

「兒媳並不是這個意思。」

見明鈺公主抬眼問來，佟析秋趕緊解釋。「不管她出於何種居心，都不應該瞞著兒媳，有話可與我這個做主子的當面說清楚，或是勸解，而非一聲不吭地跟母親稟報。她能報與母親知的事，也能報與別人知。如此行徑，兒媳斷不敢把哥兒與姊兒交給她餵養。」

扯上兩個小孫子，明鈺公主通透地點點頭，也覺于奶娘有些靠不住。「明兒我讓桂嬤嬤再去尋個老實可靠的前來。」

佟析秋趕緊道謝。「多謝婆婆諒解。」

「行了，我是看在兩個孫兒的面上，可不是為了妳。」

對於她的嗔怪，佟析秋抿著唇笑，點點頭。「媳婦知道。曦姊兒和大哥兒有這樣為他們著想的祖母，可是莫大的福氣！」

明鈺公主聽得舒坦，又陪了她兩刻鐘，便回了清漪苑。

待明鈺公主走後，佟析秋便命綠蕪把于奶娘請過來。

于奶娘過來後，表情有些疑惑。

佟析秋直接喚了藍衣，拿二十兩銀子出來。

「當初妳們入府時，訂的月錢是五兩銀子。這裡有二十兩，從明兒起，于奶娘請出府另謀高就吧！」

于奶娘一聽，立時瞪大眼，這是不要她了？一月五兩銀子的奶娘活兒可不好找，若她被放出去，不一定還能找到這般好的府邸了。

想著的同時，她立刻跪下。「少奶奶，是不是奴婢有哪個地方做得不好？還請少奶奶責罰。」

「妳沒有做得不好，只是不對我的眼罷了。」佟析秋淡淡搖頭，對藍衣道：「把她扶起來，明兒就送出府。」

「少奶奶！」

于奶娘還想再辯，佟析秋卻道：「莫要吵著哥兒了。」

「是。」藍衣聽罷，眼中殺氣立現。

于奶娘嚇了一跳，識趣地閉上嘴。

藍衣見她識相，將裝銀子的荷包遞給她。「走吧！」

于奶娘給佟析秋磕頭，便躬身退下了。

當天晚上，亓三郎從前院回來，告訴佟析秋，大哥兒的小名取好了。

「想著取拂曉之意。他與曦姊兒差不到一個時辰，曉晗與曦字，相差不大。」

曉晗？

「會不會太多太陽？」佟析秋皺眉。曜字帶了一個太陽，小名還來兩個，會不會太刺眼？雖然他誕生時，太陽尚未出現，可也不能這麼照吧？

經她提醒，亓三郎也覺不妥。「要不，請個先生算算？看看他缺什麼？」

「不如叫朝哥兒吧！有月有日，挺好的，日月交替時，他正好出生。」意思跟曉、晗差不多，卻不用照太多太陽。

亓三郎也覺得好。「那明日我與父親說。」

佟析秋點頭，問他可要分房住？畢竟她坐月子，一個月不能洗澡、洗頭呢。若他住在這裡，味道不好聞不說，她也怪不好意思的。

亓三郎把頭靠在床柱上，不滿地看她。「我都未怕，妳怕什麼？」

呃……她這不是不想讓他看到那副邋遢樣子嗎？

「屆時我不與妳蓋同條被子便是，無礙的。」似看出她的顧慮，他淡淡道。

見亓三郎堅持，佟析秋無奈地點點頭。

當晚，兩人同床而眠，佟析秋睡在中間，不時看看一雙小兒女，再看看外側的亓三郎，只覺得，人生已經圓滿了！

因著生雙胎，佟析秋的月子由原來的一月變成兩月。

是以，連朝哥兒與曦姊兒的洗三日，明鈺公主跟亓三郎都緊張地未讓她出屋，還嚴令婢女看住她，不許她隨意下地。想下床遛遛，得先燒上炭盆，弄暖屋子才行。

若佟析秋覺得屋裡悶，婢女們就將暖閣和內室燒得熱烘烘的，扶她去暖閣後，再關緊相連的兩道門，到內室開窗通風，待通完風，沒了涼意後，再扶她回去。

這兩個月來，佟析秋連孩子們的滿月酒也未能出席。明鈺公主更是一日不落，成天往衡璽苑跑。

滿月後，兩個小傢伙長得一天比一天好看。尤其是朝哥兒，雖額眉像極父親，可那雙斜長的桃花眼，一睜開就會閃著光。

屋裡的婢女見了，被他逗得心撲通撲通跳，偏偏朝哥兒小小年紀，卻愛讓年輕的婢女抱，若男子或不漂亮的婆子抱他，便尿得他們不得不撒手。連鎮國侯抱他時，也被撒過好幾次，饒是如此，卻依然愛極了他。

亓三郎被撒過兩次尿後，就不再抱他了，因所有人都寵著長子，便對女兒格外疼愛。

好比今天是佟析秋出月子的日子，她梳洗過後，與一家人吃完團圓飯，便坐在清漪苑的偏廳消食。

鎮國侯一個勁兒地掂著乖孫，逗他道：「來，叫爺爺！」

下首的亓三郎抱著可愛的女兒，聞言不由黑了臉，見女兒睜著圓圓眼睛盯著他看，便又柔了臉，將食指放進她小小的掌心，任她牽握著。

明鈺公主在上首嘆氣。「轉眼就兩月了，玥姊姊還說待秋兒生子就回來呢，如今竟連影子也未看到，會不會有事耽擱了？」以明玥公主的性子，加上京都出了太子謀逆的大事，她應該不會無故失約的。

亓三郎低眸看著咧嘴笑開的女兒，心軟得一塌糊塗，聽了母親的話，沈吟道：「我暗中派人打聽看看？」

明鈺公主點頭。「也好，不然我的心真有些放不下。」

二月就去信，如今快六月，還未見明玥公主到來。但她不是會失信的人，定是出了事。

鎮國侯把又尿了他一身的朝哥兒交給奶娘，不甚在意地跟著點頭，吩咐亓三郎，若要查探，儘早為好。

大家又說了會兒話，待散席出屋，董氏快步追上佟析秋。

佟析秋轉首看向圍著面紗的她，卻聽她帶笑地喚道：「嫂嫂！」

佟析秋頷首，給亓三郎使個眼色，兩人便落後，並排而行。

董氏平視前方，見亓三郎離得夠遠後，才心平氣和地緩聲道：「如今的我，只盼著雪姊兒平安長大。嫂嫂是個有福的，有空能否指點她一下？」嗓音極輕、極柔，那種柔軟，幾乎到了求情的地步。

佟析秋隱著訝異看向她，卻見她眉眼中盡是祈求，知她是在示好，淡笑了聲。「雪姊兒是侯府嫡長孫女，福氣自然不差。」

董氏聽罷，眼中濕潤。「有嫂嫂這句話，我就放心了。」

如今她容貌全毀，就算雪姊兒是鎮國侯的嫡親孫女，可將來的生活，還不是得依附佟析秋他們而活？

如今，她們母女可說是無依無靠，連出入高門，她都無法帶她去。那些捧高踩低之人，未必會將她這個失勢醜婦放進眼裡。加上無人撐腰，雪姊兒將來說了婆家，只有受欺負的分兒。

「都是一家人，弟妹何必說兩家話。」若董氏肯悔改，把雪姊兒教好，她沒必要給自己多找個麻煩。

「嫂嫂說得是，只怪從前弟妹識人不清。」

對於她的謙卑，佟析秋淡淡一笑。「走吧！」

董氏點頭，妯娌倆的恩怨，算是暫且放下了。

回院後，亓三郎問起董氏之事。

佟析秋也不瞞他，只淡道一句。「不過是鬥累了，想平靜過日子罷了。」

他輕點下巴，隨即說起鎮國侯的心思。「聽說大夫人如今安靜許多，父親怕把她關出病來，想讓她解禁。」

佟析秋沈吟著。蔣氏能靜下來，是得了鬱症，還是另有所圖？亓容錦和亓容泠姊妹的事，她究竟知不知？若是知曉，依她的性子，為何從來沒鬧過；若是不知，府中下人的嘴，難道沒有透露一點半點？

「你說，她會不會是故意裝成這般的？」

聽見她的疑惑，亓三郎點頭道：「父親也怕這一點，不過她的人手早被打發了，如今伺候她的，只有膽小的看院婆子罷了。」沒了好用的人手，想來她也蹦躂不了。

佟析秋不語。亓三郎不繼續說這些，把頭靠在她肩膀上，對她的耳朵輕輕吹氣。

佟析秋怕癢，縮起脖子閃躲。

亓三郎低笑，手不老實地滑向她的腰際。

佟析秋呼吸不禁急促，不好意思地紅起臉，偏她這副模樣惹得他愛極，摟著她的腰，直接將她打橫抱起，向床邊走去。

佟析秋嚇得緊揪他的衣襟，嗔道：「等會兒曦姊兒該醒了，我得餵她。」自從小女兒吃了她的奶，就再不吃別人的。奶娘除了哄她睡覺外，再無用武之地。

亓三郎不為所動，把她放在床上，急切地伸手褪下她的衣衫，覆上她的一刻，見她還想再辯，直接用嘴堵住她，吮吻上去，啞著嗓子道：「待她醒了再說。」

彼時，佟析秋早已被他的吻弄得迷亂不已，摟著他的脖子，再顧不了許多，迎了上去……

第一百零六章　解禁

翌日，佟析秋抱著曦姊兒，愧疚不已。

昨夜，某人不知節制，在曦姊兒醒來哭鬧時，還不願停手。

奶娘自然知道是什麼情況，不敢打擾，只能任曦姊兒哭鬧。

最後，曦姊兒餓得受不了，只得將就著吃了幾口吳奶娘的奶。

這時，藍衣掀簾進屋，說有人送拜帖來。

佟析秋接過拜帖，看了一愣，隨即把曦姊兒交給奶娘，領著藍衣跟綠蕪去了院門。

兩盞茶工夫後，敏郡王妃著一身素白的銀絲襦裙，款步走來。

佟析秋看她雖清瘦不少，但精神還可以，遂緊走上前，對她福身行禮。

敏郡王妃笑著扶起她。「今時不同往日，難為妳還能這般。快起來吧！」

這些日子，敏郡王府受盡眾人白眼，誰還會將她放在眼裡？

「王妃依然是王妃，臣婦自然要尊敬。」

敏郡王妃嗔道：「好了，能不說這些虛話嗎？」

佟析秋笑得溫和。「自然可以。」一領她進了暖閣，又命婢女們上茶水、點心。

待兩人落坐後，敏郡王妃笑著解釋道：「妳生產跟孩子滿月時，我並未前來。妳知我如今的身分，自是要避一避的。」

佟析秋點頭，並不在意。

敏郡王妃笑得溫婉，又問：「可否看看妳的兒女？」

「當然。」佟析秋笑著命人去抱，指指八寶盒裡的果仁。「莊上自產的，王妃嚐嚐。」

「好。」

敏郡王妃輕撚一顆，塞進嘴裡，隨即垂眸，勾唇道：「那夜之事，我已知曉。」見佟析秋不動聲色，遂淡然一笑。「以前雖猜疑過，卻沒有證實。當真相大白時，自是免不了心痛與失望。」

對於陪他那般久的嫡妻，明子戍毫不珍惜，還輕易對別的女人許下承諾。如此無情的男子，怎能讓她不失望？

「還好，他允諾妳的那一刻，妳對他做出那樣的事。」敏郡王妃哼笑。「妳在他心中從來都是好的，那一刻，應該直接打碎了他的夢。」夢碎，自然就惱羞成怒了。

「其實，我莫名地覺得好生痛快。」敏郡王妃笑著看佟析秋，見她沈默，本想開口勸她別多心，不想，這時奶娘抱著兩小兒來了。

佟析秋看見，喚他們近前。

看著兩個小兒，敏郡王妃心生歡喜，轉眸問佟析秋。「我可以抱嗎？」

佟析秋點頭。

這時，朝哥兒的目光已經轉到敏郡王妃身上，雖然兩個月的小身子還不是很靈活，可手卻能指了。他流著口水，指向敏郡王妃，咿咿呀呀哼了兩句。

佟析秋看得好笑，衝奶娘點頭，讓她把朝哥兒遞給敏郡王妃。「朝哥兒這是喜歡妳呢。」他喜歡讓漂亮的婢女跟婆子抱。

敏郡王妃抱著朝哥兒，見他仰臉看她，便欣喜異常地望向佟析秋。「真是好乖巧，一點也不鬧騰呢。」

呵呵，佟析秋抿嘴不語，把小女兒接過來，自是不會給兒子落了面子，順著敏郡王妃，兩人有一搭、沒一搭地說著話。

兩人談了近半個時辰，敏郡王妃臨走時，從手上剝下一對碧玉鐲子。

「怪我只想與妳聊聊，並未特地準備禮物。這鐲子不值什麼，送給他們玩吧！」

「能來就好，這些東西不重要。」佟析秋並不拒絕，親手接過，順道嗔她。「再說，這是妳的貼身之物，哪裡不值了？」能來，代表她還當自己是朋友。

敏郡王妃坐了這般久，未有過任何酸氣跟指責，佟析秋便知，她並未怪過她。

敏郡王妃點頭輕笑。「自是要來，朝哥兒這般喜歡我，以後還得多來呢。妳不煩才好。」

「求之不得！」佟析秋笑著，送她至二門。

彼時，敏郡王妃突然拉了她的手，認真道：「我雖起過嫉妒之心，卻不想失去難得交心的知己。」

「我知道。」佟析秋笑著回握她。「我與妳一樣。」

兩人相視而笑。

待敏郡王妃上了馬車，佟析秋揮手相送，直到她出側門後，才轉身回院。

佟析秋剛走到衡璽苑門口，藍衣便立時戒備地上前，將她護在身後。

佟析秋望去，不知何時，已枯瘦如柴的蔣氏，正站在她們前面。

蔣氏看到她們一行人，目光鎖住佟析秋，咧嘴輕道：「老三媳婦。」

佟析秋對她福身行禮。「大夫人。」

蔣氏緩步上前，對身邊跟著的婆子道：「把本夫人給哥兒與姊兒準備的東西拿出來。」

婆子應下，拿出紅色包袱，遞給藍衣。

藍衣看佟析秋一眼，見自家主子點頭，不情不願地接過來。

「勞大夫人費心了。」

蔣氏聽罷，笑得讓人極不舒服。「也是我的孫子、孫女，談何費心？」

佟析秋並不受影響，再次福身。「若是無事，就此別過？」

「好啊！」

蔣氏詭笑地點頭，看著她們進院後，眼中閃過毒光……

因蔣氏解禁，眾人聚在一起用晚膳。

席間，大家沈默不語，直到回院時，佟析秋才開口問亓三郎，可有看出蔣氏的變化？

亓三郎皺眉。「讓人不舒服。」

從席間到飯後閒話，蔣氏雖然極為安靜，卻給人一種詭異的感覺。

佟析秋想起白天的事，命藍衣將蔣氏所送之物拿出來。

待打開紅色包袱，她用手挑起一件紅色小衣裳，疑惑地看向亓三郎。以蔣氏的性子，怎麼可能會給她的孩子做衣？不恨死她都算輕的了。

亓三郎訝異地挑眉。「轉性了？」

藍衣輕聲問道：「可要給哥兒和姊兒用？」

「不！」兩口子異口同聲地回答。

藍衣聽罷，點頭將包袱收好，拿了出去。

轉眼進入六月，兩個小傢伙也快滿三個月了。

佟析秋見天氣越來越熱，只讓小兄妹倆穿件自製的卡通小肚兜了事。

朝哥兒活潑，把他放在暖炕上，雖翻不了身，可一張小嘴總不會停，咿咿呀呀地唱著。這一唱，就會引得藍衣她們過來湊趣，他便對她們笑。這一笑，婢女們的心都酥了，抱起他簡直是輕而易舉的事。

這副模樣，連難得抽空來看他們的明子煜都禁不住嘖嘖驚嘆。

「這小子跟我有得拚！看看小眼睛閃成這樣，要長大了，哪家姑娘受得了？」

佟析秋將剛餵飽的曦姊兒抱出來，聽見這話，頓覺頭疼不已。

亓三郎看到小女兒時，自然而然地伸手，把她接過去。

明子煜看得傻眼，張嘴輕呼。「人說抱孫不抱兒，表哥這是要打破俗規不成？」

亓三郎懶懶地回道：「我抱的是女兒！」將食指放進女兒的小手心裡，讓她抓著玩。見小女兒仰脖看他，還咧著嘴流口水，對他嗯呀著，不由心酥地溫柔一笑。

亓三郎這一笑，讓明子煜簡直受不了，直搓雙臂地喊。「表哥向來冷情冷性慣了，這一笑，我滿身都起雞皮……」

亓三郎收起笑，淡淡地睨向他。

正搓雙臂的明子煜見狀，不由尷尬地頓了手，轉眸對藍衣使眼色，示意她將朝哥兒給他抱抱。

藍衣見自家主子並未阻攔，便笑得燦爛，把朝哥兒遞給他。

朝哥兒見到明子煜，卻是一愣，仔細端詳他一番，便衝他咧嘴笑開。

明子煜驚奇，大叫道：「哎呀，笑了！他對我笑了呢！」

亓三郎冷呵一聲。等會兒可有好戲看了。

明子煜逗著懷中的朝哥兒，完全不知亓三郎的險惡用心。

佟析秋瞄了眼亓三郎勾起的嘴角，懶得相理，起身對綠蕪她們吩咐一聲後，便去內室做針線。

待在暖閣裡的亓三郎等候多時，卻未見自己兒子對明子煜使招，遂疑惑地抬眼看去，見朝哥兒正與明子煜玩得不亦樂乎，不滿地皺眉，把曦姊兒塞過去，抱走兒子。

孰料，朝哥兒離了美人懷抱，本就不爽，抬頭見自家父親黑著臉，立時小嘴一癟，哇地哭出來。

這一哭，他的尿也出來了。

亓三郎感覺一股熱流透過衣服流到他的大腿上，臉色不由更黑，瞪向正張嘴大哭的兒子。

明子煜聽朝哥兒哭了，疑惑地抬頭，見亓三郎狠狠盯著自己的兒子，便向他盯的地方看去，卻立刻噗哧地笑出聲。敢情，這小子將尿撒在他老子身上了！

聽到哭聲的佟析秋趕緊出來，一看這架勢，好氣又好笑，問亓三郎。「你如何抱上他了？」

亓三郎也鬱悶。他只想看看為何不靈光了，哪知，這小子還是很靈光的。

朝哥兒一到母親懷裡，就不哭了，兩顆眼淚掛在白嫩嫩的小臉上，看著佟析秋，像受了天大的委屈般，在那裡抽噎著。

佟析秋好笑地幫他抹掉眼淚，喚藍衣抱他去換身衣服。

明子煜見藍衣抱著朝哥兒，孩子卻是不哭，納悶地咦了聲，遂看看亓三郎，笑得不懷好意。

「敢情，他這是不滿你這當爹的？」

說完，明子煜正想大笑，亓三郎卻冷哼道：「朝哥兒一向只愛美人抱，對男子置之不理。你抱他未哭，該是他錯認了。」

呃……明子煜一聽，當即語塞。這話的意思是……那小子把他當成美人了？

「這個臭小子！明子煜咬牙想發火，又覺得跟個奶娃計較，好沒面子，是以，他這口氣直到吃完飯還沒消，待要回宮時，故意只抱曦姊兒，賞了塊墨紋玉珮。

佟析秋看得好笑不已，明子煜竟跟個三月大的奶娃娃計較上，讓人哭笑不得。

百日宴時，兩小兒穿紅戴綠，正式出來見人，得到的讚美與賞賜自是多不勝數。連帝后都派來管事太監，送了兩雙小玉鞋。

待太監一走，前來賀喜的人群幾乎炸開了鍋，眼睛盯著玉鞋，只覺這恩寵可不小。有那別有用心的，更在席間頻頻向主家敬酒示好。

是以，這場百日宴熱鬧非常，竟吃到深夜才散。

第二日早間，奶娘將兩小兒抱來，佟析秋發現，朝哥兒嫩嫩的小額頭上起了個小紅點。她未多在意，只當是夜裡讓蚊蟲咬了，交代綠蕪去找府醫拿藥材，對新來伺候朝哥兒的李奶娘說道：「等會兒妳拿去熏熏，睡覺時，記得將帳子遮嚴實了。」

李奶娘見主母並未怪罪她沒將哥兒照顧好，趕緊連連點頭，接過藥材退下。

可是，隔天佟析秋又發現朝哥兒的下巴多出幾個紅點，納悶地喚來奶娘相問，得知蚊帳和藥材都用了後，便沈了眼。

李奶娘似乎也意識到什麼，張口想說話，卻終是閉了嘴，不敢再提。

佟析秋看著懷中的朝哥兒，見他雖活潑，卻少了些精神，就對藍衣使眼色。

藍衣瞧見，便不著痕跡地退出去。

佟析秋揮退兩位奶娘，用手摸摸朝哥兒的額頭，感覺他似乎有些發熱，心中升起不好的預感。

李奶娘跟吳奶娘回到廂房時，她看了吳奶娘良久，終是開口問道：「妳說，哥兒身上長的紅點，會不會是我傳染的？」

「什麼？」吳奶娘一驚，隨即瞪大雙眼，急問道：「這話是什麼意思？妳生病了？」

「噓！」李奶娘嚇得趕緊比個噤聲的動作。

吳奶娘急得不行，追問道：「究竟是怎麼回事？」

「我、我也不知。」李奶娘囁嚅著。「前兩天，我胸口突然長了幾顆小痘，本以為過兩天就好，哪知……」哪知就傳給哥兒了。

「妳為何不說出來呢？」吳奶娘責怪地看她。「都這樣了，居然還敢繼續奶著哥兒！」

李奶娘有些沮喪地垂眸。「我怕說出來後，就沒了這份差事。」

當時她以為沒事，誰承想不過兩天，哥兒也長了小紅點。若真是她傳給哥兒的，那她會不會小命不保？

想到這裡，李奶娘臉色一白，表情欲哭地看向吳奶娘，求她幫忙想辦法。

吳奶娘見她這樣，有些不忍，開口道：「如今只有一個辦法了，就是去跟少奶奶坦白！」

「妳瘋了?!」李奶娘驚叫。坦白的話，她還有命嗎？

吳奶娘搖頭。「妳不坦白，若查出來，真會沒命的。」

李奶娘以為吳奶娘想把她往火坑裡推，流淚傷心道：「虧我還與妳交心，哪承想……」

吳奶娘聽罷，不由皺眉。「要是妳不去，怕會連最後一點希望都沒了。妳想想，平日裡少奶奶可有苛待過我們？昨兒可有因小哥兒身上的紅點罵過妳？

「少奶奶非但沒罵人，還拿藥材給妳熏蚊蟲，連朝哥兒嚴重了，都未說妳什麼。妳這樣瞞著，屆時查出來，說不定反倒會因此而丟了命。」

李奶娘仍是猶豫。「妳怎知說了……」

「少奶奶是講理之人！」吳奶娘肯定道。「說實話，還有一線生機；不說，只得死路一條。」

李奶娘聽了這話，思考良久，終於起身。「行，我聽妳的。不過，妳得隨我一起去，給我壯壯膽。」

吳奶娘輕嗯，兩人便去了主屋。

第一百零七章 水痘

佟析秋聽了李奶娘的話，有些來氣，卻知她是怕丟了飯碗，遂道：「妳雖情有可原，但依舊不對。妳老實告訴我，大不了暫時找人代替幾天，哪承想……」

「少奶奶饒命，奴婢再不敢了！」李奶娘跪下求饒。

佟析秋眼色一深，揮揮手。「妳先起來，我還有話要問。」

「是。」李奶娘戰戰兢兢地起身，恭敬地立在一邊。

這時，藍衣將沈鶴鳴找來了，佟析秋抱起朝哥兒，急急讓他把脈。

沈鶴鳴一搭，便鬆了手。「像是出水痘。」

「水痘？」佟析秋大驚，隨即看向李奶娘。「妳最近吃過什麼、碰過什麼？長痘前可有什麼症狀？」水痘不會無緣無故在一夜之間長出來，加上她跟吳奶娘同吃同住，吳奶娘未得病，顯然不是吃食的問題。

李奶娘嚇得哭起來，水痘雖不如天花嚴重，可治不好，也是會死人的。

佟析秋被她惹得心煩，當即冷喝。「閉嘴，別哭了！」

李奶娘趕緊捂住嘴。佟析秋見狀，耐著性子再問：「且好好想想，可有沒記住的？」

「奴婢……奴婢當真不知。」

「那就給我一條條想！」佟析秋來了火氣，卻把朝哥兒嚇得大哭起來。

佟析秋聽見，只覺心都碎了，抱著他，輕輕搖晃低哄著。

沈鶴鳴開了方子，拿出一瓶藥膏遞給她。「好在發現得早，不是太嚴重。等會兒先把他的小指用布條綁住，別讓他摳破臉。喝下藥，發出痘子就好了。」

尚未解事的小兒，哪能忍得了這種癢？佟析秋難受地接過藥膏，問道：「這藥怎麼用？」

「若哭得實在厲害，就給他抹一點，能消一時之癢。但不能多用，多用多遭罪，痘子不出完，是不會好的。」

佟析秋點頭，見朝哥兒止了哭，便冷眼看著李奶娘。「妳給我好好待在這裡想，何時想出來，就何時告訴我！」

綠蕪拿著沈鶴鳴寫的方子去取藥、熬藥，佟析秋看著賴在懷裡玩耍的朝哥兒，不由淚流滿面，緊摟住他。

害朝哥兒染病的傢伙，就別讓她抓著，否則即便是天王老子，她也要剝下他一層皮來！

一會兒後，綠蕪將熬好的藥端來，佟析秋拿著湯匙，小心地餵朝哥兒。

起初，朝哥兒還因為好奇張了下嘴，一碰到藥，便趕緊轉頭，見佟析秋硬灌，又開始大哭起來。

聽那一聲聲的哇哇大哭，佟析秋忍不住再次紅了眼。

綠蕪跟藍衣不停問著怎麼辦，佟析秋想了想，乾脆仰脖將藥喝下去，交代一臉愣怔的綠蕪再去熬一碗，又對藍衣吩咐道：「給吳奶娘換間廂房，讓沈大夫看看她可有染上，不管有沒有，都先隔開幾天。然後把曦姊兒抱去清漪苑，請婆婆暫帶些日子。」

「是！」藍衣聽罷，當即轉身跑去辦。

待明鈺公主跟鎮國侯得信趕來時，佟析秋不讓他們進暖閣，怕他們也染了病。

這時，應該先顧著曦姊兒，吳奶娘和李奶娘暫時供不了她喝奶，佟析秋遂請明鈺公主先找隻奶羊來，屆時若曦姊兒不肯喝，就先餓個兩頓。

明鈺公主一邊聽著她的交代、一邊大哭不止，罵道：「天殺的黑心肝賤人，到底是誰？別被本宮逮著，本宮定要將他千刀萬剮！」

鎮國侯的臉也黑到了極致。「此事是因誰而起的？」

春杏指著跪在外面，還在回想哪裡不對勁的李奶娘。

李奶娘見她告發自己，白了臉，看向鎮國侯，見一雙冷眼狠狠掃來，嚇得哆嗦地磕起頭。「求侯爺饒命！」

鎮國侯冷哼，明鈺公主則不放心地坐在偏廳守著，期盼朝哥兒快些好轉。

暖閣裡，待體內藥性傳得差不多後，佟析秋就給朝哥兒餵奶。

不想，朝哥兒喝下奶，不到兩刻鐘，臉上便連著出了好些紅點，彼時眼裡再無光彩，精神也委靡不振。

佟析秋看得心疼，忍住淚意哄他入睡，再與綠蕪拿著軟軟的小布條，將他的小指纏好，又用襁褓困住他的雙手。

跪在外面的李奶娘想了很久，這才記起一件事。

「不久前，剛下過梅雨，奴婢有腿寒的毛病，彼時有個婆子想討好奴婢，說她那裡有條絨毛小毯，捂腿正好。奴婢聽罷，起了貪心，讓她拿來用用，不知是不是那個引起的？」

鎮國侯聞言，當即命人去把毯子拿來，又命聚集院中下人，讓李奶娘指認。

李奶娘嚇得臉色發白，頻頻點頭，直說只要那人還在，就是化成灰，她也認得。

待婢女將毯子送來，鎮國侯便派人去找頭小乳豬試試，看過幾天豬身上會不會長痘。

此時，衡璽苑中，已站滿了府中下人。

李奶娘被桂嬤嬤領著，一個個看過去，突然指著一個婆子大喊。「就是她！」

那婆子被她指得很疑惑，桂嬤嬤則直接揮手，讓人綁了她。

婆子慌了神，連連賠罪，問是怎麼了？

桂嬤嬤哼道：「待會兒自有妳明白的時候。」說著，把她的嘴堵上，直接押去偏廳。

婆子被推進偏廳，看到上首的鎮國侯跟明鈺公主，嚇得一個激靈，趕緊跪下。

桂嬤嬤順勢將她口中的布抽掉，婆子立即喊起了冤。「侯爺，公主，老奴冤枉啊！」

明鈺公主不為所動，冷冷地瞇眼。「妳是雅合居守門的婆子吧？說，妳這麼做，是不是蔣氏那個賤人指使的？」

說著，她紅了眼，自凳上起身，對著鎮國侯就是一通大吼。「敢情才出來就鬧事了，打量著本宮這房真這般好欺負不成？本宮現在就派人去綁她，你再阻攔，大不了和離！」

這話說得太重，桂嬤嬤趕緊向她擺手，可明鈺公主早已寒心，轉開了眼。

鎮國侯亦冷了眼，心中氣極，卻竭力鎮定，看著她道：「且先問清楚再說。」

「你還要相護不成？」

「總得問個清楚明白，再拿罪不是？」鎮國侯也動了怒，看著她的眼裡冒出寒氣。

明鈺公主抹淚坐下，冷道：「好，我且看你如何審，如何拿罪！」

佟析秋剛好自內室換了身衣服走出來，看到廳中跪著的婆子，眼神一深，先給公婆行禮，隨即吩咐桂嬤嬤。「把李奶娘喚進來對質！」

婆子聽見，頓覺可能被李奶娘陷害了。前些天還送了毯子給她，沒想到她竟是心思惡毒之人。

李奶娘一進來，就哽咽著給三位主子磕頭。

佟析秋抬眼詢問坐在上首的公婆，見兩人點頭，就開口道：「我一個個問，問誰，誰才回答。若敢吵鬧，立時拖出去杖責二十，可是明白？」

見兩人哆哆嗦嗦應是，佟析秋看向婆子，問道：「那條毯子可是妳送給李奶娘的？」

「是。」婆子戰戰兢兢地回答，心中卻是不解。

「那妳可知，那條毯子讓朝哥兒染上了水痘？」

「少奶奶，冤枉啊！」一聽小主子因毯子染病，婆子當即大哭起來。「老奴送毯子給李奶娘，不過是想讓她在少奶奶面前幫著多提兩句好話啊。」

現在跟著蔣氏沒什麼前途，她便想著，要不去管事那裡露露面，殷勤點，讓管事給她評個優，到時領月錢獎勵，好讓主子記得有她這麼個人。可誰知，不管她如何殷勤，管事就是不喜歡她。她沒了辦法，才去逢迎李奶娘。

兩人說話時，曉得李奶娘有老寒腿，前段日子又下梅雨，她遂想著，從莊子的老姨妹那裡騙條毛毯，對李奶娘示好。本想著讓李奶娘替她美言幾句，好有個盼頭，可誰承想……

說到這裡，婆子再忍不住，一把鼻涕、一把淚地喊起冤。「少奶奶，若真是那條毯子引起的，為何我姨妹沒染上水痘，卻讓李奶娘染上？真是天大的冤枉啊，定是李奶娘看老奴乃大夫人身邊的人，就想嫁禍老奴，牽上大夫人立功呢。」

「妳血口噴人！」李奶娘脹紅了眼，吼道：「妳這老婆子，心思竟如此惡毒，居然想推給我！少奶奶，奴婢是冤枉的！」

「明明就是妳想立功，如何別人沒事，偏妳用了有事？當初這毯子，不但經過我的手，還經過幫著拿來、今日告假婢女的手。為何我們都沒事，偏妳染上？明明就是妳要嫁禍給我！」

「妳沒染上，誰知是不是時日短的原因。前些日子，我可是天天用它來搭膝蓋呢！」

兩人妳一句、我一句，吵得好不熱鬧。

佟析秋冷冷聽著，對著身邊的藍衣吩咐道：「叫行刑婆子進來，把她們拖出去，每人杖責二十。」

「是！」藍衣聽命，轉身出去。

正在吵鬧的兩人立時休戰，趕緊磕頭請罪。

佟析秋見她們終是止了聲音，抬眼看著鎮國侯道：「剩下的，麻煩公公派人去婆子所說的莊子一趟；告假的婢女，請婆婆命人綁了吧！」

「這是自然。」明鈺公主早已憋了一肚子氣，聽了半天，一點有用的消息都沒有，遂氣急地吩咐桂嬤嬤。「打完後，將她們給本宮綁了，扔進柴房。若朝哥兒沒事就罷了；若有事，統統杖責打死！」

兩人聽罷，嚇得再次磕頭。「冤枉啊，少奶奶饒命！公主饒命！」

奈何桂嬤嬤已帶人進來，不給兩人機會，直接堵上嘴，拖出去挨打。

見清了場，鎮國侯起身道：「我這就派人去莊子。那個拿過毯子的婢女，妳也趕緊抓起來，仔細審問。」

明鈺公主憋著氣，隨他起身，冷哼道：「這事兒，若找不出幕後主使，亓無愎，本宮跟你沒完！」

鎮國侯聞言，沈下了臉。

佟析秋沒工夫聽他們拌嘴，此時內室又傳來朝哥兒的啼哭，定是臉上開始發癢，他伸不了手去抓，給癢醒了，遂快步回了內室。

第一百零八章　死無對證

佟析秋進了內室，果見朝哥兒正奮力掙著困在襁褓裡的雙手。

佟析秋看得淚盈於睫，走過去，小心地把他抱起來，不停搖晃著。

「哇哇哇……」朝哥兒一邊掙扎，一邊聲嘶力竭地哭喊。

佟析秋瞧見，才這麼一會兒，朝哥兒小小的臉上居然已布滿痘了，忍著哽咽地低哄著。

「是不是癢癢？等會兒就好了喔。咱們朝哥兒最乖了，是不是啊？」

她紅著眼哄他，輕輕搖晃，卻看他哭得愈加厲害，再也忍不住，眼淚啪嗒落下。

這時，綠蕪在外面高喚著。「三少爺回來了。」

佟析秋含淚看向門口，見亓三郎急得連朝服都未換，就掀簾進來。

他見到她，再聽兒子的哭聲，眼眶亦泛紅，臉色更是沈到極致。

「三郎！」佟析秋見他走近，哭得更凶。「若是抓到此人，我要手刃了他！」對這般小的孩子也下得了手，可見黑心到何種地步。

亓三郎冷臉輕嗯，從她手中接過朝哥兒。「我來！」

孰料，他一接過，孩子哭得愈加厲害了。

亓三郎的心跟著扯痛不已，見朝哥兒滿臉紅點，身上散發的寒氣怎麼也消不去。

佟析秋抹淚跟他說著事情經過，亓三郎聽完，把兒子遞給她，急道：「我親自去。這麼久了，怕是有變。」

佟析秋聞言，臉色大變，也猜到了，不由懊惱，當時怎麼就沒轉過彎？

見她一臉自責，亓三郎疼惜地拍拍她的肩膀，未多說什麼，轉身快步出去。

佟析秋看著晃動的天青色簾子，眼中恨光乍起。

若這群人真敢滅口……

她緊咬著下唇，頓覺這事不會這般輕易了了。

「哇哇……」朝哥兒忽然大哭起來。

佟析秋心驚，連忙繼續哄他。

可朝哥兒被她搖得越發不安，佟析秋的眼淚止不住，憶起沈鶴鳴給的藥膏，心軟地想去拿來，又怕這時圖了痛快，屆時後面遭罪的時日更長。

「兒子，你一定行的！娘相信你。」她一邊哽咽哄著、一邊抱著朝哥兒轉圈，努力想辦法，突然靈光乍現，喊道：「藍衣！」

藍衣從外面掀簾進來。「少奶奶！」

「妳去問問沈大夫，這藥可跟紅豆水相沖？若是不沖，讓人去熬一大鍋溫著，等會兒餵朝哥兒喝。」

「是！」藍衣雖不明白她的意圖，卻聽了令，立刻去找留在侯府裡的沈鶴鳴。

沈鶴鳴聽了，與她來了內院，立在偏廳，朝暖閣問道：「妳想餵紅豆水？」

「嗯！」已癢過一陣的朝哥兒，哭聲小了下來，佟析秋便收起眼淚，道：「我聽說紅豆水有清熱解毒的的功效，是不是？」

「是。」沈鶴鳴想了想，小兒靠著吃奶得的藥效，有部分會被母體帶走，不如加點輔助。紅豆湯不苦，餵孩子要容易許多，遂道：「此法可行。」

得了肯定答案，佟析秋立刻命綠蕪等人去準備。

待紅豆水熬好，佟析秋小心吹涼，要餵朝哥兒喝。可朝哥兒已哭得聲嘶力竭，不願再碰任何東西。

佟析秋不死心，一勺一勺地餵，看他吐出來，濕了衣服，就換衣服繼續餵。

就這樣，她不厭其煩地餵了好些紅豆水。朝哥兒喝著，連續撒了好幾泡尿。

最後，不知是灌累，還是哭累了，喝完最後一口紅豆水，朝哥兒再也撐不住，抽噎著睡著了。

另一邊，亓三郎騎著駿馬，趕往莊子的半路上，碰到鎮國侯派去的人回來。

來人見到他，肅穆地拱手道：「屬下趕去時，人已經被滅口了。」

「屍體呢？」

那人轉頭，指向後面用布蓋著的板車。

亓三郎自馬上跳下，走過去掀起布，見是一具死不瞑目的中年女屍，直挺挺地躺在那裡。再看她的脖頸處，不由沈下眼，揮手讓人送去驗屍。

護院拱手答應，帶人把車趕去專門驗屍的地方。

待他們走遠，亓三郎上馬，去了暗衛府。
到了那裡，得知蕭衛的傷已無大礙，就讓他提早上職，跟他回侯府。
彼時，佟析秋聽到亓三郎回來，趕緊換了身衣服去偏廳，著急地問：「怎麼樣？」
「死了。」
「死了？」
亓三郎點頭，沈下臉色，附耳對她說了幾句。
佟析秋驚愕。「是他？」
「應該是。」亓三郎瞇眼，冷哼道：「倒是敢做。」明目張膽使起手段，看來這人已經休養好了。
「是個會藏的。」佟析秋垂了眸。
今兒下午，明鈺公主命人將捎帶毛毯的丫頭綁來，卻也未問出什麼。
看起來，問題是出在死去之人身上。但他是如何把手伸進防範嚴密的侯府？還是……
「會不會是那婆子無意間透露了什麼消息？」
「妳懷疑她跟著勾結？」見佟析秋點頭，亓三郎沈吟道：「待會兒我親自去審問。」
兩人正分析著，朝哥兒的哭聲忽然又響起了。
佟析秋趕緊起身，正待進去，隨即想到什麼，對亓三郎道：「這幾天，你暫且歇在書房可好？」

亓三郎不滿。「為何？」

「還是避著點好，我怕你也染上……」

「剛才回來時，我已進過內室了。」

「等會兒你去喝點紅豆水，再沐浴清洗。」畢竟他只待了一下，又隔著襁褓抱兒子，想來被傳上的機會小些。

「那妳呢？」亓三郎見她這般，忍著氣問道。

「我有喝藥，沒事。」

亓三郎凝了臉。「那我也喝！」

「夫君！」佟析秋皺眉輕喊，頓覺兩人怎麼就如那任性的小兒，在這時賭氣？

亓三郎語塞，也知如此有些負氣，遂無奈地嘆了聲。「那我待在偏廳。」這已是他最大的讓步，此時他怎捨得離開他們，讓她獨自承受？

佟析秋見狀，不再與他爭執，點了頭。

翌日，亓三郎告假回來時，順道去了驗屍處。

在那裡等結果的護院，見到他，趕緊彎腰上前。

「如何？」

「說是昨兒午時一刻死去的。」

亓三郎臉色淡然地問道：「那你們何時到的？」

「未時二刻。」見亓三郎挑眉，護院又道：「從侯府到那處莊子，最快三刻鐘。」
亓三郎沈吟，揮手讓他離開後，便回了鎮國侯府。

此時，佟析秋正抱著痘子已泛膿的朝哥兒輕哄著。
剛才，他又哭了一輪，給他灌些紅豆水，撒了幾泡尿，熱狀減輕不少。
亓三郎回來，在偏廳敲著門扉問：「秋兒，如何了？」
「已經睡了。可是查到什麼了嗎？」佟析秋說著，小心地放下朝哥兒。
亓三郎輕應，佟析秋讓他等一會兒，重換衣裙後，才走出內室。
亓三郎看她出來，伸手就要牽她，見她欲躲，很是不悅，把她硬拽過去，拉著她落坐後，才道：「人是昨兒午時一刻死的。也就是說，這邊剛抓人去審，那邊就得了消息。」
「倒是會算。」能即時得知消息，府中定是有內應。
見亓三郎硬摟她入懷，佟析秋無奈，只得任了他，又問道：「昨兒你重審那婆子，可有新的進展？」
「膽子嚇破不少。」想著那婆子的懼意，亓三郎道：「聽其意思，這事是瞞著她的。」
「會不會是洩漏給第三個人知道呢？」
亓三郎搖頭。「當日婆子巴結李奶娘，在談老寒腿時，兩人站在遊廊隱蔽處。院中只有春杏在摘花，可她離得遠，不可能聽到。」李奶娘想得好處，豈會給人機會抓她的把柄？何況春杏還是佟析秋身邊的人。

佟析秋再次疑惑地皺眉，亓三郎不忍她費心，用手撫平她的眉頭，說起自己的安排。
「我已命蕭衛去那院子暗中守著。真要勾結，總得有聯繫的人不是？」
佟析秋點頭。「聽綠蕪說，曦姊兒在婆婆那裡鬧得厲害，想來是去了陌生地方，不習慣。等會兒你換了衣服，去看看她吧。」
亓三郎心疼地應下，摟著她，又與她低聲商量起來……

當天夜裡，綠蕪把園子裡的事情交代好後，便告訴藍衣，她想離開一會兒。
藍衣聽罷，對她擠眉弄眼一番。綠蕪被鬧得臉紅，飛快出了門。
春杏很疑惑，問道：「藍衣姊姊，綠蕪姊姊去哪兒？」
藍衣看著綠蕪的背影，嬌笑一聲。「還能去哪兒？自是有好去處呢。」
「什麼好去處？」
「妳還小，過兩年就知了。」藍衣不在意地拍拍她，便轉身回房。
春杏立在原地，凝眉思索一下，也提腳出了門。
另一邊，綠蕪來到雅合居的暗處，輕輕拍了三下手掌。
「欸，你在嗎？」見未有人影出現，她不由黯下眼色，道：「不出來，那我回院了啊。」
一見依然未有動靜，心中不是滋味地轉了身。
她剛轉身，就見一道黑影飄然而至。

「什麼事？」來人聲音冷冷淡淡，一雙眼卻晶亮地直盯著她瞧。

「聽說你回府當差，想來問問，你的傷可是好全了？」綠蕪囁嚅著，撇開眼道。

蕭衛聞言，眼神又亮一分，回道：「已是好得差不多。不過，肩頭這處，大夫說穿了骨，怕是要留下隱疾。」

綠蕪聽了，臉燒紅不已，低下頭，良久不知該如何接話。

蕭衛盯著她，正想問些話，不想她突然不好意思地轉身，跑向來時路。

「我……我還是先回去吧！」

蕭衛看著跑遠的背影，眼神輕閃，勾起薄唇，隨即飛身向暗處隱去。

彼時，誰也沒有發現，有人趁著剛剛的空隙，成功躍進了雅合居。

雅合居內，蔣氏看著來人，冷冷問道：「什麼事？」

「跟主子說，對方已經起疑，最好趕快動手。」

嬌嬌脆脆的嗓音，令蔣氏不悅地皺眉。「知道了。」

那人點頭，又對她附耳說了幾句，蔣氏聽得興奮異常。

那人說完，將一張紙條交給蔣氏。「事成後，在此處會合。可出得去？」

「放心。」蔣氏伸手接過紙條，冰冷地勾起唇角。「我自有出去的法子。」

那人點頭。「好，屆時便等我這招聲東擊西吧！」

暗夜裡，有人影在雅合居的院門晃來晃去。

躲在暗處的蕭衛看見，立時飛身而下，把人抓住。

「啊——」那人嚇破膽，尖叫出聲。

蕭衛趕緊點了對方的啞穴，將人捉到亮處，待看清來人，不由訝異道：「是妳？」

春杏被嚇得眼淚汪汪，直點頭。

蕭衛見狀，解了她的穴道。「妳鬼鬼祟祟地來雅合居做什麼？」

春杏拍著胸口，抽噎道：「我……我好奇綠蕪姊姊到底要去哪兒，藍衣姊姊又不肯跟我說，才跟來看看，哪知……」低首繞著手指。「到這裡後，綠蕪姊姊就不見了。我找了半天，本就有些急，不想卻被你抓過來……」

蕭衛被說得紅起臉，趁著暗夜遮擋，咳了聲。「綠蕪已經回去了。」

「回去了?!」春杏瞪大雙眼。「我怎麼沒看到？我一直在這裡啊！」

「或許是妳轉身尋她時，她正好回去，錯眼不見了。」

見春杏迷糊地撓頭，蕭衛怕再說下去就要露餡兒，趕緊道：「妳快回去吧，這裡不許亂闖的，小心屆時我稟了三少爺，讓他罰妳。」

春杏聽了，害怕地縮起脖子。「我這就走。」說罷，轉身跑走了。

蕭衛看著，暗嘆一聲好險，便重新隱回暗處。

第三天，佟析秋見朝哥兒臉上的痘子開始變白，紅色印記變淺不少，請沈鶴鳴來看，說是痘子已出得差不多，吩咐這幾天不要讓朝哥兒吹到風，精心照顧，不出三、五天，就可好全。之後再抹點去痕藥，皮膚便會恢復原本的光滑。

佟析秋聽罷，提著的心終於放下，瞧這兩天被折騰得瘦了不少的兒子正皺著小鼻子哼唧，正想親親他，卻見藍衣匆匆跑進來，連行禮都顧不上，著急大喊——

「少奶奶，南寧正街的三姑娘跟少爺出事了！」

轟！佟析秋聞言，腦中一響，身子瞬間癱軟下去……

第一百零九章　中計

佟析秋與亓三郎臉色煞白地趕到南寧正街，府中為數不多的幾個下人，皆心驚膽戰地齊跪在院裡。

亓三郎緊握佟析秋發抖的手，看著他們問：「何時發生的事？」

「應該是昨兒晚上。」管事戰戰兢兢地跪出來道。

「應該？」

「主子饒命！」管事嚇得趕緊磕頭。「昨兒府中並未有異。今兒早上，伺候洗漱的婢女敲了房門半晌，卻無人應，覺得不對勁，違禮破門而入，就發現伺候少爺和姑娘的人被殺了。」

他說著，臉色煞白不已，心中更是惴惴難安，想到有人能不動聲色地殺人，直到現在還覺得可怕。

「屍首呢？」

管事聽了，趕緊給後面的婆子使眼色。

幾人跑下去，不過片刻，抬了兩具屍體回來。

亓三郎穩了下佟析秋的身子，大步過去將蓋著的白面麻布揭開。

佟析秋上前，見兩個十五、六歲的孩子早已臉色青白，身子也僵硬了，遂盯著他們的脖頸，冷冷道：「又是左手使劍，對嗎？」

「嗯！」亓三郎沈臉起身，轉眸對她道：「妳先回府，此事有我處理。」

佟析秋有些愣怔地看他，昨兒晚上，他們還說今兒要把佟析春他們接進府，為何來人那般快就得到消息？

「是誰？是誰走漏了消息?!」

昨天他們在偏廳說話，明明沒有旁人，知曉這事的只有他們兩人，那賊人是怎麼知道的？還是說，只是湊巧，他們本就選在這一天動手？

亓三郎見她慌神，趕緊安撫道：「我已讓父親出動全部暗衛去查探，小廝也拿了我的腰牌和信箋去五城兵馬司找都統。我現在去城門，時辰尚早，城門剛開，他們若要出城，想來也跑不了多遠；若不出去，那更好辦，京都城說大不大，兵馬司的人，多的是耐力一家家搜。」

佟析秋知他不想讓她憂心過重，順從地點頭，命藍衣去重備馬車。

「那我先回府等消息？」

「嗯。」

見佟析秋濕了眼眶，亓三郎暗自嘆氣，若非無官職之家不能雇護院，佟析春他們也不會被抓走。

這大半年來，對那人的搜查從未間斷過，可他就像憑空消失了般，原以為他逃出京都，沒想到，居然一直藏身在此。

但亓三郎實在不明白，他是如何成功躲過暗訪和搜查的？

佟析秋被送上馬車，無精打采地靠在車壁。

待車行出府，藍衣與綠蕪對視一眼，綠蕪開解道：「少奶奶放心，三姑娘跟少爺定會沒事的。連五城兵馬司都出動了，想來不出半日，就會有好消息。」

佟析秋聽了，有氣無力地搖搖頭。

藍衣見狀，急道：「如今小少爺還需要妳呢，少奶奶可別想不開。」

佟析秋沒好氣地掃她一眼，乾脆閉上雙眸，開始回想中間的種種。

那人得到消息的速度太快，就算蔣氏跟他勾結，可衡璽苑的動靜，他是如何掌握得這般滴水不漏？還是，衡璽苑也被人安插了眼線？

「最近我們院中可有來新人？」

藍衣搖頭。「院中一直都是那些人，沒有大調動，一切照舊。」

佟析秋點頭，她也記得沒有添人，且院中都是她的人，能近身伺候的，只有四個一等婢女。

藍衣是她一直信任的，綠蕪也得她九分信賴，春杏膽小害羞，至於紅綃，她雖未多倚重，可也是個老實的。

佟析秋皺眉，若這些人都沒有問題，那到底是哪裡出了岔子？

她想著，轉眸看藍衣，又看看綠蕪。雖說不應該，卻還是有些不甘心地問：「昨兒三少爺回來，與我在偏廳說話時，是誰守的門？」
藍衣跟綠蕪詫異地互望一眼，少奶奶這是在懷疑她們？
藍衣心裡有些不舒服，綠蕪卻反應極快地說道：「回少奶奶，是春杏。」
佟析秋一愣，怎麼會是春杏？
見佟析秋疑惑，綠蕪點頭道：「本該是我守著的。三少爺回來時，正是換著吃飯的時辰，春杏早一步吃完，就替了我，之後便是她在守。」
佟析秋蹙眉，總覺哪裡不對勁。
綠蕪見狀，低了頭，想起昨晚的事。
以前，她本和花卉共用一個房間，花卉走後，便跟提上來的春杏住在一起。
昨天她從雅合居回來，本是心跳如擂鼓，想等冷靜後再去當差，不想，後腳進屋的春杏卻對她笑得別有深意。
她當時強壓害羞，問春杏為何那樣看她？春杏卻笑得神秘，打趣道：「我道姊姊去了哪裡，原來是另有心事呢。」
當時她雖羞澀難當，心裡卻對春杏的跟蹤有些不喜。本想說兩句，又覺自己不占理，遂沒有多說。
如今看少奶奶的樣子，好似在懷疑什麼，那這件事該不該說？
「少奶奶！」
佟析秋正想得出神，被綠蕪的大聲嚇一跳。「怎麼了？」

「婢子有罪！」綠蕪說罷，便跪下去。

佟析秋蹙眉。「有罪？」

綠蕪點頭，將昨兒晚上去過雅合居的事說出來。

藍衣在一旁聽了，急急幫著辯解。「昨兒綠蕪有跟我告假的，再說這事……少奶奶不也知道嗎？」

佟析秋盯著綠蕪半晌。「妳是怕我疑妳？」

綠蕪點頭，把春杏看到她的事也說出來。「婢子怕屆時回去，少不得要召我們來問，所以……所以想自己先招了。」

又是春杏？

藍衣有些訝異。「這妮子怎麼跟著妳去了？昨兒她還問我來著，我以為調笑幾句就算了，沒想到，她居然跟去了！天哪，她的膽子何時變得這般大？」

是了！佟析秋恍然。

婆子拍李奶娘馬屁時，春杏在花園摘花。

昨兒她跟亓三郎在偏廳說話，春杏又趕巧地替綠蕪守門。

昨兒晚上，春杏偷偷跟綠蕪去了雅合居。

一次、兩次是巧合，那第三次呢？

亓三郎說蕭衛守著雅合居。有人守著，內應想避開耳目進去，要怎麼辦？

蕭衛跟綠蕪是兩情相悅，多日不見，當然會情不自禁地想說話，這樣一來，不就有可乘之機？

摘花的春杏、守門的春杏、跟蹤的春杏；以前的春杏，和現在的春杏！

佟析秋深了眼色，將事情一件件串連起來，隨即問藍衣。「會武之人，相隔多遠才聽不到話音？」

藍衣愣了下，回道：「得看功力深厚。如爺這般的，要是低語，至少一丈左右。若一般說話，大概是近三丈。」

那就對了，門口離偏廳不過數尺遠，想偷聽他們的低語，輕而易舉。

花園裡，春杏所在之處，離李奶娘她們也不遠。

想到這裡，佟析秋冷冷勾唇，原來竟藏得如此深。待在她身邊，還愁得不到消息？難怪滅口之人的動作這般快。昨天她才跟亓三郎相商完弟、妹之事，晚上就動了手，敢情一切都讓他們掌握著呢！

「不好！」佟析秋忽然想起人走樓空的衡璽苑，心中大驚，對外喝了聲。「快回府！」

車夫不應，馬車卻陡然加快起來。

藍衣察覺不對勁，立時掀簾吼道：「聾了不成……」話未落，一柄寒刀便刺進來。

藍衣嚇得想向後躲，來人卻不給她任何機會，大掌迅速一拉，將她扯出車外，向下滾去。

佟析秋驚得掀開窗簾看，見不知不覺間，馬車已偏離了侯府的方向。

扯藍衣下去的蒙面人，已與她纏鬥得脫不開身，離她們越來越遠。而隨行的下人，已讓他們了無聲息地解決得一個不剩。

佟析秋瞇眼嘆氣。「中計了！」

此時，鎮國侯府早已鬧了起來。

佟析秋她們剛走不久，春杏便將幾個二等婢女派去點了迷香的屋裡做針線，隨即不動聲色地鎖上那間屋子，又將守著主屋的紅綃騙入廂房點暈。

接著，她以少奶奶的妹妹要來為由，把掃灑婢女打發去偏院收拾，再將守門婆子和燒火婢女們一一迷倒。

看著終於空了的蘅璽苑，春杏才詭異地輕勾嘴角，去了清漪苑。

來到清漪苑，她沒引起任何懷疑，就進了院。

清荷聽到有人報備，特意起身相迎。「春杏妹子，妳怎麼來了？」現在蘅璽苑無管事之人，她不守著院子，到這裡來做什麼？

「少奶奶走時，有些掛心姊兒，說還有套新衫未給她穿過呢。」春杏不動聲色地拿出備好的衣衫。「正好送衣來看看姑娘，待會兒少奶奶回來時，跟她說說，好讓她安安心。」

清荷點頭，喚了二等婢女去向明鈺公主稟報，得應允後，領春杏去了曦姊兒住的偏廂。

一進屋，春杏便看到新來的奶娘正抱著曦姊兒，笑著上前，將帶來的小衣衫拿出來。

「來，我抱著姊兒，換上這夏衫看看。」

清荷也不防她，讓奶娘把曦姊兒交給她。

誰知春杏一抱上曦姊兒，就變了臉色。清荷不經意看到她的冷笑和視死如歸的眼神後，大驚失色，正待相問，她卻轉身就跑。

清荷一慌，知道壞了事，趕緊跑出來大叫。「快攔住她！」

彼時正在院中做事的粗使下人聽到，愣了一下，立即回神，跑過去抓人。

春杏看著眾人圍攏過來，不由冷笑，飛身躍上院門的牆頭，迅速消失在清漪苑外。

「曦姑娘被人偷走了！」不知是誰率先回神，大喊起來。

屋裡的桂嬤嬤與明鈺公主聽見，驚得連儀態都顧不得，跑了出去，聽清荷急急稟報剛才之事。

明鈺公主聽完，立即散了心神。

桂嬤嬤嚇得扶住她。「公主，妳可千萬保重啊！她還未出府，咱們快叫護院去抓人。」

「對，快去！」

明鈺公主顫抖的吼聲剛落，清漪苑的下人全部出動，大喊起來。「抓賊啊！抓賊……」

彼時，春杏抱著曦姊兒躍出牆頭，跳躍幾下後，隨即不動聲色地下來，在府中疾走，碰到人問，就說是少奶奶吩咐她去抱曦姊兒。

誰知，她未走多遠，後面便響起一片抓賊聲。

聽見人群漸漸逼近，她毫不猶豫，向與雅合居相鄰的院子走去。走時，還不忘給眾人留個背影。

這樣一來，喊聲越來越大，人越來越多。

而守在雅合居裡的蕭衛聽到喊聲後，遠遠看到一抹杏紅身影，正向雅合居旁邊空著的院子跑去。當即想也未想，便飛身躍去。

他這一躍，讓時刻在屋子裡觀察的蔣氏，從暗處走出來，確定院中大樹下空無一人後，迅速換身婆子裝扮，悄悄隱著，向衡璽苑去了。

蕭衛剛趕到春杏這邊，待在前院的沈鶴鳴也聽到呼叫，趕了過來。

兩人一看到春杏，皆有些不可置信。

孰料，春杏看到兩人後，卻咯咯嬌笑出聲，伸手就要去掐被她點了睡穴的曦姊兒。

蕭衛大急，沈鶴鳴則直接彈出一粒藥丸，將她的手指彈折了去。

春杏被惹怒，舉起曦姊兒，就要向地上摔去。奈何趁隙逼近的蕭衛伸手就要去掐她的脖子，春杏被逼得連連後退，沈鶴鳴也跟著飛身近前。

兩相夾擊下，不知誰暗中彈了她抱孩子的手肘，麻勁襲來，讓她當即輕哼一聲地鬆開手。

沈鶴鳴見狀，一把將孩子接進懷裡。

再無威脅的蕭衛，亮出劍來，準備向春杏的喉間劃去。

沈鶴鳴卻喝道：「別殺她，留活口！」

蕭衛一頓，劍尖一偏，朝她的肩骨刺去。

春杏冷笑，從袖中抽出一柄短匕。「休想！」說罷，蕭衛的劍便狠狠刺進她的肩骨，推著她倒退。

沈鶴鳴見她拿著短匕要自刎，又快速彈出一粒藥丸。

春杏的手腕被打中，短匕當即落地。

孰料，她也不急，竟大力咬斷自己的舌頭，鮮血源源不斷自口中冒出，鄙視著眼前的兩人，歪頭勾笑，掛在蕭衛的劍上死去。

圍過來的護院跟下人看到這一幕，不由嚇得直吸氣，還有人這樣趕著死的？

「不好！」突然意識到什麼的蕭衛，趕緊轉身向雅合居而去。

沈鶴鳴亦是皺眉，喚管事近前。「侯爺呢？」

「少奶奶的弟、妹被抓，侯爺出府幫忙尋人了！」

沈鶴鳴聽罷，亦是瞇眼，遂飛身去了雅合居。還沒到呢，卻見蕭衛轉向衡璽苑，瞬間大驚，趕緊跟上。

待一行人來到衡璽苑，院中受困之人才被解救出來，卻立刻被明鈺公主命人綁了，原因是——朝哥兒被人乘亂抱走了！

彼時，明鈺公主早已癱軟在桂嬤嬤身上，眼淚一顆接一顆地不停落著。

有護院來報，說是在府中的偏角處發現一個隱著的狗洞。

明鈺公主聽得大恨，當即吼道：「什麼狗洞？我看定是那賤人挖好的逃跑之路！都給本宮去找，若本宮的孫子少了半根寒毛，爾等別想安生活在世上！」

眾人聽罷，顫抖著跪下領命。

此時的蕭衛已趕往城門，跪於亓三郎身側，說了府中之事後，想起昨晚自己的疏忽，道：「屬下辦事不力，還請主子責罰！」

亓三郎沈下臉，厲眼盯他良久，隨即緊抿薄唇起身。不想才剛踏腳出去，五城兵馬司的副都統就領人走過來，一揮手，兩人架著身上多處受傷的藍衣上前。

藍衣看到亓三郎，顧不得只剩半口氣，用盡全力哭道：「爺，少奶奶被人帶走了！」

轟！亓三郎晃了下身子，咬牙沈臉時，還不忘喝令。「蕭衛，帶著我的手令，去西山調一千精兵。」

副都統聽得眼都直了。調兵？都指揮使想造反不成？

「藍衣，妳可還能走？」

「能！」藍衣硬挺了胸道。

亓三郎立住步子，眼神幽暗，道：「妳回府請母親去東宮找明子煜，讓他調遣禁軍，侯府再派一方人馬出城，兵分三路，朝不同方向追趕十里。若無蹤跡，就是將京都城掘地三尺，也要把人給我挖出來！」

「指揮使，你不要命了？」指揮太子派禁軍，還敢私自調兵，要是讓洪誠帝知道了……

亓三郎回眸看副統領，只冷冷扯了下嘴角，便大步而去。「出事之地在哪兒？調人馬給本指揮使帶路！」

副都統聽罷，不想再參與，卻聽他道：「想退？弄了這般大的陣仗，以為你能逃得了？」

副都統暗恨地咬牙，無可奈何地隨他而去。

第一百一十章 瘋了

佟析秋主僕被帶到偏僻之處。

馬車停下，還不待她們反應，就進來一個蒙面人，拿著兩條黑帶，要遮她們的眼。

綠蕪不動聲色，嬌小身子擋在佟析秋面前。

佟析秋扳著她的肩頭，對那人笑道：「我們自己蒙眼，不勞壯士費心。」

那人一愣，隨即惡聲惡氣地將布條扔過來。「別想耍花招。」

綠蕪嚇得轉首看佟析秋，佟析秋則對她淡淡點頭，悄悄移開身子，將掀開的褥墊還原，再不緊不慢地用黑色布條蒙眼。

綠蕪見狀，紅起眼跟著做了。

蒙面人見她們綁好，大力扯過佟析秋。

佟析秋順勢倒下，感覺被人倒著扛上肩膀，腦充血的瞬間，聽到綠蕪帶著哭聲的高叫，趕緊安撫她。「莫慌！」

綠蕪聽了，這才穩定心神，閉了嘴。

扛著兩人的壯漢對視一眼，往相反的方向跑去。

佟析秋發覺，警醒地喚了聲。「綠蕪！」

「不想死就閉嘴！」

佟析秋聽罷，心涼了半截。敢情是怕她們留下暗號，將她們分開了？

正想著，那人突然停下腳步。

隨著躍身落地的熟悉感，佟析秋乘機將隱在袖中、被戳破的荷包滑向手心，洞口朝下，撒下一點粉末。

那人不斷地跑跑停停，佟析秋在他每轉一次彎或跳躍時，將荷包放下，用粉末做記號。暗自慶幸身上的荷包裝了香粉。剛才為給來找她們的人指路，透過車底縫隙，每隔一段路，就撒上一點香粉為記。

大約半個時辰後，蒙面人停下來，扛著佟析秋左右晃動。

佟析秋猜想，可能是到目的地了，因為這個動作明顯是在觀查四周。

一會兒後，蒙面人又是一躍，佟析秋趕緊撒下粉末，收回荷包，向袖籠最深處塞去。

果然，那人躍過牆頭，在院中一路直走起來。

佟析秋感覺這院子不大，因為蒙面人只轉個圈，就把她扔在一處散發霉味的屋子裡。

不待她喘息，那人大力將她按在一張木板上，舉高她的雙腕，綁在木板凸出的邊緣。

「老實點。」蒙面人看她想動著起身，又將她按回去。再把她的雙腳也綁好，便走出去。

佟析秋聽屋中靜下來，故意挪動了下身子，見未有人喝斥，就艱難地將手往下、腦袋往上地伸著。待摸到高聳的髮髻，她咬著牙，硬生生將手腕磨破皮，只為將插在髮髻上最高的簪子拔下來。

看似簡單的動作，卻讓她咬著牙，不敢出大氣，試了多次，才用食指跟中指摸著簪身。為不讓簪子落地，只能小心翼翼地一點一點拔著。每一步都似耗盡她胸腔裡最後的一絲空氣，難耐的窒息感，讓她俏白的臉蛋轉瞬就脹得通紅。為不被悶死和發現，她只能暗中咬牙，張著嘴輕輕吐氣。

終於，當她的脖子變得僵硬，那拔動簪子的手指也累得麻木時，那支尖端鋒利的簪子被她拔了下來。剛將簪子隱握在手，還不待均勻地吐口長氣，院中便傳來一響。

「那小賤人呢？」

熟悉的聲音，讓佟析秋立時瞇起雙眼，將簪子尖端伸進繩索磨著，卻聽到砰的一聲——木門被大力踹開，嬰兒的啼哭隨之響起。

佟析秋瞬間心慌地偏頭，豎起的耳朵異常靈敏，生怕是她出現了幻聽。

「沒想到吧！」來人尖聲對她陰笑。「怎麼樣，被綁著的滋味如何？」說著便走過來，一把將綁著她的眼罩扯下。

佟析秋的鼻梁被尖利的指甲摳出血，兩頰也因為這一扯，生生勒出兩條血印。

她疼得眨了下眼，但嬰孩的啼哭讓她迅速睜開眸子，待看清孩子的模樣，不由紅了眼，對來人低吼。「蔣氏，妳想幹什麼?!」

蔣氏哼笑著看她，隨即恨恨地轉眼瞪著手中因吹了風、臉上痘子多起來的朝哥兒，狠戾道：「我的兒子沒了，豈能便宜了妳的兒子？」

「妳瘋了不成？他還是個孩子！」佟析秋嚇得想起身，奈何被綁著手腳，只能任繩子磨破皮，不斷掙扎。

「我管他是不是孩子。」蔣氏陰笑。「你們殺了我的兒子，我要讓妳的兒子跟妳一起陪葬！」說著，再也忍不住地抽她一巴掌，瘋狂地大吼。「妳這個賤人，自從那小畜生娶妳過門，我們大房就不安生。要不是妳，那小畜生能有今天？我兒子豈會失敗、被人處死？我的兩個女兒被休，我被厭棄禁足，全是你們這房做的好事！」

佟析秋忍著臉上火辣辣的疼痛，抿嘴聽她尖吼，冷靜地哼道：「所以，妳為了報復，勾結朝廷欽犯？」

蔣氏聞言，停了手，卻不回答她的話，聽朝哥兒哭得厲害，厲眼瞪去，想捂他的嘴。

佟析秋大叫。「朝哥兒的水痘可是會傳人的，若妳不想染上，最好別碰他！」

蔣氏聽罷，遂將朝哥兒高高舉起，嚇得佟析秋肝膽俱裂。「住手！」

「怎麼？怕了？」蔣氏轉眼看她，笑得越發猖狂。

佟析秋怕激怒她，趕緊暗中吸氣，冷靜下來，將藏在手中的簪子更大力地相磨，問道：「妳把我帶到這裡，到底想做什麼？」

說起這個，蔣氏似乎來了興趣，低頭看她。「當然是不想讓妳死得太快。妳不是聰明嗎？那妳猜猜，我到底想做什麼？」見佟析秋皺眉，便咯咯笑起來。「抓妳的，可是江湖少俠，個個身強力壯、孔武有力。

「妳跟那小賤人不是夫妻情深嗎？妳猜，我若喚來十多個江湖少俠與妳恩愛，讓那小畜生看到，還要不要妳？」

說到這裡，蔣氏突然仰天大笑，見佟析秋變了臉，似說得還不過癮般，看著哭聲越發小的朝哥兒，嘖嘖搖頭。「早知道，就不讓這小子長水痘了，說不定還能賣個好價錢。妳也知曉，京都城的小倌館，生意可是好得很呢，咯咯咯……」

蔣氏笑著，看看朝哥兒，又看看佟析秋。「雖說這個可惜了，但等會兒還有另一個要來呢。」

見佟析秋終於被她刺得驚慌起來，蔣氏冷眼，狠道：「我才不會讓妳死得這般痛快。我要讓這些男人玩死妳，然後讓人扒光妳，直接扔到小畜生待的軍營裡。他不是有皇帝撐腰嗎？我倒要看看，丟了這般大的臉，皇家還敢不敢維護明鈺那賤人。

「明鈺不就好炫耀孫子、孫女嗎？那我就將小畜生生的男娃送去小倌館，女娃送去黑窯，讓她年歲小小就接客接到……啊——」

正說得激憤的蔣氏，突然捂眼倒地，慘叫著打滾。

佟析秋飛快自木板上坐起身，顧不得掉在地上大哭的朝哥兒，伸手去解綁住腳的繩索。

「發生什麼事了？」聽見慘叫，幾個大漢立刻衝進來，見狀不由愣了一下。

佟析秋不等他們反應過來，直接翻身下地，抱起朝哥兒。

幾個大漢見她動作，反應過來，想跑過去，卻見她迅速將插在蔣氏左眼上的簪子一把拔下。

「啊——」蔣氏只覺頭骨似被扯裂了，劇烈的疼痛讓她再顧不得什麼，又打滾著嚎叫起來。

為避免被她撲到，傷著懷裡的朝哥兒，佟析秋向屋角退去，用被刺歪的簪子抵著自己的喉嚨。「我自知跑不掉，但也不會束手就擒！」

視死如歸的表情，令幾個大漢再度一愣。

此時，朝哥兒的臉色通紅起來，沈重的呼吸聲撕絞著佟析秋的心臟，再不醫治，孩子怕是……

想著，她堅定地冷下眼，簪子向脖子推近一分。

這時，在地上滾了一圈的蔣氏，突然眼放狠光，搖晃著想起身。

奈何佟析秋早注意到，以迅雷不及掩耳之勢，一簪刺在她的頸側。

蔣氏劇痛，偏頭夾著傷口，想奪下簪子。

佟析秋雖力氣單薄，敵不了蔣氏的狠勁，可想到蔣氏詛咒她的兒女，就怒火中燒，恨不得將她千刀萬剮，遂又使了陰招，向她的下部狠狠踢去。

這個部位對男人有用，對女人亦同樣能行，蔣氏疼得後退。

佟析秋乘機將簪子搶回，又重新抵上自己的脖頸。

幾個壯漢面面相覷，頓覺這個女人當真狠毒無比。這一招一式可不是婦人打架，是下了狠手，要置對方於死地啊。

蔣氏眼中和脖子不停冒著鮮血，連下體也被踢得奇痛無比，不停喘著粗氣，用另一隻完好的眼睛，透過血霧，看著立在那裡、視死如歸的佟析秋。

突然，她覺得好不甘心，大叫道：「快睡了她！我要讓二房的人身敗名裂，把她的兒女全賣去窯子伺候人！快給我抓住她！」

大漢們被吼得回神，一名壯漢快步向佟析秋行去。

佟析秋眼中升起絕望，將簪子一點一點地向脖子推進，又低眸看向呼嚕聲越發沈重的朝哥兒，見他忽然睜開沒精神的小小桃花眼，便勾唇苦笑，單手移上捂了他的眼睛。

壯漢已然近前，伸手要來抓人，佟析秋狠心地將簪子緩緩推進，鮮血冒得愈加洶湧。

突然，壯漢離她不到兩指距離時，立住不動了，隨即啪噠一聲倒了下去。

佟析秋瞪眼，目光循著倒下之人看向後面，瞬間驚喜交加，淚如雨下。

「夫君！」

亓三郎鐵青著臉，快步近前，任佟析秋抓住他的衣袖。

「夫君，蔣氏好生惡毒，說要找江湖俠客來欺我，還要將咱們的兒女扔進小倌館跟窯子。朝哥兒……他快喘不過氣了……」

佟析秋故意哽咽著告狀，看著渾身寒氣越來越冷冽的亓三郎，眼中亦是泛起冷光。

她不希望他對蔣氏手下留情。

亓三郎全身冷如修羅，看著現場唯一活著的犯人。

蔣氏本還不甘心，可屋裡的大漢已被亓三郎滅得乾乾淨淨。聽見佟析秋的告狀，她狠毒地瞇了眼，可見亓三郎正如修羅般看著她，不覺縮脖，色厲內荏地叫道：「你們敢？別忘了，我可是長輩！」

長輩？亓三郎滿眼陰鷙，連多餘的話都無，直接揮劍，衝著蔣氏一閃。

「啊——」蔣氏再次哀號，眼前完全墮入了黑暗。

看著她痛得死去活來，亓三郎冷冷摟著佟析秋道：「走吧！」

佟析秋點頭。隨著他躍出院時，訝異不已，這裡居然是京郊樹林？

亓三郎不動聲色，緊摟住她，小步走著。

佟析秋看著這片茂密的樹林，問道：「只有你來嗎？」

「之後會有其他人到。」

也就是說，現在只有他一人？佟析秋半眯了眼，只覺這林子太過詭異，也太容易藏人了。

似看出她所想，亓三郎摟她肩頭的手緊了一分，寬慰道：「別怕！」

佟析秋輕嗯，知他能找來已是不易。畢竟她與綠蕪分開，做了兩處記號，他能及時尋到她，已是極幸運。

其實，亓三郎追到事發地點時，看到馬車留下的記號，本以為能依此找到人，不想，卻在一處偏僻之地發現主僕倆被分開。

兩條道都有明顯撒下香粉的痕跡，他命人分頭追趕，自己也選了一條路去追，卻發現記號做得太頻繁，不似佟析秋所為，遂果斷放棄，改追另一條路。因嫌跟隊之人太慢，實在掛心焦急，只能靠輕功先找。

幸好他快一步趕來，不然……

想到這裡，亓三郎趕緊平復心緒，努力凝神，小心傾聽周遭動靜。

「都指揮使，好久不見！」

突然，一道既熟悉又陌生的聲音，傳進兩人耳裡。

亓三郎與佟析秋抬眼望去，見合抱的大樹後，不知何時竟出現了一個人。

來人執劍而立，容貌陰柔至極，明明在笑，眼中卻冷光乍現。

亓三郎把佟析秋護在身後，稜角分明的俊顏上，表情雖是淡然，眸色卻犀利無比。「僉事大人，好久不見。」

嘩啦啦！

亓三郎話落，十多個蒙面人瞬間竄進了林子……

第一百一十一章　救兵

「我猜，你也該來了。」尉林慢慢走近，那群蒙面人亦圍攏而來。「能在選擇兩條路的情況下，果斷放棄一條，當真是魄力。不過，這次該是我贏了吧！」

亓三郎未理會，緩緩拔劍，劍尖直指他。

尉林被他高傲挑釁的目光看得發狠，揮手道：「上！」

話落，十來名蒙臉高手立時飛躍而上。

亓三郎見狀，護著佟析秋退到樹下，把她圍在樹與自己的保護之間。

佟析秋皺眉，見對面已連續飛來好些飛鏢，亓三郎立時揮劍相擋。兵戎相見的火光，閃得她趕緊將襁褓拉長，把朝哥兒蓋得嚴嚴實實。

亓三郎一人抵十來人本就吃力，偏這些人還陰毒地瞅準空隙射飛鏢。這樣一來，他除了擋箭，還要小心應付飛鏢偷襲。

不過兩、三個回合，亓三郎身上已插了好些長長尖尖的飛鏢，卻仍將佟析秋牢牢守在他與大樹之間。

佟析秋單手抱著朝哥兒，在他身後看得焦急不已，見又一輪飛鏢射來，讓她提了心，驚呼出聲。「小心！」

鐺鐺鐺，亓三郎連著抵擋好幾下，尚未擊盡，劍又揮來。

亓三郎微眯鷹眼，忍受飛鏢刺入肉體的疼痛，發狠去擋那十幾人砍來的刀劍。雖拚盡全力，可來人的攻勢卻越發猛烈。

佟析秋看得心驚不已，扯下所剩不多的簪子，想像以前一樣，射出簪子幫亓三郎。

「這飛鏢可是從嫂夫人身上學來的。怎麼樣，效果不錯吧？」站在旁邊觀戰的尉林笑看佟析秋，隨即厲眼相向，一枚飛鏢朝她的手腕飛去。

亓三郎瞳孔一縮，橫刀相擋，將飛鏢震飛出去。

不想，他這一擋，立時露了空子，一名蒙衣人當即抓住機會，向他的肩膀狠力削下。

佟析秋大驚，趕緊將手中的簪子扔去阻擋。

那人驚了下，偏頭躲過飛來的簪子，攻勢消了下去。本想再來第二下，不想亓三郎回身，見劍刺來，斜身躲了過去。

看亓三郎沒受到重傷，佟析秋暗吁了口氣，繼續諷刺尉林。「我丟簪子是為保命，與你們這群朝廷欽犯豈能混為一談？」

「哦？」尉林瞇眼，看著佟析秋的目光越發狠戾陰毒。「妳這女人好生無情，太子對妳也算情深義重，關鍵時刻，妳卻背叛了他。」

「呸！」佟析秋黑了臉，大呸一口。「我有兒有女，有夫君疼愛，休得毀我名聲！」明子戍對她情深義重？不過是把她想成他的理想妻子，一廂情願罷了。

亓三郎聞言，陰了臉，咬牙使劍，動作越發快起來。

「啊——」

發狠還是有用的，有人被一劍穿喉，倒了下去。
尉林見這般多人上去只傷了亓三郎一點皮毛，不由暗下眼色，直接抽劍，親自圍攻。
「林子裡有打鬥聲，快給本太子上！」
「是！」
踢踢踏踏的馬蹄聲傳來，讓蒙面人慌了神。
尉林眼中亦閃過一絲不甘，可到了這一步，豈有退卻的道理？
他想著，快速飛身而起，一邊猛射飛鏢、一邊揮出無影劍花。
亓三郎凌厲地眯眼，護著要害，並未理會那些飛來的飛鏢，而是乘機又殺了兩個蒙面人。但鏢身刺入肉的疼痛，讓他忍不住皺眉，連聲悶哼。
站在後面的佟析秋，聽得越發慌亂，心疼不已。
好在明子煜已帶著救兵循聲找到他們，高吼著衝過來。
亓三郎受了那幾鏢後，又開始與尉林的劍花相抵，見救兵越來越近，就衝領兵的明子煜吼道：「先救秋兒！」
佟析秋見尉林的劍花完全封住了亓三郎，剩下的蒙面人趁著空隙，紛紛舉劍向他身上刺去，遂發狠拔掉最後一根簪子扔去幫忙，心裡暗暗發誓，以後不管簪子有多重，只要出門，必把頭上插成馬蜂窩。
明子煜趕來，飛身躍起，迅雷不及掩耳地抽出短匕，飛擲出去，立刻將一名正準備偷襲亓三郎的蒙面人刺翻在地。

明子煜帶的人不多，可勝在是精兵猛將，騎著高頭大馬，不過片刻便趕至跟前，與蒙面人交起手。

這樣一來，雙方就真正勢均力敵了。

亓三郎單對尉林，輕鬆許多，抽空將佟析秋推給明子煜護著，這才秋後算帳地看著尉林冷哼。「明子戍算什麼，竟敢覬覦我亓容卿的妻子！」

尉林聽得眉眼狠戾，看著他傷痕痕累累的身體，冷冷扯了下嘴角，又飛身躍起，與他打鬥起來。

他一邊打、一邊不忘指揮那些蒙面人。「將明子煜殺了！」

明子煜有精兵相護，但蒙面人以殺招快速攻來，嚇得他趕緊將佟析秋護在身後，一邊抵擋、一邊後退。

佟析秋雖被明子煜護著，卻不如待在亓三郎身後安全。明子煜一打鬥就會露出空子，好幾次她差點就被傷到，若不是跑得夠快，怕早已受了好幾劍。

多次躲閃後，佟析秋徹底怒了。

由於她的翻滾，朝哥兒再次驚醒啼哭，且哭聲似被堵住般，弄得她心肝碎了一地，恨不得把這些人給咬碎。

這時，佟析秋看到地上有根粗樹枝，當即二話不說，快步跑去。

「嫂嫂小心！」明子煜在她身後大喊，跟著奔過去。

那邊正打得難解難分的亓三郎聽到，不由發狠，連連猛攻，令尉林毫無招架之力。

佟析秋抓起樹枝，看著跟來的明子煜道：「等會兒來人，你攻上面，我攻下面！」不就是打架嗎？那打吧，總比他護不著她，只能等死來得強。

她話落，又有一人突破包圍，飛身而至。

佟析秋給明子煜使眼色，見他發愣，白眼一翻，再管不了太多，對蒙面人的下盤猛地掃去。

明子煜見狀，迅速回神，與她聯手，不過幾招，就將那人打得手腳無措，趕來的士兵乘機將他一刀斃命。

如此連番數次，居然讓他們擊斃了好些賊人。

剩下幾人，跟士兵纏鬥良久後，終是不成氣候，全被剿滅了。

亓三郎那邊，將尉林逼得無路可退後，揮舞長劍，劍花閃著白光，把他的手腳筋一一挑斷。

尉林再無還手之力，想咬舌，卻被亓三郎飛快點了穴。

「夫君！」佟析秋撥開遮眼的長髮，邊跑邊焦急道：「快送朝哥兒回府找沈鶴鳴，他的哭聲好不對勁！」

亓三郎本在拔著身上的飛鏢，聞言不由眉頭深鎖，對愣在一旁的明子煜道：「我先行了，殘局交給你。」

「嗯！」明子煜回神點頭。

於是，亓三郎抱著佟析秋飛身上馬，快速朝林外奔去。

一家三口趕回鎮國侯府，明鈺公主便抱著佟析秋痛哭不止，待見到朝哥兒，就趕緊求沈鶴鳴替他瞧瞧。

彼時，朝哥兒已命懸一線，小臉被痘子占得沒一塊好地兒，呼吸也粗得如大人打鼾般。沈鶴鳴一把脈，臉色變了，命佟析秋等人趕緊出屋，讓他給朝哥兒施針救治。

這一治，直到天黑，還未有任何消息。

其間，綠蕪已被蕭衛抱回來，佟析春跟佟硯青則由鎮國侯尋回。他們都遇到了襲擊，好在賊人不過是些烏合之眾，功力深厚的不多，幾個回合就解決了。

彼時，佟析秋根本沒心思去聽這些，亓三郎自包好傷口後，就一直陪坐在偏廳，拜託鎮國侯幫忙處理後續。

鎮國侯自是知道他們的心情，重重嘆息後，便離了衡璽苑。佟析春跟佟硯青則被送回偏院歇息。

明鈺公主哭倒在桂嬤嬤懷裡，眼淚沒乾過。

綠蕪回廂房換好衣服，就要來伺候主子。佟析秋見她臉色不好，揮手讓她退下休息。

這一亂，就到了半夜。

待沈鶴鳴出來時，佟析秋雙眼通紅，嘴唇輕抖地癱在座上，連站都站不起來。明鈺公主更是哭得越發厲害。

亓三郎心沈得厲害，強撐著將佟析秋摟起來，紅著鷹眼看沈鶴鳴，抿緊發白的唇，顫抖地啞聲道：「如何？」

沈鶴鳴搖搖頭。

佟析秋臉色煞白，暈了一下。

亓三郎嚇得趕緊將她緊緊固定在身側，臉色亦是泛白，目眥盡裂，看著已坐下喝茶的沈鶴鳴。

沈鶴鳴不緊不慢地喝盡杯中水後，才緩緩道：「今晚觀察看看，明兒若退了燒，就安全了。」

佟析秋聽罷，立時問他可要備藥。

沈鶴鳴看看她已上藥的臉和脖子。「若要用母奶餵，妳的傷口就不能抹藥了。」

「我這就去洗掉！」

亓三郎聽了，扳住她的肩，不讓她走。

佟析秋抬眼，聽他哽咽道：「讓奶娘喝藥，妳的傷口不能不醫。」

「不過一宿罷了，算不得什麼。」

亓三郎咬牙。「會潰爛！」

佟析秋頓住，認真看他。「你覺得我的容顏重要，還是兒子的命重要？還是，你只喜歡我的顏色？」

亓三郎喉結滾動，搖頭。「只是不願看妳受罪。」

佟析秋聞言，眼淚急掉，扒開他的大掌。「我謝你的心疼。可你這樣，會令孩子傷心的。」說罷，果見亓三郎鬆了手。

佟析秋見狀，急喚下人打水進來。

明鈺公主哭著近前，抓住她的手道：「我的兒，妳放心，若朝哥兒能活過來，即便妳毀了容，卿兒也絕不會有小妾的。」

佟析秋點頭。對於亓三郎，她有信心，董氏毀容時，他就允諾過了。

接著，佟析秋洗去藥膏，又喝下大量清水，待過兩刻鐘後，喝下給朝哥兒降溫的藥，又喚婢女端清水進去，一遍遍扭著小手巾，給朝哥兒擦著胳肢窩降溫。待藥性一到，抱起他輕哄，試圖讓他吃上幾口奶。

彼時，朝哥兒連睜眼都費勁了。

佟析秋一邊哽咽、一邊繼續哄著，亓三郎不知何時走了進來，看到這一幕，拳頭緊握，喉頭哽得愈加厲害。

這一夜，守在衡璽苑的眾人，注定無眠了……

天將破曉，佟析秋還在給朝哥兒扭著帕子。

晚上他喝了奶，撒兩泡尿後，身子雖還熱著，可呼聲輕了不少。

佟析秋睜著滿是紅絲的眼，一刻也不願移開，看著床上的朝哥兒，生怕一動，就錯過了他的變化。

這時，綠蕪端著早飯進來。「少奶奶，婢子備了粥，喝一點吧。」

佟析秋搖頭。

一直在暖閣裡坐著的亓三郎見狀，走過來，伸手端過粥，便將綠蕪打發出去。

「總得愛惜自己的身子，別朝哥兒脫了險，妳卻倒了。」

亓三郎慢慢將粥攪涼，坐在床頭凳上，與她對視。

佟析秋見他將銀匙伸來，無奈地喝了兩口，就偏了頭，不想再吃。

亓三郎不動聲色，將剩下的粥喝了。「即使他們恨我，我也會先選擇妳。」

佟析秋聽得心中泛酸，含淚點頭。「我知。可他們是我的骨肉，我會痛，會難過。」

「我也會。」亓三郎認真看她，眸色幽深，看著脆弱的妻子，嘆息著拭去她的淚。「我去喚沈鶴鳴進來瞧瞧。」

「好。」

辰時三刻，朝哥兒的燒終於退了些。

看到希望的佟析秋，更加不遺餘力地悉心照顧著。直到未時，燒才退去大半。

大家長吁了口氣。

而佟析秋在放鬆的那一刻，累極地暈了過去……

第一百一十二章　藍衣走

佟析秋醒來時，已是第三天的下午。

她一睜眼，一張俊顏隨即靠過來。

「我睡了多久？」佟析秋揉著眼睛，啞聲問道：「朝哥兒如何了？還有析春他們呢？」

她未來得及好好相問，不知他們現在怎麼樣了。

亓三郎挑眉低笑。「問這般多，想先聽哪一句？」

「一句一句來吧！」

「好。」亓三郎笑答，幫她倒了杯水。「妳已睡了整整兩天。朝哥兒退燒後，因禍得福，痘子出得乾乾淨淨，如今恢復精神，過兩天，又能活蹦亂跳了。」

他扶她起身喝了水，繼續道：「至於析春他們，除了受點驚嚇，人倒沒事。那日綁人，不過是尉林為引妳我現身的設計罷了。」

佟析秋聽得連連點頭。

這時，在外間聽到動靜的婢女們走進來。

佟析秋見領頭的是綠蕪，另三個除了紅綃，皆是二等，不由關心地問了句。「藍衣的傷勢如何了？」

「後背中了一劍，傷口挺深的。」綠蕪近前，伺候佟析秋更衣。「這兩天趴在床上將養，已好了些。聽說少奶奶轉醒，本想跟來，奈何沈大夫不許，命她多歇幾天呢。」

佟析秋點頭，待穿衣洗漱完，飯菜便上了桌。

亓三郎坐下，要陪她同食。

佟析秋納悶道：「未吃？」

「不過是餓了，陪著再用點罷了。」亓三郎不願多說。

佟析秋也不追問，咬著筷子問他。「尉林之事如何了？」

知她不光想聽結果，亓三郎乾脆仔細說了一遍。「太子事敗後，尉林便藏在京都某處偏僻院中，奈何那段日子宮中每天派人搜查，他便躲到了侯府。」

佟析秋驚了下。「難道……」

亓三郎頷首。「那時蔣氏正在禁足，雅合居沒什麼人看管，想潛進並不難。他本打算拿亓容錦之事與蔣氏談判，不想蔣氏已知亓容錦之事，就跟他結盟。」說著，面色淡淡地給她挾了塊水晶豬蹄，繼續道：「明子戍於他有恩。尉林之前是個險些凍死街頭的乞丐。」

明子戍把尉林撿回來後，暗中調教，又送他去邊疆磨練。為報救命之恩，尉林暗裡替明子戍培養暗衛，奉命行刺，忠心耿耿。

佟析秋輕嗯，再問蔣氏之事。

亓三郎轉眸看她一眼，淡道：「父親的意思，是想秘密處死，昨日已去宮中求情了。」

如今蔣氏還關在侯府裡，因著此事，鎮國侯跟明鈺公主再次吵了起來。

明鈺公主想讓蔣氏按窩藏和勾結欽犯的罪名處死。這樣一來，依附蔣氏的娘家和族人不但蒙羞，也會因此受到牽連。

但鎮國侯卻想著，蔣氏的父親曾救過他一命，蔣家只剩一個男丁，因其性子軟弱，連個官職也未混上，且家道中落，日子並不好過。若再因這事毀掉下輩子，做得就有些過分了。

「皇上可是答應了？」

亓三郎點頭。「父親已去信給汝陽蔣家老宅了。」蔣家若還想得鎮國侯照拂，自不會因此事跟侯府交惡。

佟析秋不語，亓三郎便問：「可是心中不舒服？」

佟析秋搖頭，這件事，她實在無法去辯。她想蔣氏死，死得越慘越好，可對於無關的人，她還是不願牽連。雖是如此，但鎮國侯維護蔣氏的做法，又讓她心裡為明鈺公主叫屈。

亓三郎見她一下皺眉、一下舒眉，不想在這事上糾結太多，遂轉了話題，繞回尉林身上。「尉林被處極刑，當眾凌遲，以此警醒世人。」

佟析秋聽得好笑，垂眸戳著飯粒。「百姓豈會犯謀逆之罪？一切不過是當權者的遊戲罷了。」不過是恐嚇無辜百姓，弄權者該當如何，還是如何。

亓三郎語塞，嘆氣後放下箸，另選一事道：「對了，沈鶴鳴向我辭行，想要走藍衣。」

「嗯？」佟析秋戳飯的手頓了頓。「幾時走？」

「就這兩日。說是師門出了叛徒，要急著回滇西。」

「叛徒？」

「真正的春杏已經死了。」

藥王谷的規矩，不違大義，不助奸佞。假春杏失信助虐，攸關師門臉面，沈鶴鳴不能不查不稟。

佟析秋未有多少訝異，明白地點頭。「是人皮面具？」

亓三郎輕嗯，解釋道：「那女子與春杏本有幾分相像，加上人皮面具一遮，更是無懈可擊。」從蔣氏解禁時，那女子便混進了府。

亓三郎想著，以前侯府人口簡單，現在多了孩子，以後得增加人手才是。

佟析秋頷首，不再說話，慢慢嚼菜，良久道：「夫君，下回給我選個會武的婢女吧！」見他沈默，便轉眼認真看去。

亓三郎搖頭失笑，握著她的手，終是點了頭。

另一邊，雅合居裡，蔣氏躺在寬大的床上，在黑暗中嗅著屋子的味道。每嗅一次，就得意地勾唇一次。

看來，鎮國侯還是對她有情，不然不會將她接回來，更不會找大夫給她看診。明鈺那賤人，還是無法與她抗衡的。公主又如何？自己還不是差點害死她的孫子？雖說有些不甘心，沒先掐死那小崽子，但只要她不死，就還有機會。

她想著，咯咯陰笑，正得意時，房門嘎地被推開來。

「誰？」她側耳傾聽，好似不止一人？便皺眉厲喝道：「到底是誰?!」

「將酒給夫人灌下。」

沈冷無情的聲音，令蔣氏心神一抖，雙眼纏著繃布看不到人，便側著腦袋，扯出柔笑道：「原來是侯爺，妾身有禮了。」摸索著從床上搖晃起身，循人聲的方向福身。

鎮國侯盯著她，未喚起身，再次吩咐。「灌酒！」

「是！」整齊劃一的聲音，讓蔣氏心神抖得越發厲害，還不待她反應，就有人架住她的雙臂。「夫人，得罪了。」

蔣氏大驚，恐懼地瞪大眼，卻因此扯動傷口，頭疼欲裂。發覺來人抓得極緊，便低吼道：「侯爺，你當真想要妾身死嗎？」

「妳窩藏及勾結欽犯，本是砍頭大罪，本侯顧念夫妻之情，給妳留個全屍，已是莫大恩惠了。」

聽著鎮國侯冰冷的無情嗓音，蔣氏當即哭出聲，刺辣的淚水灼痛眼睛，不過片刻，白色棉布就滲出血水。

她面露陰狠，對鎮國侯的方向道：「自錦兒被你抓去砍頭後，我們哪還有什麼夫妻之情？我不過小小報復一下，你們便想將我置於死地。那我的兒子和一雙女兒呢？被你們害成這樣，如何就不見你們去死？」

「妳……」鎮國侯臉色鐵青地甩袖，覺得蔣氏不可理喻，遂喝道：「灌酒！」

「是！」婆子聽令，上前就扳蔣氏的嘴。

蔣氏不停晃著頭，大叫著。「明鈺那賤人未死，我怎麼能死！亓無愎，你不能殺我，你的命是我爹用性命救回來的，要不是你，我好歹是爵爺的女兒！是你害我爹早死，弟弟年幼無能，母親病癱在床。如今，你不但害我的娘家，害我的兒女，還害了我！亓無愎，你這個被狗吃了良心的狠毒之人，早晚要遭報應……」

鎮國侯咬牙，黑了臉，揮手讓婆子趕快動手。

幾個婆子見狀，再不顧蔣氏的身分，強按她的頭，扳開她的嘴。

蔣氏尖叫，卻無法掙脫開來。

婆子將她的脖子仰起，灌下毒酒，又合起她的嘴，並緊捏她的鼻子。

咕嚕！毒酒滑進腹內，蔣氏的腸胃絞痛起來，流著血淚，不斷地揮手亂抓。

婆子們見事情已成，就各自閃開。

「亓無愎，你這個狼心狗肺之人，你不得好死！」蔣氏緊捂肚子，吐出一口鮮血。

接著，她慘叫一聲，倒地時，對著鎮國侯詛咒道：「我……便是做鬼，也不會放過你們的！」說罷，歪頭死去。

鎮國侯閉目，輕聲嘆息，他終究是錯付了一場情。

「派人去買副薄棺，選塊地葬了吧。」話落，再不留戀地出了雅合居。

他來到清漪苑，見院門緊閉，遂問守門婆子，聽說明鈺公主從今兒起要潛心禮佛，替朝哥兒祈福。

鎮國侯連連苦笑，再次提腳離去……

藍衣要跟沈鶴鳴走時，佟析秋不但把身契交還，又送了一匣子珠寶，說是給她的陪嫁。

彼時，藍衣跪在那裡，哭得唏哩嘩啦，佟析秋也不捨地紅了眼。這般多人手中，藍衣跟她最久，也最得她心，如今轉眼卻要遠嫁，如何捨得？

綠蕪輕聲安慰兩人許久，終是止了藍衣的哭。

走時，佟析秋親自送藍衣上車，囑咐她小心身子，又威脅沈鶴鳴，不得小瞧了藍衣的身分，不然就算追到天涯海角，她也要為藍衣討回公道。

孰料，沈鶴鳴聽了，不屑地衝她冷哼一聲，瀟灑地登上車。「真當人人如你們這圈裡的人呢？」

佟析秋語塞，亓三郎不滿地道：「既然不屑，就把人留下！」

「概不退還。」沈鶴鳴高傲地挑眉說完，扯著韁繩，催了馬，立即跑遠了。

佟析秋看得無語了。

揮別藍衣後，佟析秋呆呆坐在內室，看著滿臉痘印的朝哥兒出神。

半晌，她突然轉頭問正在繡花的佟析春。「妳幾時成親啊？」話一出口就後悔了。

佟析春聞言，小臉繃不住，立即燒紅起來……

一晃到了七月，佟析秋要的會武婢女來了侯府。

兩個婢女，一個叫樺容，一個叫樺雨，皆長得眉清目秀、嬌嬌弱弱。聽說以前在宮中當差，如今還領著七品女侍衛之職。

此時，佟析秋正坐在遊廊陰涼處，抱著已會歪著身子要美女抱的朝哥兒，命兩人耍了套拳法，雖覺武功不如亓三郎高，但好歹能保護主子。

「啊啊……」朝哥兒看著她們耍拳，拍著手，興奮得口水流了滿身。

曦姊兒待在奶娘懷裡，被他吵得轉眼看了一下後，不感興趣，又轉回身，對佟析秋伸手討抱抱。

佟析秋見狀，趕緊將兒子遞給一旁新進的美女奶娘，將寶貝女兒抱過來。

曦姊兒一到她懷裡，安靜看她一眼，就尋著舒服位置，伸手要她的步搖。

佟析秋見女兒指著步搖，笑著摘下來，盪著逗她玩。

樺容姊妹打完拳過來，朝哥兒咿呀得更厲害了。

佟析秋笑看兒子一眼，逗道：「瞧你一臉痲子賽星光的模樣，還敢泡妞？」

樺容姊妹聽得臉紅不已，見朝哥兒根本聽不懂自家娘親的意思，還不停伸手，就道：「請少奶奶允婢子們下去更衣。」

佟析秋含笑揮手，這時綠蕪跑來，對她耳語道：「蔣家來人了。」

從蔣氏被處死後，直到現在，鎮國侯跟明鈺公主的關係才將將緩和一點。這時蔣家上府，有何事不成？蔣氏要被處死時，那邊並未有動靜，算是默認了這事。

佟析秋沈吟。「來人是誰？可有吵鬧？」

綠蕪搖頭。「是大夫人的娘家兄弟，並未鬧事。」

佟析秋點頭，大概是不願疏遠這層關係，來彌補吧！

她的猜想，在當晚的接風宴上得到了證實。

彼時分男女兩桌而坐，蔣氏娘家弟弟的言語間，盡是對鎮國侯的誇讚與謝意。其間更是小心試探鎮國侯，見他並未生氣，便委婉表達了他對蔣氏所為的不滿，希望以後鎮國侯府與蔣府還是一家親。

佟析秋在隔壁桌聽得好笑，用過膳後，便陪明鈺公主回了清漪苑。

當晚，亓三郎回蘅蕪苑時，摟著佟析秋連聲嘆息，直說蔣氏的父親以前怎麼也是一位猛將，偏偏因只有一個兒子，生生把他寵成軟弱的性子。

說到這裡，他眸光一沈。「朝哥兒可不能變成這樣，以後得好好磨練他才成。」如今成日裡看著美女就流口水，也不知是像了誰。

佟析秋明白其意，搖搖頭。「他才多大？不過是在辨別物事罷了。」

「那也不行。」亓三郎皺眉。「妳我皆是沈穩之人，如何生出朝哥兒這樣的性子？」

「大概是皇家基因作祟。」

原身如何，佟析秋不知道，總之不能扯到她。但看明子煜那樣，就知沒冤枉他們。

「基因？那是何物？」

「不知。」

「那妳為何說？」

「哎呀，夫君，人家累了，睡吧！」她說完，親了亓三郎一口。

好吧。亓三郎滿意了，不過卻不是睡這般簡單，翻了身，把佟析秋壓在身下。「如今秋燥，最該防火。」

佟析秋。「……」

翌日下午，明子煜跟亓三郎來了侯府。

明子煜一進暖閣，朝哥兒就朝他伸手。

明子煜黑了臉，冷哼著，直接抱了曦姊兒。

曦姊兒正玩著自家娘親給的布老虎，被人一抱，老虎就離了手，轉眼見到一雙妖豔至極的桃花眼，不由皺眉，小巴掌拍在他臉上，嘴裡哼唧，不斷扭著身子，要回炕上。

明子煜大受打擊，問亓三郎。「為何我這姪兒、姪女這般不同？曦姊兒真是像極了你，一臉冷情不說，連皺眉都學了個十分像。」才多大就皺眉，也不怕老得快？

亓三郎沒好氣地橫他一眼，接過女兒抱在腿上，再把小老虎放回她懷中。見曦姊兒終於咧了小嘴，便溫笑著，學佟析秋平日的樣子，輕輕在她光嫩的小臉上親了一下。

明子煜大驚。這時，佟析秋隨婢女們進屋，擺了果子與茶盞，見狀就見怪不怪地道了句。「你來得正好，這一、兩年被其他事纏得忙來忙去，竟忘了結算芽菜行的銀子。雖然你已貴為太子，不在意這點小錢，可我也得講信用不是？」

「不用這般急。」明子煜不在意地擺手。「待嫂嫂算好，我再尋個空閒日子來拿。好不容易來一趟，就別做這乏味的事了。」

佟析秋聽了，只好隨他，點點頭。

明子煜拈了顆冰葡萄扔進嘴裡。「今兒我來，其實是有樣東西想送給嫂嫂。」
「什麼？」佟析秋疑惑地看他。
明子煜從袖中拿出一把金色鑲寶石的小匕首。「上回在林子裡，見妳披頭散髮，收拾殘局時，又見地上有好多歪掉的簪子，就想著，應該送妳一樣防身之物。可嫂嫂畢竟是女子之身，成日帶著兵器不妥，還是匕首來得好，既貼身又不沈重。」
佟析秋見匕首上鑲著藍寶石，就有些心動，伸手拿過，見刀鞘上還刻有精緻花紋，不由更喜幾分。明子煜說得沒錯，她該有樣防身的東西了。這把匕首才巴掌大，正好放進袖口，也不易引人察覺。
她想著，將刀從鞘中拔出，見刀身森白鋒利，就想試試。
孰料，一旁的亓三郎卻一把抓住她的纖手，警告道：「別碰。」
明子煜也急得不行，趕緊解釋。「這可是上好的玄鐵鑄就，刀身吹毛斷髮，可得小心！平日裡別隨意抽動，不然很容易傷著。」
佟析秋正要點頭，不想匕首卻被亓三郎拿走。「此物太貴重，還請太子殿下收回。臣自會為妻子另尋穩妥的防身之物。」
話落，明子煜愣了下，佟析秋也愣了下。
明子煜低眸道：「表哥，你誤會我了。再怎麼樣，我也是知分寸的。」
佟析秋瞋亓三郎一眼，這也能吃醋？沒好氣地自他手中奪過那柄漂亮匕首，笑道：「這小刀使著順手，我收下了。多謝太子殿下。」

「嫂嫂喜歡就好。」

明子煜笑了，將直盯著他瞧的朝哥兒抱起來，任他的小手在臉上摸著，也不動氣，扯了玉珮逗弄他。

佟析秋給亓三郎使個眼色，便去了內室。

亓三郎定眼看明子煜良久，見他始終低著頭，遂不動聲色地品茶，半晌後問：「可想過成親？」

「嗯。」

「何時？」

明子煜苦笑。「我想娶嫂嫂的妹妹可行？」

「不行！」亓三郎想也未想，直接拒絕。

佟析秋待在內室，聽到這個回答，亦放了心。

明子煜明瞭，苦笑著點頭。「明日我便去向父皇表明心意，希望早日立妃。」

其實，他也知佟析秋跟其妹是兩種性格。

起初看佟析秋，只覺她不過比別的女子聰明點罷了，能得自己敬仰的表哥喜歡，想來也是以她的聰明取勝。

直到上次樹林遇襲之事，她那不懼刺殺，還拿著木棒與他並肩作戰的勇氣，讓他猛然發現，他想娶的女子就該是這樣，不愛寫些酸詩酸詞，也不會動不動哭鬧不休，有腦子，危機降臨時，不會捨他而去，同甘共苦。

想著，他失落地搖搖頭，只怪他沒有那運氣了。

亓三郎見他這樣，不由淡聲一嘆。「你未去發掘，怎知世間女子都是一樣？不能因著幾人，就抹煞所有人。」

明子煜輕嗯，將玉珮送給朝哥兒去啃，抬眸看向他。「既如此，那我娶佟析春又有何不可？」不是要發掘嗎，總得給他機會吧？

「因為她不適合！」

不知何時，佟析秋走了出來，淡然笑道：「你是太子，不可能獨寵她一人。」見明子煜似有些不服氣，又道：「滿朝的文武百官不允，言官也會唾罵。而你，為平衡各世家，不得不妥協，必然要選納新秀。」

這不是小說跟戲劇，誰也不能保證他能永遠獨寵一人。一輩子那麼長，滿宮的三千粉黛，若他一人也不沾，權貴世家少不得要對付佟析春，她如何忍心把妹妹推到那種舉步維艱的境地？

作為帝皇，也有身不由己的時候。像洪誠帝，與皇后夫妻情深，可每回選秀時，不都得納進幾人嗎？為讓朝臣盡心辦事，不也得偶爾寵幸別的妃子？

那般複雜的地方，佟析春性子又和順溫婉，進了宮，怕會被啃得連骨頭都不剩。

明子煜聽了，有些喪氣。

佟析秋則不再相理，令人備了晚飯，不多說了。

當日夜裡，佟析秋趴在亓三郎的胸口上嘆氣。「明子煜究竟受過何種刺激？竟如此看低女子？」

「宮中之事，向來隱秘，猜這般多做什麼？」亓三郎拍了拍她。

佟析秋抬眸，納悶地看他，見他沈了眼，不由噗哧笑出聲。「敢情還在吃醋？」

「不行嗎？」

「行！」佟析秋甜笑著拱入他懷中，纖手撫平他皺起的眉峰。「我愛死夫君這副樣子了。」

亓三郎笑了，突然勾起薄唇，在她耳邊輕吹口氣，見她臉紅，得意地扯落幔帳，覆了上去……

第一百一十三章 歸來

九月，明子煜大婚，娶的是武將之女。

此武將官至五品將軍，但洪誠帝並不重用，其女的才情樣貌雖還不錯，可在這京都貴人圈子裡，卻算不得拔尖。

是以，聖旨一下，惹得京都貴人圈子議論紛紛。

有朝臣甚至特意為此事上奏，認為小家之女不能與太子匹配。且將來的皇后就算不是才高八斗，也萬不能是武將之女。

這話一出，也算囊括了前太子妃。有些人甚至認為，前太子之所以謀反，很有可能是因前太子妃出身不高，無法勸阻丈夫。

彼時在宮中吃喜酒的佟析秋聽了這類傳言，只覺甚為可笑，就像皇帝好色丟了江山，卻怪罪女人一樣。在這以夫為天的時代，要不聽從丈夫的話，還能算賢良婦人嗎？

因著此事，出宮後，佟析秋特意去了敏郡王府。

敏郡王妃也聽過這些話，只一笑置之。陪佟析秋吃茶時，喚人領了一個三歲左右的小女孩過來。

「這是我從旁支過繼來的，她父母本靠著族中良田過活。去歲時，因冬雪壓榻房子，父母為了保她，將她送到族中，請族老代養。後來，那兩人終是沒能熬過那場寒冬。」寧願凍死也不願寄人籬下，雖是氣節可嘉，可終究苦了孩子。

佟析秋聞言，笑著招手讓小女孩上前，問她名字，小女孩卻看敏郡王妃，見敏郡王妃點頭，才軟軟出聲道：「回奶奶的話，我叫明小宛。」

佟析秋含笑地頷首，取下手腕上的一對白玉鐲，遞給一旁跟著的奶娘。「真是好聽。」

「謝謝奶奶！」

佟析秋笑著，摸摸她的頭。

敏郡王妃見明小宛害羞，喚她過去耳語幾句，便讓她退下。

接著，她轉眸看向園中隨秋風飛舞的金菊，淡淡笑道：「我雖看得極開，可終究覺著有些冷清。有個孩子在身邊，好歹還能陪我說說話。」

佟析秋笑著點頭，心中卻嘆著命運對她的不公。不過十七、八歲，卻要守一輩子的活寡，當真是可悲可憫。

亓三郎來接她時，見她自上車後就悶悶不樂，開口問了，卻聽她搖頭道：「夫君，你能否不再當官？」

「怎麼了？」亓三郎越發納悶。

佟析秋囁嚅著。「我只是怕，我會如敏郡王妃那樣……」剩下的話，她未敢再出口。

她很怕會守寡，怕沒有敏郡王妃的定力，更怕的，還是自己會變。

前世的她那樣愛著一個男人，但來這裡才不過幾年，就已將那人忘得一乾二淨。

若亓三郎以後因某件事攪入不可預知的未來，她真拿不準會變成什麼樣子。

亓三郎聽了，好氣又好笑，彈了下她的小腦袋。「妳這腦子裡到底裝了些什麼？」說罷，嘆息著摟她入懷。「如果妳真怕，那我就退隱吧！」

佟析秋搖頭，埋首在他懷裡，聽著他咚咚的心跳聲。「現在不用，待有大事再說吧。」

亓三郎無奈，只當妻子是觸景傷情，低聲保證。「放心，我斷不會讓妳如王妃那樣。就是走，也是與妳一起華髮皆生時。」

佟析秋輕嗯，鼻子泛起了酸意……

十月初，朝哥兒和曦姊兒已經能爬了。

成日裡，朝哥兒活潑得沒人能抱得住，看夠了樺容跟樺雨，就轉戰到清漪苑，去看明鈺公主身邊的婢女。

對於明鈺公主，那更是家常便飯，只要一看到，鐵定要去她身上蹭一遍的。

如今的朝哥兒，已經知道拒絕人了，每每鎮國侯逗他或伸手道：「乖孫，給祖父抱抱。」他都很是傲嬌，把頭扭到一邊。

若鎮國侯強抱，起初不會嚷嚷，可一盞茶工夫後，就要開始挪屁股了。任人再如何哄勸，就是不願坐在他身上。

這時，鎮國侯很無奈，只好接手抱曦姊兒。

偏偏，曦姊兒對人向來不冷不淡，要抱就抱，若是逗她，也得看她買不買帳。是以，鎮國侯不論拋高高還是拿鬍子扎她，她都會嫌棄地把臉轉到一邊。想要她笑，除非是她老爹親自抱，其他人還真不見得會給面子。

今兒聚會，大家飯後坐在偏廳消食。

鎮國侯未能討好兩個孫兒，見曦姊兒才落入亓三郎懷裡，就立時仰臉，對自家老爹綻出甜甜笑容，不由嘆息了聲，摸著鬍鬚，又轉頭看看窩在明鈺公主懷裡、好不愜意的朝哥兒，皺眉道：「看來朝哥兒得提前調教，如此行為，當真要不得！」

明鈺公主不屑地撇嘴。「這不勞你費心，再幾個月，就得由宮中教養，如何輪得到你？」

佟析秋卻聽得有些心疼。入了宮，就不能經常待在身邊，兒子還這般小，讓她如何放得下心？便抬眼去看亓三郎。

亓三郎淡淡勾唇，說起明玥公主的事。「過幾日，姨母就要到了。派去迎的人，說是已至京都邊界。」

明鈺公主點頭。

上回派人去查，才知明玥公主大病一場，歸根結柢，還是因為京都接連發生的大事。她本已把自己當成方外人，不想沾染，可到底心有牽掛，免不了思慮。得到太子謀逆的消息後，令她本就因憂思過重而虛弱的身子，終是不支而倒下去。病來得極快極險，差點沒要了她的性命。可即便如此，她也強忍著，未讓人傳出一點消息。

明鈺公主知情後，去信將她好生說了一通。這次待她回京，無論如何都不會再放人走了。

她想著，看向佟析秋道：「如今哥兒跟姊兒都大了，可得抓緊了。」

抓緊？佟析秋疑惑。

亓三郎卻笑得和煦。「母親放心，兒子明白。」

明鈺公主見狀，欣慰地點頭。

佟析秋回過神，完全傻了。

眾人散後，回衡璽苑的路上，佟析秋忍不住說了亓三郎。

亓三郎單手抱著女兒，牽住她問：「妳想讓朝哥兒早早進宮？」

這不是廢話嗎？佟析秋沒好氣地白他一眼，她巴不得朝哥兒天天都在身邊呢。

見妻子瞪眼，亓三郎輕笑出聲。「既如此，懷子便是唯一的藉口了。」說著，衝她附耳低語。「想來皇上定會體恤的。」

佟析秋無語，只覺他好生無賴。可若不這樣，那朝哥兒……

佟析秋轉眼看向後面被奶娘抱著的兒子，他咿咿呀呀地唱得正開心，見娘瞧他，立時朝娘伸手，嫩白小臉上還有著淺淺痘印。

佟析秋笑著，自奶娘手中抱過兒子。

生就生吧，先糊弄一年再說……

十月初九，下了鵝毛大雪。

佟析秋將一雙兒女放在府中，命樺容姊妹和蕭衛留下看護，便領著綠蕪跟紅絹，隨亓三郎並明鈺公主，去了京都外的十里亭。

寒風瑟瑟，一行人在亭中等了近兩個時辰，才終在巳時等來四輛馬車，便快步出了亭子，對駕車的女子問了幾句。

待看到一雙素手從車中伸出，明鈺公主立即淚流滿面地迎上前。待人下了車，她便一把抱住，痛哭不已。

明玥公主拿妹妹沒辦法，也禁不住紅了眼眶。

等亓三郎夫妻與她見過禮後，明鈺公主才終於止住哭泣，簡單說了幾句，因著天冷，便又催明玥公主快回馬車上暖著。

待一行人向車子走去時，卻聽後面有人喊道：「妳是……佟析秋？」

佟析秋轉身，見是一名著錦緞襖裙的婦人。

婦人看她發愣，趕緊上前，笑道：「還真是析秋啊！妳可還記得我？」

佟析秋憶起舊事，淡淡笑道：「林大娘。」

佟氏聽了，立時眉開眼笑，要過來拉她，卻被綠蕪不動聲色地擋下。「少奶奶，爺喚妳快快上車呢。」

「嗯。」佟析秋對佟氏點個頭後，便轉身向自家馬車走去。

佟氏看著那幾輛豪華馬車，不由瞇眼，隨即向自家的普通馬車走去。

佟析秋上了車，亓三郎臉色不太好看，拉著她道：「此人心地不善，不必多來往。」

「我知。」佟析秋笑著靠在他的肩頭。佟氏居然跟著明玥公主車後來，倒是讓她驚訝了下。

車行至城門，外面有小廝來報，說是林府接人，聽說他們在此，想當面道謝。

亓三郎聽後，便下車去。不過一盞茶工夫，便重回車上。

佟析秋趕緊幫他將落了雪的披風取下，見他烤手，就問：「是林潤生？」

「嗯。」感覺手沒了冷意，亓三郎才挨到佟析秋身邊坐下。「林家的馬在路上發狂，被姨母救下。因為都要上京，就讓一路同行了。」

佟析秋點頭，不再多問，靠在他的懷裡。

馬車進城後，因明玥公主得先回護國侯府，兩府便分道，暫且各回各府了。

第二日，明鈺公主早早就派人去護國侯府，準備把明玥公主接來。

孰料，明玥公主卻被皇后先一步宣進宮。明鈺公主心急，便換了命婦服，跟著去了。

佟析秋無事，便在暖閣陪一雙兒女玩耍。

佟析春跟佟硯青已回南寧正街，亓三郎為安妻子的心，偷偷給佟析春找了兩個會拳腳的婢女，又派了名暗衛前去護著。

彼時，佟析秋正想著佟析春的事，紅綃卻拿著一張拜帖進來，說是林府上門拜訪。

佟析秋聽罷，便命將人領進來，在偏廳接待。

佟氏比昨兒要精神不少，見到佟析秋，當即行了個不甚好看的禮。

佟析秋揮手讓她坐下，又喚婢女上茶。

佟氏像模像樣地喝了口茶，道：「昨兒就想來府上道謝，不想回去後已是傍晚，三少奶奶不會怪罪吧？」

佟析秋笑得高貴。「哪有怪罪之說？這事本與我們無關，該是姨母的功勞。」連道謝都能走錯門，看來是另有目的。

佟氏不甚在意，笑道：「一家人，上哪兒不都一樣？」

說著，她便打量起佟析秋，見她眉眼溫和、臉色紅潤，一身華服漂亮異常。聽說她是鎮國侯府以後唯一的女主子，還生了雙漂亮的龍鳳胎，連夫君都對她寵愛有加，當真是貴不可言。

想著以前對佟析秋的所作所為，佟氏暗生懊惱，怕她會記恨，便試探道：「當年我也是糊塗，被那些假傳言騙了。都說一筆寫不出兩個佟字，更何況我們還是親戚，三少奶奶是和善之人，應該不會怪罪我吧？」

「大娘也說是當年了。當年之事，我早已忘了。」佟析秋垂眸，不理她的攀親。說不記得，就是想提醒她如今兩人懸殊的身分。

佟氏愣了下，隨即尷尬地笑了笑。「不記得好啊。」說完，趁著喝茶的工夫，瞄了下屋裡的裝飾，見多寶槅上放著各式各樣的珍瓶、奇石之類，不免有些眼熱。

她原以為兒子在京做官，住的是上好的宅子，昨兒一去，也覺比鄉下好得多。孰料今兒坐馬車路過這權貴之街時，才知兒子那裡哪是富貴窩，不過是貧民窟罷了。

想著，她又笑著開口。「我記得析春也快十三了吧，好似是立春不久後生的。」

佟析秋勾唇輕笑，端盞看向她，見她一副不懂之樣地回視，就道了句。「正打算來年花朝節去相國寺走走呢。」

「女子滿了十三，該是訂親的時候了。」佟氏熱情道：「我家潤生也十七了，如今又在朝中辦事，正是前途似錦呢。」

綠蕪在一旁暗中撇嘴，這婦人當真聽不懂、看不懂不成？

「夫人，結親從來都是三媒六聘，門第、門楣啊，最是重要。妳要真看上哪家姑娘，該請媒人去說才是，哪有這樣大剌剌相問的？」

聽見綠蕪這話，佟氏心生幾分不滿，道：「我這不是在問嗎？真要成了，別說什麼三媒六聘，就是要我全部家產，也是成的。」

妳能有多少家產？綠蕪再次撇嘴，卻識趣地不再開口。

佟析秋淡笑地放了茶盞。「這事不急，我想多留她幾年。」

林潤生來年就十八了，再不成親，就是大齡青年。佟析春來年才十三，等得起。

佟氏有些急。「也不是這麼說。女子大了，就該留成愁了。」

「這就不勞大娘費心了。」這般直白的拒意，佟氏若還聽不出來，就真是愚蠢了。

佟氏來氣，道了句。「看來是我們門楣低了。三少奶奶想找個門當戶對的。」

佟析秋不理會她的諷刺，再度端盞，見佟氏仍當作未看到，便無奈地給綠蕪使眼色。

綠蕪會意，對佟氏道：「這個時辰，姑娘該醒了。少奶奶可要去看看？」

佟析秋點頭，對佟氏抱歉地笑笑。

連頓飯都不留嗎？佟氏青了臉，卻不敢發火，起身道：「不打擾了，我這就走。」

佟析秋聽了，對外喚道：「紅絹，送送林夫人。」

紅絹應下，帶佟氏出去了。

當天下午，明玥公主終是被明鈺公主纏進府，且讓佟析秋抱孩子前去。

明玥公主一見到兩個小傢伙，連連驚嘆，輪番抱起逗弄，命人將她備的東西拿出來。

看兩個孩子不僅面相不同，性子也截然相反，不由羨慕地對明鈺公主嘆道：「還是妳最有福氣。」

明鈺公主欣然同意。這對孫子、孫女，可是連皇兄跟皇嫂都喜歡得不行呢。

晚間，全府給明玥公主接風洗塵。

飯後，明鈺公主便拋了鎮國侯，拉著明玥公主的手，一同去給她備的蓮香院住下了。

翌日，明玥公主來衡璽苑。除逗弄朝哥兒兄妹外，還拿來與佟析秋合作的帳簿。

「這是近兩年來繡鋪的利潤，都記在上面了，可要看看？」

佟析秋笑著推回去。「我自是相信姨母。」

明玥公主點頭，又跟朝哥兒他們玩了一會兒，就被明鈺公主拉了去。

佟析秋失笑地送走姊妹倆，頓覺將來佟析春可不能嫁得遠，不然像明鈺公主她們那樣，真真是難受得緊。

下午，亓三郎回府，問佟析秋，昨兒可有什麼事？

佟析秋聞言，訝異地看他。「夫君這話是何意？」

原來昨兒佟氏回去後，發了好大一頓脾氣，說佟析秋慣會裝大，以前也是泥腿子，現在就看不上泥腿子了。還親戚呢，說話愛搭不理，一點都不懂得尊重長輩。

林潤生驚訝，沒想到老娘居然會去找佟析秋，幾番詢問，知佟氏竟還有結親的意思。

佟氏一邊跟兒子說著，一邊連連呸道：「要不是看她如今好了，我能忍她？當初跟著亓三郎，可是無媒苟合，也不怕傳出去不好聽？」

林潤生一聽，當即嚇出一身冷汗，對著自家母親嚴肅道：「娘，妳若再亂說話，屆時休怪兒子送妳回鄉。」如今的佟析秋豈是他們能說的，還當人家是當年的小丫頭不成？

他話落，即惹來佟氏的不滿，對他唸叨一陣，繼續對佟析秋嘲諷不已。

最後，林潤生實在無法，便找自家父親去勸說。

林父知道輕重，亦對自家婆娘的蠻橫不喜，直說會好好訓她一頓，不讓她胡言亂語。

不過，林父也勸兒子。「其實你娘是好意，要是跟侯府結了親，於你也有利。再說，你為人如何，那丫頭最清楚。若是好生說說，不定能成呢？你如今在京都做事，若沒個可依傍的親戚，多少會被人欺了生。」

林潤生聽了，心中不是沒有想法，可想到如今的佟析秋，就覺她已然變得太多，眼神仍舊清明，卻早已被睿智沈澱。

能在侯府屹立到最後，豈是好說話的人？何況他的母親……

林潤生嘆口氣，只讓父親先去勸母親。而他想好措詞後，第二天便去跟亓三郎道歉。

「他過來時，我見他誠意尚可，便跟著多聊兩句。言語間，他倒是有想結親的意思，不過也知自己母親的作為，遂作罷了。」

佟析秋點頭，看著亓三郎笑道：「夫君可是覺得他人好，就該試試？」

亓三郎並不否認。「可讓其母回鄉靜養。」

佟析秋搖頭失笑。回鄉靜養？好不容易從鄉下進城，讓她再回去挑大糞，不是要她的命嗎？

亓三郎見狀，便也明白，不再多說，只摟著她，與她靜靜看著在炕上鬧騰的兄妹倆。

第一百一十四章 婚事

佟氏的事情過後，佟析秋便拉著佟析春，去了幾次高門宴會。

雖有不少夫人看中佟析春的才情樣貌，可佟析秋不是覺得人家家裡太過複雜，就是人丁單薄，人品不行。

這樣挑挑揀揀，十一月時，她又帶著佟析春去了一名大儒府中，給他母親過生辰。彼時，佟析秋向相熟的夫人們招呼後，竟看到一張陌生的夫人面孔，悄悄打聽才知，原來是京都的清流人家，丈夫死了三年多，因平日深居簡出，甚少在貴人圈子中走動。

如今為何又開始出門，有人說這夫人身子不好，想趁還硬朗時，給兒子尋門好親事。也有夫人說，她兒子丁憂三年，如今年滿十六還未訂親，雖有舉子身分，家中也清白，可家底到底單薄了些。

有些高門夫人有意用庶女與他們結親，可那周夫人也是個傲的，表明意在嫡女，是以京中貴婦皆不願與之結親了。

佟析秋一聽，兩眼立即放光，便拉著佟析春跟那位周夫人說了幾句。

周夫人雖看著清瘦，為人卻很和善，說話間，更有意看了佟析春好幾眼，最後還招手讓佟析春近前，拉著她的手問：「倒是長得極標緻，可學過認字？」

「回夫人的話，有跟著弟弟學過幾個，卻是認得不全。」佟析春害羞地紅了臉，不敢抬頭。

佟析秋在一旁聽了，趕緊道：「她一直跟我學管家，如今南寧正街府裡的中饋，全是她在安排呢。」

周夫人聞言，眼睛亮了一瞬，想也不想，就從手腕取下一對絞絲金鐲。「果然是個好的。」說罷，拍著佟析春的手，把鐲子套上去。

佟析春羞極，佟析秋卻未顧及她，又與周夫人聊著，希望哪天她能進府一敘。

周夫人自是明白話中涵義，遂允了，訂在亓三郎休沐那日去侯府。

十一月底，是周夫人上門的日子。

其間，佟析秋早請亓三郎幫著去打聽，得知周世賓為人耿直溫和，不但年歲輕輕就中了舉人，更重要的是，周家幾代以來，不僅人口簡單，且還有甚嚴的家規，男兒娶妻，不得隨意納妾。若年滿三十，髮妻無子，方可納得一妾。

對於這一點，佟析秋相當滿意，但讓她更為滿意的，就是周世賓雖已年滿十六，卻未有通房。

亓三郎見她眉開眼笑，恨不得立刻把佟析春嫁出去，不由好笑地摸摸她的腦袋。「先讓析春看過人家再說吧。」

佟析秋點頭，不過仍覺這門親事已是極好了。

待府中下人來報周夫人跟周公子到時，佟析秋便讓佟析春藏到屏風後面。她則跟亓三郎親自在偏廳接待他們。

佟析秋見周世賓長得白白淨淨，甚是儒雅清俊，不由將心中八分滿意直接變為十分。

周世賓行完禮，正經地立回周夫人身旁。目不斜視，且眼神透澈，讓佟析秋對他的好感又上升不少。

亓三郎見差不多了，就起身將周世賓領去前院。

佟析秋則對周夫人點頭，邀她去暖閣，喚人將一雙兒女抱出來。

周夫人一見到朝哥兒兄妹，眼中即羨慕不已，暗暗決定要將佟析春正式定下。

是以，這日午飯後，兩家就互換信物。佟析春又送了件自己繡的雙色荷包給周夫人。

周夫人看那針線，對佟析春的滿意又增幾分，當場取下傳家玉珮遞與她。「這是賓兒他祖母傳給我的，只傳周家媳婦，妳可得好生收好了。」

「是。」佟析春紅著臉，低眸接過。

見她知禮，周夫人更是滿意地點點頭。

待送走周夫人，佟析秋問佟析春，可有看清周世賓的模樣？

佟析春聽了這話，小女兒羞樣畢現，低眸緊捏著絹帕不語，扭扭捏捏，讓佟析秋瞬間明白地笑了起來。

待送佟析春回到偏院，等亓三郎歸來，佟析秋趕緊向他打探周世賓的談吐如何。

亓三郎沈吟地點頭。「倒是極佳。學識跟見解都有獨到看法，為人處世也還算圓滑。」

佟析秋點頭，想著要不要畫張佟析春的畫像給他？畢竟只有佟析春看過他，不知他滿不滿意佟析春。

亓三郎當即阻了她，說這樣於禮不合，反而會讓周家看輕佟析春。

佟析秋聞言，遂作罷了。

不久，周家請官媒上府提親。

兩家都有意，交換庚帖後，就把日子訂在佟析春及笄後的下個月。往後兩年裡，佟析春便只能待在深閨繡嫁妝了。

佟析秋盤算，多開一家芽菜鋪子，到時將新店交由佟析春打理，算是她嫁妝的一部分。

至於明子煜的分成，那廝久未來府，她讓亓三郎拿著銀票去問，結果被全數退回，說是讓她留著就成，不過鋪子還是由他鎮著，讓佟析秋只管放心，大膽地開。

佟析秋無法，只得扯著這張大旗，繼續為自己謀福利了……

小年這天，芽菜鋪子的分店在京都城外的繁華地帶正式開張。

彼時，佟析秋找林貴幫著買來不少老實下人，並將他的孫輩徹底去除奴籍。

這一天，林貴攜全家過來，萬分感激地磕了頭。

佟析秋也給了許諾，若他孫子是個讀書的料，屆時會幫忙尋著好的學堂，讓林貴一家人更是感激，在幫佟析春調教下人時，更加賣力起來。

轉眼間，離過年沒剩幾天了。

這日，蕭衛終於扭扭捏捏地請亓三郎說情，想娶了綠蕪。

不過，佟析秋對他不敢來找自己開口的做法，很是來氣，故意跟綠蕪說，她看中一個管事，能幹可靠，嘴還能說，若是願意，馬上就將那管事招進來，給她說親。

綠蕪一聽，立刻急了，以為佟析秋不懂她的心意，正欲辯時，卻見佟析秋給她打眼色，當即明白，點頭後悽苦地道：「但憑少奶奶作主。」

不想，她話落，在院外樹上偷聽的蕭衛馬上飛身而下，跪在院裡道：「少奶奶，屬下想請少奶奶作主，將綠蕪許配給屬下！」

綠蕪聽得羞澀難當，佟析秋則手摸鐲子，促狹地問：「不躲了？」

「不躲了。」

「不扭捏了？」

「不扭捏了！」

「那好吧！」佟析秋拍手。「屆時我把身契交給綠蕪，你們自行選個日子成親吧。」

「多謝少奶奶！」蕭衛磕頭，大聲道謝。

綠蕪卻含淚對佟析秋道：「少奶奶，婢子、婢子想給妳做管事嬤嬤。」成親就得放出府，以後再想進府，可就難了。何況蕭衛還會繼續在府裡當職，她有些捨不得呢。

佟析秋聞言，認真地看著她。「可是想好了？」

綠蕪點頭，跪下給她磕頭。「屆時婢子成親，還請少奶奶暫且忍耐幾天，待婢子新婚後，就會進府來當管事嬤嬤。」

這下，蕭衛聽得有些不是滋味了。若綠蕪不願脫籍，到時給他生的兒子還會是奴籍，讓他有些在意。

佟析秋命綠蕪起身，嘆道：「妳若要留，便留下吧。身契還是給妳，待有了孩子後，妳再來決定要不要繼續留在我身邊吧。」

「多謝少奶奶！」不待綠蕪反駁，蕭衛再次大聲地道謝。

綠蕪無奈，卻對佟析秋輕輕一福。「即便婢子留著身契，也斷不會做背主之人。」

「我信！」佟析秋笑道。綠蕪曾拚死守過衡蘁苑，無須懷疑。她能做到不背叛，那她亦能將她當成姊妹看。

年尾，綠蕪的親事定下來。只待年節一過，就要正式出閣。

消息一散出去，府中與綠蕪交好的姊妹爭相前來賀喜，待得知佟析秋已將身契還給她，更是羨慕不已。

轉眼間，就到了過年的日子。

鎮國侯府送完節禮，又得了不少賀禮，其中有一份是來自淮縣佟硯墨的。

綠蕪取來禮單，還附了封信。

佟析秋接信看過，得知佟析玉嫁給當地的鄉紳，雖不很富裕，卻溫飽有餘。但信裡對此事只略略提了幾筆，不知是不想多提，怕她看得不舒服，還是佟析玉已磨盡佟硯墨最後一點親情。

佟析秋收了信，目光在炕上玩得不亦樂乎的兒女身上停留許久。

「在想什麼？」不知何時進來的亓三郎，悄然走到炕邊，附耳問她。

佟析秋轉眸與他對視，笑得明媚。「想我如今是否幸福。」

「哦？」亓三郎挑眉上炕，見小女兒爬來，便抱起她，狀似不在意地問：「那妳可幸福？」

佟析秋溫笑地點頭，她很幸福，心裡如蜜般甜。

亓三郎掂著小女兒的手，不覺勾起了薄唇。見妻子伸手將兒子抱在懷中，便溫柔地伸出大掌。

佟析秋見狀，抱好兒子，亦伸出纖手。

兩人十指交叉，相視而笑，只覺幸福已在不言中……

——全書完

番外（一）

五年後

冬雪初下，寒梅吐蕊，京都各大世家因此紛紛忙碌起來。

鎮國侯府領頭辦了場賞梅宴後，各府回訪的帖子紛紛而來。如今已貴為世子夫人的佟析秋，為了應酬，更是裡裡外外地轉著。好不容易有了空閒，卻遇上離京多年的佟硯墨回京述職，又忙著準備接待他。

一大早，她早早發完對牌，回到內院時，小兒子辰哥兒剛剛醒來，正鬧著脾氣。旁邊的曦姊兒不緊不慢地吃著茶，朝哥兒更是可惡地拿了兩團棉花，直接塞進耳朵。紅綃帶著其他婢女，正手忙腳亂地抱著哭得萬分傷心的辰哥兒，不斷哄著。聽外面報少奶奶來了，趕緊伸出食指，在嘴邊噓了聲。

佟析秋由綠蕪扶著上了臺階，聽著房裡的吵鬧，頓覺頭疼不已。

下人掀簾，她剛步進屋子，隔著屏風看到她身影的小人兒，立時又放聲大哭起來。

「哇哇……娘！」

「又怎麼了？」佟析秋轉過屏風，掃了眼坐在榻上的兒女，見小兒子伸手索抱，趕緊上前將他抱在懷裡。「都多大的人了，怎麼還這般嬌氣？不要以為爹爹有事出遠門，就沒人管你啊！」

像粉糰子一樣的辰哥兒用手不停抹著眼睛，委屈地將小腦袋朝母親胸前拱著，感受母親溫柔的手掌慢慢拍著他的背，哭聲逐漸停止下來。

待哭聲一停，他便伸手指了兄姊告狀。「大哥跟二姊壞！」

佟析秋順著他指的方向看去，見兩小兒一動不動，似沒聽到般，不由咦了聲。

「這裡，這裡！」見母親疑惑，辰哥兒趕緊用手指了耳朵一下。

佟析秋明瞭，再次看向兩小兒，見曦姊兒對上自家母親的眼光時，將茶盞放下，手向耳朵一摳，兩團棉花立時掉出來。

一旁的朝哥兒見狀，有樣學樣，將兩團棉花摳出來，還很可惡地來了句。「哭得跟殺豬似的，吵得我耳朵都聾了。」

「胡說！你有聽過殺豬叫嗎？」曦姊兒不屑地給他一記白眼。

朝哥兒聽罷，嘿嘿一笑。「去歲冬天去莊子玩時，有見過他們殺肥豬，就跟這哭聲挺像的。」

「朝哥兒！」佟析秋哭笑不得地虎了臉，對著比女孩還要美上三分的大兒子斥道：「有你這般說自家弟弟的嗎？」

朝哥兒攤手，摸著頭頂的小玉冠，道：「都多大了，誰讓他這般愛哭？小爺每天天不亮就得起床進宮伴讀，好不容易休上一天，還得聽他鬧，妳說我容易嗎？」

佟析秋語塞，曦姊兒卻毫不客氣地駁道：「你怎麼不容易了？宮裡的宮女都讓你調戲了遍，前兒還領著太子殿下偷看宮女換衣，可沒少讓皇后娘娘記恨你，要不是祖母與太上皇護著，你還能在這裡瀟灑？」

「哼，小爺才不怕她呢，要是趁此剝了小爺的伴讀之職更好，這樣一來，我就能天天睡大覺，看美人了。」

見兩人越說越沒規矩，佟析秋不由喝道：「這話可不能再亂說了！還有朝哥兒，你從哪兒學的小爺？小小年紀，盡說些胡話，要是將來壞了名聲，有哪家小閨女肯嫁你？」

「美人兒多得是，我為何要娶那些嬌滴滴的母老虎？」他才不想像爹爹一樣呢，連個小妾也沒有，成天得看母親的臉色，受她管著，光想都覺得好生可怕！

佟析秋被他氣得半天說不出話，曦姊兒見狀，毫無淑女形象地跳下地，走到她身邊，小大人般地拍拍她的腰，嚴肅地哼道：「瞧瞧妳生的兒子，將來必是一紈袴！」末了，不忘嘆息了聲。「唉，不知要毀了多少良家婦女啊！」

她說罷，逕自出了門，徒留氣結的佟析秋，半天緩不過神來。

吃罷早飯，佟析秋領著整裝一新的三個兒女，去清漪苑給明鈺公主與鎮國侯請安。得知朝哥兒要隨她去城外接佟硯墨，向來寶貝孫子的明鈺公主，當下臉上就有了幾分不滿。「天寒地凍的，妳與妳弟、妹前去便可，何苦拉著孩子受罪？如今京都可有不少孩子因天冷而受寒了呢。」

佟析秋笑笑，沒有說話，知她只是抱怨而已。

佟硯墨兩任政績都評了優，如今新皇登基不久，根基雖算穩固，可後起的世家大族也有漸漸露頭的跡象，正是新皇培養心腹的時候。

佟硯墨是個難得的明白人，外放之地雖不是很好，這幾年功績卻做得很不錯，不靠侯府庇蔭，獨闖出一片天，可想而知，是個不可多得的人才。

鎮國侯府是直屬皇帝，佟硯墨又與侯府有來往，退一步講，作為他現在在京都唯一的親人，若不去接他，多少會讓上層貴人圈子傳出不好的流言。既然要去接，自然就要拿出誠意。亓三郎因差事去了外地，由長子朝哥兒陪著前去，顯得正式些。

明鈺公主抱怨完，對佟析秋揮揮手。「早去早回，讓下人把車子烘暖一點，別凍著朝哥兒。」

「兒媳知道了。」

佟析秋福身，給朝哥兒打個眼色，才見他懶洋洋地從明鈺公主身邊扭出來。

「那孫兒隨娘親去了。」

明鈺公主一臉慈愛地應了，抱著辰哥兒的鎮國侯很無語地看她一眼，再看向朝哥兒，失望地搖搖頭。

辰哥兒見他搖頭，乖巧地歪頭問了聲。「祖父，您怎麼了？」

「無事。」鎮國侯逸出沈沈冷冷的聲音，再看懷中乖巧異常的辰哥兒，頓覺慶幸，道了句。「等會兒隨祖父去打拳如何？」

「好啊！」

「打什麼拳，辰哥兒如今才多大？好不容易三郎辦差去了，能寬鬆幾天，你怎能趁火打劫？」

對於明鈺公主的護意加敵意，鎮國侯不由蹙了眉。「如何就成了趁火打劫？這詞是如何用的？」

「就是這般用的！怎麼，鎮國侯還想管本宮如何說話不成？還是，你在間接說本宮沒教養？」顯然明鈺公主今兒心氣不順，想找個替死鬼出氣。

鎮國侯聽了這話，沈下臉。「真是不可理喻！」

眼看兩人要開戰，佟析秋趕緊拉著大兒子，快快退出去。

才剛出屋呢，果然，裡屋一聲嬌喝高起。「是啊，本宮就是不可理喻！怎麼了？我不可理喻是我的事，有求著你來聽嗎？亓無愎……」

母子倆匆匆擦著冷汗，遠離是非之地，走到轉角，身後又響起嬌喊。「等等！」是一身藕荷色束身小襖的曦姊兒。

「怎麼了？」

曦姊兒面無表情地快步過來。「我隨你們一塊兒去。」

朝哥兒不解地看她。「妳又不是長男，去做什麼？」他想留下還不成呢，她怎地就這麼熱心了？

曦姊兒無語地瞪他一眼，直接走到母親身邊。「吵得耳朵疼，我寧願去吹冷風。」

「不會享受！」朝哥兒也瞪她一眼。嫌吵，難道不知去別院待著？侯府這麼大，誰敢管她在哪裡待？

似看出他的想法般，曦姊兒再次拍拍佟析秋。「妳兒子沒救了，不但會成紈袴，還是個不孝子。」老人家吵架不勸，淨想著躲，可見是個不孝的！

佟析秋無語，看她一本正經的模樣，不知怎的，想起她從小到大不管與朝哥兒有怎樣的磨擦，都是不鬧不爭，除此之外，她雖不排斥小兒的遊戲或女紅，卻常常不是一副鄙夷樣，就是不屑至極。

想到這裡，佟析秋的腦袋轟的一聲，低頭看向女兒時，雙眼恨不得黏在她臉上，驚道：「曦姊兒，妳是不是來自異世界？」不然的話，為何成天一副小大人模樣，從來不哭不鬧，還愛對她說教！這不是未滿六歲孩子該有的樣子。既如此，就只有一種可能了。

結果，兩小兒異口同聲地問她。「什麼是異世界？」

佟析秋見狀，看兩個孩子臉上的表情幾乎一模一樣，不由氣餒地低頭。

「沒事。走吧！」可能真是她多心了。

朝哥兒小時候雖愛鬧愛哭，可現在說話不也跟曦姊兒一樣，小大人似的，差點沒氣死她？或許，古代真有這樣早熟的孩子呢。

曦姊兒見自家娘親突然沒了精神，眼神不由閃了下，癟嘴道：「真是的，不知妳成天在想什麼。」說罷，甩下兩人，快步向前行去。

朝哥兒見狀，跟著點點頭。「就是！」

佟析秋。「……」

馬車先去南寧正街接佟硯青。

如今已十四的佟硯青早已長成一位翩翩美少年。七尺有餘的瘦高身材，再配上白淨俊俏的臉，一雙流光鳳眼，早已聞名京都，成了四大風流才子之一。

見到來接的車子，他抖抖一身寬大的藍色衣袍，也不坐馬車，直接騎上棗紅駿馬。

朝哥兒掀簾看了一眼，見馬上之人丰神俊朗、氣度不凡，酸溜溜地來了句。「舅舅，你扮得這麼俊朗，是想迷倒哪家閨女不成？」

佟析秋聞言，沒好氣地拍了他白淨的額頭一下。「怎麼說話的？」

朝哥兒不服氣，哼唧了聲。「本來就是嘛！」舅舅因一幅畫就躋身京都四大才子的名頭，根本沒有其他墨水嘛。哪像他，不但會畫，還會作詩呢。要不是年紀小，又被爹爹壓著，怎麼也能混個京都第一吧？京都第一的名頭，能招來多少美人兒啊。

佟析秋見他那副搖頭的可惜樣，不由好氣又好笑。

馬上的佟硯青卻對他的話哈哈一笑。「我可不想迷倒哪家閨女，我另有鴻圖呢！」

「什麼鴻圖？」

這回連曦姊兒也來了興趣，伸長脖子看他，好奇連科舉都不願考的舅舅有什麼想法。

車裡的佟析秋卻是無聲地皺了下眉。

她沒忘記佟硯青小時的夢想，雖說如此，可這般多年過去了，她的心中開始動搖。在這個時代，成婚生娃都是很早的，若真是三十歲後再成婚，還能娶著清白的閨女嗎？

想著，佟析秋不覺朝外喚了聲。「硯青！」

「二姊，快走吧！三姊說不定在等我們了呢！」不知是不是猜到她的心思，佟硯青出聲打斷後，一馬當先地奔去。

佟析秋見狀，只好壓下話頭，吩咐馬車快些。

去周家接佟析春時，卻發現她已有了兩月的身孕。為怕天寒地凍傷了身子，佟析秋也不勉強，叮囑她幾句後，便與佟硯青並一雙兒女向城外的十里亭出發。

到了十里亭，至巳時一刻時，才終是看到一輛簡行馬車出現在冰天雪地裡。

綠蕪打發人去問問，確定是佟硯墨後，佟析秋才讓一雙兒女裹得嚴嚴實實地隨她下車。

對面的馬車也剛好停了，佟硯墨著一身墨色儒生袍從車上躍下，看到佟析秋時，快步踱過來，便先行了一禮。「堂姊！」

佟析秋點頭，佟硯青亦跟著行禮。「堂哥！」

「硯墨舅舅！」朝哥兒與曦姊兒在大人們問候完，才有禮地上前問好。

佟硯墨看到他們，有瞬間的驚愣，不過隨即恍然，看向佟析秋道：「都這般大了？」

佟析秋笑著點頭。「家裡還有一個呢，已經三歲了。」

佟硯墨聽罷，感慨道：「一別六年，想來變化不少。」

佟析秋笑而不語，眼神不經意朝他身後看了一眼。

漫天飛雪中，一個八、九歲左右的女孩兒正怯怯地站在他們與車行中間，不敢上前也不敢後退的模樣，令人看得生憐。

佟析秋認真打量那女孩一眼，感覺她的眉目有幾分眼熟。

佟硯青亦訝異地睜大鳳眼，因那女孩的眉目跟他好生相似。

「這，這是……」他轉頭看向佟硯墨。

佟硯墨見狀，隨他們的目光看去，不由扯了絲苦笑，揮手讓女孩走近。

女孩見狀，長長鳳眼再次怯怯地看了幾人一眼，才猶豫著，慢慢朝他們走來。

朝哥兒看著走近的女孩，用手戳了下曦姊兒，見妹妹不耐地瞥他一眼，就用嘴向不敢抬頭的女孩努了努。

曦姊兒給他一個無聊的眼神，自是知他要問什麼。

那女孩兒黃黃瘦瘦，卻穿著一身細緻緞襖，怎麼看怎麼怪異。不過看她有幾分像硯青舅舅，該有血緣才是，難不成是硯墨舅舅的……

曦姊兒轉頭看佟硯墨，雖覺按這個時代，他也該到了有子女的年紀，可這般大，好像不太可能。

在兩小兒眉來眼去地猜著女孩兒的身分時，佟硯墨卻給出了答案。

「這次來時，我經過孟縣，順道去看了祖母。」

佟析秋與佟硯青聽罷，明瞭地點點頭。「所以這是……珍兒？」

珍兒兩字出口，女孩兒瞬間怯怯地抬眼，又飛快地低頭。

佟硯墨溫柔地摸摸她的小腦袋。「這是我堂姊，也是妳的二姊。不，確切地說，該是三姊才是。」有些尷尬。

佟析秋不在意地揮揮手。「叫二姊便可。」說完，又看向佟硯墨。知她想問什麼，佟硯墨咳了聲，道：「此事說來話長，可否待回城再議？」這裡確實不是說話的地方，佟析秋聞言，命人領了兩小兒上車，轉身要走時，又回頭看了佟珍兒一眼，想了想，問道：「不如讓珍兒跟我們同輛車？」

佟珍兒聽罷，嚇得立即往佟硯墨身後躲。

佟析秋見狀，也不逼迫，上了自家馬車。

佟析秋在朝哥兒不斷的發問聲中回到侯府，在前院與佟硯墨分開時，佟珍兒有些不願去後院。直到佟硯墨在她耳邊小聲說了幾句，她才慢慢走到佟析秋身邊。

回到衡璽苑後，佟析秋便先讓綠蕪帶佟珍兒去客房休息。

朝哥兒則懶洋洋地聳了下小肩膀，便喚著曦姊兒一同回院。「娘，我們不去主屋了，等會兒吃午飯時，若要我去前院，就差人來說一聲。」

佟析秋點頭，囑咐兩句後，便由紅綃扶著回了屋。

不想，她才換好衣裳，綠蕪便匆匆走進來。「夫人！」

佟析秋正歪在炕上，緩緩睜了眼問：「怎麼了？」

綠蕪近前，小聲低語兩句，佟析秋不可置信，起了身。「當真？」

綠蕪點頭，臉上露出幾分憐憫。「脖子以下幾乎沒了好地兒，舊痕新傷相互交錯，以後怕是會留疤了。」
佟析秋眯眼，令紅絹近前。「家中可還有消痕用的藥膏？」
紅絹想了下，回道：「庫房還有兩盒，是年前賞下的西域供品，說是對消痕極為有效。」
佟析秋輕嗯，吩咐道：「且去拿來，派人給那孩子抹上。」
「夫人！」紅絹有些不願。
那孩子的父母與祖母都不是什麼好人，如今雖說入土的入土，無用的無用，可也不值當這般對待吧？那是御賜之物，總共就進貢四盒，兩盒在宮裡，兩盒給了侯府，是千金都難買到的珍貴之物呢。
佟析秋淡掃她一眼。「幼子無辜。」說罷揮手。「快去吧！」
「是！」雖不甘願，紅絹卻依言退下。
午飯時，佟析秋命大廚房加了幾道菜，知佟硯墨尚未安頓好，就在各自院中吃了。
午歇後，佟硯墨與佟硯青來後院，佟析秋領他們去給鎮國侯與明鈺公主請完安，便再次回了衡璽苑。
彼時，花廳裡，幾人說起佟珍兒的事，佟硯墨只道是事出偶然。
「虧得去了，不然那丫頭怕是……」說著，他搖頭嘆了聲。「想來她身上的傷，堂姊已經知道了吧。」

見佟析秋點頭，他又道：「當時路過孟縣，娘便有意去看看祖母。」至於為什麼去，在座的人心知肚明。

說起當時的情景，佟硯墨臉上帶著一絲憐憫。「祖母拿著手臂粗的棒子，不停打著珍兒，那孩子也是個老實的，竟不躲不藏，就那樣倒在雪地上任她打。鄰里之人圍得裡三層、外三層，馬車進不去，只能停在外面尋人問了問。」這一問，才知佟珍兒挨打早已是家常便飯。

由於流放，佟析秋命人買的宅子不能住，祖孫倆被遣到鄰郊，雖有租子收著，不愁吃穿。可幾年的養尊處優，讓朱氏再吃不了半分苦，沒有餘錢享受，佟珍兒自會跑會說話起，就成了朱氏呼來喝去的奴才。

當初為了榮華富貴，朱氏連親生的大兒子都能眼睜睜看著被二兒子弄死，更別說佟珍兒這個沒多大用處的棄子了。

在京都時，朱氏雖過著好日子，可也沒少看王氏的臉色，再加上仰他人鼻息，使朱氏對王氏所生的女兒沒有半點好感，反而惱恨不已。

「那天，好似因炭未燒好，煙燻著祖母的眼睛，便以不孝的名頭，將她毒打一頓。當時她的棉襖都被打破了，還吐了血，眼看著要出人命，我不好再當看不見。」

佟硯墨現身後，朱氏看到他們，愣怔好一會兒，直到佟硯墨給她行禮，才欣喜若狂。

朱氏鬆了手，佟硯墨與劉氏隨她進屋時，就安排下人趕緊將佟珍兒扶起，再叫人請大夫來看。

結果，大夫說，若不是救得及時，小丫頭傷勢過重，怕是小命要沒了。

朱氏聽了這話，雖有些尷尬，面上卻無半分悔意，淡然冷漠的態度，讓劉氏想起當初被送去庵堂後受到的種種折磨。

劉氏憶起過往，非常激動，眼神恨不得將朱氏生吞活剝。

朱氏被她狠瞪，嚇得不輕，口中高聲大喝，又說一大堆理直氣壯的話。末了，更是指責他們不孝，把老人丟在鄉下吃苦，不聞不問。

聽到這種無理取鬧的話，佟硯墨當即黑了臉，劉氏雖聽不見，可見到朱氏趾高氣揚的態度，就知沒了好話，當即扛起凳子，狠狠朝朱氏砸去。

「祖母大概沒想到娘會這般，還來不及叫喚，就暈了過去。」

佟硯墨說得嘴乾，喝口茶水潤喉，才繼續道：「這一暈，待再醒來，身子就不能動了。找大夫瞧了，說是過激引起中風，癱了身子，下半輩子只能在炕上度過。

「這事兒引起騷動，我走了趟縣衙，幸虧那縣令與我同窗過，聽了緣由，只判了幾板子。娘為了賠罪，自願留下照顧祖母。」至於怎麼照顧，只有劉氏自己清楚了。

畢竟，朱氏癱在炕上，手不能動、口不能言，想讓她死去的法子可是不少。

佟析秋垂眸，不想再提那些恩恩怨怨。佟硯墨見狀，也識趣地止了話頭。

幾人便商量了洗塵宴，佟析秋想安排在明兒亓三郎回來後，一起大辦。

佟硯墨也覺可行，佟析秋便讓佟硯青住下來，由他暫時接待佟硯墨。

眾人又說了幾句閒話，見時辰差不多，便散了。

待送走兄弟倆，佟析秋理完府中事務後，喚人去客房將佟珍兒領過來，又讓一雙兒女在屋裡等著。

佟珍兒隨綠蕪怯怯地過來。為消除她的害怕，佟析秋從榻上下來，親自牽了她，向榻上走去。

待坐定，她的手輕撫小手上裂開的大口子，溫潤笑道：「能吃苦的女孩，都不會是壞的。」默默忍受承擔，是這個時代女子獨有的美德。

佟珍兒聽了這話，偷掀眼皮，見佟析秋笑得溫和，似陽光般照得她心間一暖，卻又有些害怕地縮了下脖子，回想起往昔被祖母打罵的情景，每每祖母處於瘋癲狀態時，就會高聲告訴她——

「妳是不是很恨我？是不是恨不得我死？我告訴妳，便是恨，也恨不著我！要恨，妳就去恨佟析秋，是那個小賤人害妳淪落至此，若不是她，妳現在會吃香喝辣地做著千金小姐。妳今天所承受的一切，都是那個小賤人給的……」

佟析秋感覺牽著的人抖了下，低眸看去，卻見佟珍兒猛地抬頭，暴紅充血的眼直勾勾地盯著她，令她愣了下，隨即漾開了笑，問道：「怎麼了？想到不好的事了？」說著，溫柔地伸手繞過她的肩膀，想把她攬過去。

佟珍兒對於佟析秋的攬抱有瞬間的僵直與抗拒，卻見她依然笑得暖如春風，眼裡的柔光混著疼惜，令她鼻子猛然一酸，身子瞬間鬆了，順著力道倒進那軟軟香香的懷抱。

看著懷中之人，佟析秋溫柔地揉了下她的小腦袋。「當年之事，有太多曲折。祖母流放時，我本有為妳們打點好，也招呼四鄰幫著看護。哪承想，流放之人竟不能居於城鎮，妳們被趕去郊外的事，並無人跟我提起。」

「我本想著，有那般多地，就算妳們不能富貴，下半輩子也該不愁。不想……」說著，她又嘆了聲。「是我失策了。」

見佟珍兒動了下，佟析秋不動聲色，繼續道：「待妳安頓好，完全適應後，妳若想聽，我會原原本本說出當年的真相。若妳聽完，心中還有存疑，長大之後，可自去打聽。這其間，我不會對妳做任何事，妳的衣食住行，都會依府中姑娘的慣例，不會偏頗。硯墨是親戚，又未成婚，妳只能寄住在我這裡了。」

話落，佟析秋拉起佟珍兒，看著她閃躲的目光問：「妳可願意？」

佟珍兒不知該往哪兒看，聽了這話，眼珠轉動，忍不住想去靠近那抹溫暖，遂抬眼與佟析秋對視，見她臉上看不出一絲一毫不耐與隱忍，秋水般的黑瞳清晰映著她的影子，耐心等她回答，令她覺得瞬間得到尊重。

「嗯。」佟珍兒幾不可聞地輕嗯，令佟析秋暗吁了口氣。

安撫好這邊，佟析秋又看著下首的一雙兒女道：「小姨與你們年紀相差不多，朝哥兒七歲後就得分去前院，是以我想讓她隨你們同住一院，好快快熟悉。可以嗎？」

朝哥兒點頭。「小姨這麼漂亮，我高興還來不及呢！」

「胡說什麼？」佟析秋瞪他一眼，見佟珍兒被說得紅了臉，趕緊轉頭去看曦姊兒。

曦姊兒也跟著點頭。「院子夠大，多個人與我說話也好。」

佟析秋見孩子們都同意了，招來綠蕪，吩咐佟珍兒往後的衣食住行。「明兒讓管針黹的娘子過來一趟，五妹今後的衣飾，皆按侯府嫡出姑娘的分例……」

她說得極其細緻，佟珍兒聽得一頭霧水的同時，心頭又止不住溢出一絲暖意。

待吩咐完這些，天色已暗了下來。

佟析秋見狀，便喚人去清漪苑將辰哥兒抱回來，又一番相認後，聚在一起用了晚飯。

飯後，將幾個孩子送去休息，又哄辰哥兒睡後，佟析秋才鬆口氣，歪在暖炕上，再不想起身。

綠蕪過來，見她已累極地睡去，便輕手輕腳去內室拿了條棉被給她蓋上，再出去時，見紅綃抬眼看來，比了個手勢，令她一同退出去。

——本篇完

番外（二）

偏院的內室裡，曦姊兒看著怯怯脫掉外衣的佟珍兒，走過去輕拍她。「不用這般拘謹。偏廂雖然收拾出來，可一直沒住人，得多暖上幾天才好。這些天妳要與我同吃同住，若一直這般，豈不是很累？」

佟珍兒點頭，有些臉紅地坐到床邊，小手摸了下絲緞被子。不想，因著手粗，似水光般滑順的被面，竟被她生生拉出好些絲線。

看著被刮壞的被面，佟珍兒慌了神。

曦姊兒脫掉外衣走來，見她手足無措，一副快哭的表情，趕緊順著她的目光看去。

曦姊兒蹙眉，一聲不響地上前，挨著佟珍兒坐下後，抓起她的手，仔細地看了看。

被曦姊兒嚴肅的臉色嚇到，佟珍兒抖著嗓音，想解釋。「我……我不是故意的……」

「妳等等。」曦姊兒並未把她的話聽進耳，放開她的手，起身往放置箱籠的暗格走去。

佟珍兒不知她意，紅著眼眶，很怕會迎來另一個噩夢。

正當她越想越心驚、越來越害怕地瑟縮身子時，曦姊兒快步出來了，手拿黑木雕花的盒子，邊走邊道：「這盒創生膏是太后娘娘賞我的，聽說對除疤、生肌、潤膚有極好的效果，妳上上看。」

曦姊兒說著，坐下打開藥盒，摳了點如玉般的藥膏，輕輕幫佟珍兒抹上。

藥一抹上，佟珍兒立時感覺到涼意迅速滲入裂開的傷口，低眸看去，見那塗了藥膏的地方明顯變得水潤不少。再看認真幫她上藥的曦姊兒，不知怎的，眼淚便滑落下來。

曦姊兒輕吹佟珍兒小手上的傷口，見她哭了，哭笑不得地找來絹帕，給她抹淚，問道：「怎麼了？難不成上藥時疼著了？」

不同於六歲小兒的關懷之語，令佟珍兒愣怔了下，隨即搖頭。

曦姊兒見狀，多多少少能明白她的心思，取回絹帕疊好，頭輕輕向佟珍兒小小的肩膀靠去。

「妳先別急著感動，待妳知道真相後，若還能這般，我們再做閨閣好友可好？」

被她靠得僵了身子的佟珍兒怔住，眼淚停在睫毛上一動不動，見曦姊兒正扯著嘴角與她對視，不由移了眼。

「真相？」那會是什麼？

佟珍兒腦中再度響起以往被祖母告知無數次的話。難道，她的遭遇真是那個溫婉如陽光般的婦人造成的？如果是，那她今後該怎麼辦呢？

曦姊兒起身，看著佟珍兒呆愣的表情，點頭笑道：「應該說，上輩的恩恩怨怨，讓妳淪落。可就算如此，我娘也萬沒想到，曾祖母竟是這般惡毒。」

佟珍兒聽罷，好奇地問道：「妳知道什麼嗎？」

曦姊兒歪頭一笑。「知道啊！」

「那，那……」可不可以告訴我？佟珍兒囁嚅地垂眸，扭著衣角，不知該不該相求。

正當她不知如何是好時，曦姊兒很爽朗地點頭應道：「可以！」

佟珍兒迅速抬頭，卻見曦姊兒伸了個懶腰，道：「今兒有些晚了，且等兩日吧。」說罷，收起藥膏，脫鞋上床，滾進被裡。

「妳也快上來吧，千金小姐的日子並不是那般好過的，明兒得早起呢。」

佟珍兒聞言，有些失落，緩緩脫了鞋子，越過曦姊兒，貼著牆壁僵直地躺下。

曦姊兒見狀，拿了床頭放著的扇子，衝高腳燭檯搧去。

燭滅，室內瞬間黑暗。

佟珍兒睜著眼，不敢多蓋被子，莫名顫抖，聽身邊翻動的聲音，連呼吸都放慢，變得小心翼翼。

「妳這樣，不怕著涼嗎？」

稚嫩嗓音突然傳來，全身僵直的佟珍兒還不待反應，身上即驀然一暖，原來是曦姊兒拉著被子，將她露在外面的身子蓋得嚴實。

「那個……」謝謝兩字，她實在出不了口。

曦姊兒在黑暗中搖搖頭，挽住她的胳膊。

「嘶……」小小痛呼逸出佟珍兒的嘴。

曦姊兒驚了下。「怎麼了？」

「沒……沒事。」

佟珍兒忍著傷痛搖頭，怎麼也捨不得讓那抹溫暖離開。「有些癢。」

曦姊兒輕笑，伸出小手放在她心窩的位置。「這裡，今後一定會暖的。」

佟珍兒愣住，心防瞬間裂開，似被注入一股溫暖的泉水，眼淚不斷湧出。

曦姊兒感受到她的異樣，輕嘆口氣，似說著誓言般道：「無論今後妳會變成何樣，我只盼著，和妳永不為敵。」

佟珍兒眨眼，感覺她的呼吸吹拂在手臂上，溫溫癢癢的感覺，令她捨不得移動。

曦姊兒是真正的千金之軀，非但沒有嫌棄她，還為她上藥，主動安慰她。這種溫暖，是她長到這般大來，從未有過的。

自她有記憶開始，每日裡只有砍柴、做飯、打掃，最大的溫暖，便是燒火時，火光透過灶口映著她的短暫剎那。

想著幾天前住過的冰冷草屋，她再不想棄了這份溫暖。

她想有能談天的密友、關心她的親人。她不想再挨打，也不想再恨，更不想變成祖母那樣，每天大喊大叫地發瘋。

不想，不想……

佟珍兒慢慢閉上眼，口中喃喃不已，身子縮進被裡，嗅著溫香，貪婪地用手緊緊抓著絲被。

她想……留在這裡！

翌日，佟析秋領著幾個兒女並佟珍兒去清漪苑請安，順道把佟珍兒的事向明鈺公主簡單說了。

明鈺公主聽罷，雖有些不喜，但纏不過曦姊兒，遂同意佟珍兒留下。

接著，佟析秋又提起佟硯墨的接風宴與亓三郎回府的事，待得到同意，見並無他事，遂領著幾個小人兒重回蘅璽苑。

用過早膳，朝哥兒便坐著馬車，進宮裡伴讀。

佟析秋與曦姊兒和佟珍兒說了幾句貼心話後，便放她們回了偏院。

下午，剛用完午飯，門房匆匆來報，說亓三郎回來了。

佟析秋聽到消息，便命人去前院與清漪苑報備，匆匆披了衣後，便帶婢女向二門行去。

到了二門，多日不見的亓三郎大步向後院而來，見到她，越發沈穩俊朗的冷臉露出溫和表情，鷹眼如炬，將她上上下下打量幾眼，還未近身，大掌就伸過來。

佟析秋抿嘴輕笑，抬起纖手與他交握，另一隻空著的手，則拿絹帕擦拭起皺的墨色勁裝。

「差事可還順利？」

亓三郎頷首，大掌緊緊包裹她的纖手，正欲拉妻子回後院，得信而來的佟硯墨與佟硯青正好趕到。

幾人見禮，待寒暄幾句後，便各自回院了。

夫妻倆行到主院，得了信兒的曦姊兒與佟珍兒已早早等在院門口。

見到亓三郎，曦姊兒的小臉立時揚起天真爛漫的笑，張開雙手，大步跑向他。「爹爹！」

那聲爹爹，叫得亓三郎立時鬆了佟析秋的手，面向撲來的女兒，將她抱起舉高，聲音帶了絲愉悅問：「這些天可有想爹爹？」

「想！」曦姊兒咯咯笑，噘起嘴，撒嬌地去摟亓三郎的脖子。

亓三郎見狀，把她放下，抱入懷裡。

落入父親懷中，曦姊兒對他的臉頰親了口，聲音極響，讓亓三郎的冰臉浮起一抹溫笑。

旁邊的佟析秋對父女倆的親密，早已見怪不怪，等兩人親近夠了，才出聲道：「行了，別光站著了，趕緊進屋暖暖，等會兒換好衣裳，還得去給公公、婆婆問安呢。」

亓三郎點頭。「辰哥兒呢？在娘那裡嗎？」

佟析秋輕嗯，招手讓一直呆愣站著的佟珍兒近前。

亓三郎瞧見她，眉峰不由輕蹙了下，轉眸看向佟析秋，聽她輕聲回道：「祖母中風了，由大伯母照顧著。珍姊兒年紀不小了，不想讓她繼續待在鄉下吃苦。」

「是嗎？」亓三郎眼神淡了幾分。

佟析秋拉著生出怯意的佟珍兒，與亓三郎向主屋行去。「詳細的經過，之後再說給你聽。且緊著要事先辦吧！」

亓三郎點頭，未再多問了。

一進屋，佟析秋忙命人將備好的熱水抬入淨房，去內室找好要換的衣物後，才走到暖閣，讓正與亓三郎撒嬌的曦姊兒帶佟珍兒回偏院。

亓三郎歪在炕上看她忙碌，等兩小兒出了屋，就對屋裡的幾個婢女揮手。

紅綃見狀，帶頭向亓三郎行禮後，便領著婢女們退出去。

佟析秋睨了亓三郎一眼。「人都打發了，難不成你想自己動手更衣？」

亓三郎聽罷，玩味地挑眉勾唇。「好大的酸味兒！」說罷，緩慢起身，盯著臉色還有幾分難看的佟析秋道：「更衣之事，不是向來由夫人親手伺候嗎？幾時換人了？」

佟析秋輕哼，鼓著臉頰轉身，不想與他拌嘴。「還不趕緊去沐浴，等會兒水冷了，著涼可就沒人管了。」

亓三郎搖頭失笑，走到她身後，低頭衝她耳邊輕吹口氣，待見她怕癢地縮了脖子後，才低沈笑道：「還是這般愛計較。」

暖暖鼻息撲灑在頸間，讓佟析秋忍不住打了個輕顫，只覺亓三郎越活越回去，都一把年紀了，怎就越發不正經起來？

亓三郎見妻子皺眉苦惱，很是好笑，伸手在她鼻上輕點了下，去拉她的手，戲謔地笑問：「一起洗？」

「誰要一起了？」佟析秋臉紅，扯著他越握越緊的手，沒好氣地瞪眼。「等會兒還得去清漪苑呢。」

亓三郎聽了，終於忍不住低笑出聲，見佟析秋又生惱意，趕緊鬆開她的手，一邊走去淨房、一邊道：「妳想到哪裡去了？為夫多日連夜奔波，早已疲憊不堪，哪還有那等心思？且快快進來，替為夫搓澡才是正經。」

佟析秋輕哼，看著走掉的身影，嘴裡嘀咕罵了句，直到淨房裡再次傳來呼喚，才冷著臉行去。

好不容易替亓三郎搓完澡，佟析秋已累得連手指都不想動彈了。想著已是耽誤不少時辰，忍不住瞪了旁邊饜足的亓三郎一眼。

亓三郎見狀，眼色又深了些，挑眉勾起她垂在浴桶邊的青絲，問道：「繼續？」

佟析秋一聽，瞬間坐起，卻痛呼一聲。

見她捂腰，亓三郎眼中的慾望瞬間退去，伸掌替她揉起腰。

佟析秋怕癢地扭了下身子，纖手毫不客氣地拍掉他的大掌。「莫再貪心了。快點，再不出去請安，怕婆婆要喚人來問了。」

「放心，她不會。」雖這般說著，亓三郎卻將她一把摟進懷裡，在她的驚呼聲中，抱著她出了浴桶。

兩人擦乾身子，換好衣物後，便帶著孩子向清漪苑行去。

清漪苑裡，亓三郎夫妻帶孩子給兩老請安，亓三郎便抱著辰哥兒坐下，與鎮國侯說起這次的差事。

佟析秋與明鈺公主則商量起晚上接風宴的菜色。待鎮國侯他們這邊談得差不多後，就命人去前院請佟硯墨跟佟硯青。

待到申時，朝哥兒從宮中回來，又命人去婷雪院請董氏母女。等所有人到齊後，佟析秋便命人上菜。

席間分男女兩桌，由於有長輩與婦孺，倒是未曾喝酒，不過半個多時辰，就吃完了。

飯後，董氏連茶都未喝，報聲不適後，領著雪姊兒，匆匆回了婷雪院。

花廳裡，鎮國侯和明鈺公主特准佟析秋等人回院再聚，小兒們則留在清漪苑，由他們照看。

回到衡蘲苑，佟析秋喚人重新備一桌酒席，算是特別為佟硯墨接風洗塵。

她安排好後，便回內室做起衣服，暖閣裡的敬酒說笑聲不時傳進來。

話最多的要數佟硯青，佟析秋不由搖頭，側耳認真聽了幾句，談論的多是各地風土人情，想著他依然嚮往的事，心情不由複雜起來……

等男人們散場，佟析秋去淨房替亓三郎更衣時，眉頭緊蹙，引得他問道：「怎麼了？」

佟析秋搖頭，將沾了酒氣的衣物扔下，說起幾年前的承諾。「我不是答應過他，及冠便能出遊嗎？眼看要到了年紀，卻有些不捨了。」

這個時代跟前世不同，前世裡，三十多歲才談戀愛結婚的人比比皆是，可這個時代，三十才娶親，願意嫁過來的姑娘，不是名聲不好，就是因病嫁不出去，哪還有好對象？想想，她還真是操心得慌！

「想改變主意了？」亓三郎穿上佟析秋拿出的乾淨裡衣，不待她幫著繫好，就把她攬進懷裡。

佟析秋靠在他懷中，再次搖頭。「我也不知。我本不該有這般多的想法，可不知怎的，時日越久，好似越沒了當年的勇氣。」大概是被這個時代同化了吧。

她輕嘆著，正想自亓三郎懷中出來，他卻在她髮頂上輕吻一下。

「人之常情罷了。與其自己胡亂困擾，不如找時機好好與他談談，總有法子兩全其美。」

佟析秋點頭，幫他繫好裡衣。「我也是這般想的。昨兒去接硯墨時，便想與他談談，但不知是不是硯青察覺到什麼，未給我開口的機會。」

「過兩天，我來跟他說說吧。」亓三郎說罷，牽著她的手向內室行去。

兩人走到床邊，佟析秋看著鋪好的床，囑咐他道：「早些歇著吧，不是連日來都在趕路嗎？」說完，臉莫名地紅了下。

亓三郎見狀，玩味地勾唇頷首。上床後，特意掀被空出一塊。「妳也快來，我們已是好久未曾相擁而眠了。」

佟析秋忍不住瞋他一眼，倒也不矯情，脫鞋上去，倒進他的懷抱。

待她躺好，亓三郎就用掌風滅了燭火。

黑暗中，亓三郎熟悉好聞的氣息噴灑在頭頂，佟析秋遂閉眼向他懷裡擠近。

亓三郎見狀，緊摟了她，聲音低低沈沈地自她頭頂響起。「我聽蕭衛說，前些日子，朝哥兒又在宮中闖禍了？」

今日，他還未來得及問那小子，不過從朝哥兒給他請安，和席間安靜的樣子來看，闖的禍怕是不小。

噗哧！佟析秋忍不住笑出聲。蕭衛與他同行，如何就知京都的事？怕是他兒子想爹，讓綠蕪幫著寫信時提的吧。

「倒是一如既往的淘氣。你說說他也好，只一點，不許太過，怕適得其反。」

亓三郎皺眉，淡淡輕嗯，不再糾結，提起佟硯墨的婚事。

「剛剛在席間，我問過了，以他的回話聽來，怕是想找個有助力的京都千金。正好皇上想培養人手，說不定會暗中指婚。」

見佟析秋點頭，亓三郎又道：「這話，我也與他說過，他雖無多大反應，卻說相信妳的眼光，大概是想趁著皇上未指婚時，讓妳幫著物色可有品性好又於他有利的女子。若家裡站在皇上這邊，年紀又相當，我倒覺得可以試試。」

佟析秋聽著，有些昏昏欲睡，雖如此，仍努力保持清醒，點點頭。

瞧她沒了精神，亓三郎止了話，手指拂過她的長髮，在上面輕吻，低聲道：「睡吧！」

「嗯……」佟析秋閉上眼。

亓三郎緊摟著她，埋首在她髮間，與她一同睡去……

翌日一早，佟析秋還在睡夢中，外面守夜的紅綃卻急急敲響了門。

「什麼事？」見懷中人兒皺眉，亓三郎不悅地挑起幔帳，冷聲問道。

「世子爺，前院伺候硯青少爺的婢女來回話，說……」

「說什麼？」感覺佟析秋動了下，亓三郎低眸向她看去。「醒了？」

「嗯。」佟析秋揉著眼，還未完全清醒。「怎麼了？」

亓三郎搖頭，便聽紅綃回道：「說硯青少爺不見了！」

不見了?!佟析秋皺眉，瞬間清醒，沈聲吩咐。「進來回話。」抓起放在床頭的外衣披上。

紅綃推門進來，快步上前，想幫忙更衣，卻被佟析秋推開。「妳說清楚，到底是怎麼回事？」

「寅時初，硯青少爺醒來後，說睡不著，想去梅林等初升之陽。為了不打擾其他人，就命婢女去梅林，先把裡面的小屋弄暖，他再過去。誰知，婢女回來接人，硯青少爺就不見了。」紅綃說著，從袖中掏出一封信。「這是在放在暖閣炕桌上的，婢女一見，馬上就來稟報了。」

佟析秋飛快換好衣裳，接過書信問道：「那婢女呢？」隨即打開信，匆匆看罷，整個人站不穩，向後退了幾步。

「小心！」亓三郎移到她後面，穩住她的身子。

佟析秋站好，忍不住頭疼地撫額。

紅綃一臉擔心地回道：「婢女在外面候著呢。」

亓三郎皺眉，自佟析秋手中接過書信，見上面只寫了「遠去遊玩，勿念」幾個字，不由沈臉冷道：「把人領到花廳，再將府中護院喚來。」

紅綃看佟析秋一眼，見她點頭，便匆匆福身，快步退出去。

待她退下，亓三郎命綠蕪去安排洗漱，見佟析秋似呆了般，嘆息著把她帶入懷裡。「不用慌，那小子再會躲，我也有法子讓他乖乖回來。」

佟析秋無奈地一笑，離了他懷中，去妝檯前坐下，看著鏡中越發明豔成熟的臉蛋，搖搖頭。

「無須這般費神了。」

「怎麼，願意放他走？」亓三郎見她拿起梳子梳頭，走過去接手。

佟析秋任他理著青絲，透過鏡子看向他的俊俏臉龐。

歲月流逝，雖說亓三郎越發成熟威武，可眼角偶有的皺紋，彰顯他已不年輕了。即將三十而立，若生育早的，這時兒女大概都能訂親了。

「在想什麼？」

亓三郎不經意地抬頭，見佟析秋發呆走神，不由伸手輕刮了下她保養得宜的臉蛋。

佟析秋回神，在鏡中與他對視良久，搖搖頭。「沒什麼。」隨即垂眸細細思量了下，道：「既然他等不及想去闖蕩，就由他去吧。」

「妳真能放心？這些年，那小子雖有練拳腳，可到底學得太晚，不過會些花拳繡腿罷了。」

佟析秋聞言，揚起笑，明媚大眼中滿是自信光點。「不是還有夫君在嗎？」

亓三郎會意，對上她的笑顏，亦勾唇笑了起來。

佟析秋點頭，伸手去握他略微粗糙的大掌，溫婉道：「我的擔憂，想來夫君定會替我解決的。」

「這個自然。」亓三郎寵溺而笑，與她十指交握，另一手將她輕攬入懷。

於是，夫妻倆一人立著、一人甜蜜相偎，望向鏡中相視而笑，只願歲月靜好。

——全篇完

郎情如蜜 甜在心頭／暖日晴雲

2016年11月出版

福妻無雙

前世因意外身亡，今生她只想救回父母，重新擁有幸福的家，
結果她不但宿願得償，竟還收了個狼孩兒當跟班?!

文創風 465 1

鎮國公府嫡女寧念之重生了，擁有前世記憶與超強五感傍身，
跟著她的人都能逢凶化吉，號稱人見人愛、花見花開的小福星。
原以為藉此救了父母已是壯舉，結果竟還收留身世成謎的狼孩兒 ?!
如果沒遇上念之，原東良仍無名無姓、流落草原，不知家為何物，
從此他堅持「妹妹都是對的」，立志「以後要娶妹妹」！
他願意一天一天地等她長大，可心愛的妹妹什麼時候才開竅啊……

文創風 466 2

東良跟親生祖父回西疆認祖歸宗，與念之一別三年，
返京後，他決定一邊謀劃前程、一邊對她展開攻勢，
這回他可是打死不退，就算力戰準岳父，也在所不惜！
看著一手調教出的小男孩長成英武少年，念之的感覺很複雜，
量身打造的好兒郎，簡直可遇不可求！
但西疆那麼遠，點頭就得遠嫁，這顆心到底該不該許出去呢……

文創風 467 3

大元武舉在即，又逢西疆亂起，念之明白好機會不容錯過，
她心儀的男子怎可為兒女情長困在京城，屈居人下？
遂與東良訂下三年之約，一朝功成，便是她嫁入原家之時……
東良履行對念之的承諾，一舉考上武狀元，邁向為將之路，
沙場吃苦當吃補，西疆軍首領與原家家主的位置，他要定了——
一戰成名尚且不夠，唯有真正大權在握，才能讓最愛的女人幸福！

文創風 468 4 完

終於等到把念之娶進門的一天，東良簡直作夢都要笑醒，
但他知道，成親後得更努力，讓娘子過好日子是相公的責任，
娘子遠嫁西疆多不容易啊，當然是怎麼疼她怎麼來了～～
念之嫁入將軍府就發現——原家在祖父縱容下，早已亂成一鍋粥。
她可不是吃素的性子，既然決定為愛走天涯，自然要替東良分憂，
該收拾的便收拾，膽子肥了敢欺負他們大房？統統給她等著瞧吧！

不求雙飛翼　願能一點通／芳菲

2016年10月出版

彩鳳迎春

她的老鄉在京城開了鼎鼎有名的寶育堂，她的天衣閣也不遑多讓，
如今她不僅事業得意，愛情也頗為圓滿，
只可惜，相公的科舉之路卻不太順，遇上歹人惡意阻撓，
與此同時，婆婆又驟逝，連番打擊下，相公會否一蹶不振啊……

文創風 459 1

趙彩鳳，年方十五，自小便和隔壁村的一戶人家結了娃娃親，
誰知那短命鬼活到十六歲竟開始害起病來，且還病得不輕，
男方家於是急忙要把婚事給辦了，順便看能不能沖一沖喜，
不料，轎子才抬到半路上，那小子就嚥氣啦！
所以，退親的轎子還沒抬回家門口，小閨女一個想不開就投河自殺了，
然後，再睜開眼時，她這個21世紀的趙鳳竟莫名其妙地成了趙彩鳳！

文創風 460 2

穿來一陣子後，她也算是對趙家幾口人有些瞭解了——
頂樑柱趙老爹已不在人世，由寡母獨力扶養四個子女，
因為要照顧弟妹們，所以家中能外出工作掙錢的只有母親，
想當然耳，一家子的生活能有多好？真是窮得連狗都嫌啊！
幸好她沒那麼輕易被打倒，家裡沒錢，那就想辦法賺嘍！
女子最好在家相夫教子那一套，她這個現代人可不打算奉行呢！

文創風 461 3

嗯？母親與隔壁的宋家寡母密謀著把她和宋家獨子湊成對？
宋家這個大她幾歲的窮秀才她是略知一二的，畢竟是鄰居嘛，
老實說，他長得也算斯文俊朗，是貨真價實的小鮮肉一個，
若不是他家實在窮極了，想嫁他的姑娘應該不少才是，
可姊在現代已是近三十的輕熟女了，這麼嫩的鮮肉她實在沒臉吞啊！

文創風 462 4

這回宋明軒要上京考舉人，她被點名跟著去替他張羅生活起居，
可沒名沒分的，她這個鄰家妹子跟著去算個啥啊？
偏偏她也想去京城考察一下做生意的可能性，便就答應了，
這天子腳下果真繁華熱鬧，若能弄間鋪子應能賺點錢定居下來，
剛好她家姥爺廚藝佳，招牌的雞湯麵更是遠近馳名，
不若就把姥爺、姥姥接來住，開間麵店，還能就近照顧二老呢！

文創風 463 5

這個宋明軒不僅中舉了，還是頭名的解元，也太厲害了吧？
看來這小鮮肉不容小覷，好好栽培說不定將來還能中狀元呢！
既然另一半這麼有前途，那這賺錢養家的責任就包在她身上吧！
首先嘛，先想個鴛鴦火鍋的點子賣給酒樓，每年分些紅利，
接著再拿筆錢開間綢緞莊，把日子過得紅紅火火、滋滋潤潤的，
唉唷，這光是想想，她都覺得銀子要滾滾而來了呢！

文創風 464 6 完

手工量身訂製服這門手藝在現代也是頗受推崇的，
畢竟它走的是獨一無二的路線，並且還絕不會跟別人撞衫，
對滿京城的千金小姐們來說，這是多大的福音啊！
衝著這一點，趙彩鳳決定好好開發頂級客層這條線，
試完水溫後甚至還直接開了間天衣閣，專門經營這一塊，
果然，她的判斷無誤，貴女們爭相下訂，花錢都不眨眼的啊！

文創風 496

貴妻拐進門 4 完

國家圖書館出版品預行編目資料

貴妻拐進門 / 半巧著. --
初版. -- 臺北市 : 狗屋, 2017.02
冊 ; 公分. --（文創風）
ISBN 978-986-328-693-6（第4冊：平裝）. --

857.7　　105023765

著作者	半巧
編輯	安愉
校對	黃薇霓　林安祺
發行所	狗屋出版社有限公司
地址	台北市104中山區龍江路71巷15號1樓
電話	02-2776-5889～0
發行字號	局版台業字845號
法律顧問	蕭雄淋律師
總經銷	知遠文化事業有限公司
電話	02-2664-8800
初版	2017年2月
國際書碼	ISBN-13　978-986-328-693-6

本著作物由北京黑岩信息技术有限公司授權出版

定價250元

狗屋劃撥帳號：19001626

網址：love.doghouse.com.tw　E-mail：love@doghouse.com.tw